琼瑶
作品大合集

彩云飞

琼瑶 著

作家出版社

琼瑶，本名陈喆，作家、编剧、作词人、影视制作人。原籍湖南衡阳，1938年生于四川成都，1949年随父母由大陆赴台生活。16岁时以笔名心如发表小说《云影》，25岁时出版首部长篇小说《窗外》。多年来笔耕不辍，代表作包括《烟雨蒙蒙》《几度夕阳红》《彩云飞》《海鸥飞处》《心有千千结》《一帘幽梦》《在水一方》《我是一片云》《庭院深深》等。

多部作品先后改编成为电影及电视剧，琼瑶也因此步入影视产业。《六个梦》系列、《梅花三弄》系列、《还珠格格》系列等，影响至深，成为几代读者与观众共同的记忆。

琼瑶以流畅优美的文笔，编织了众多曲折动人的故事。其作品以对于梦的憧憬和爱的执着，与大众流行文化紧密结合，风靡半个多世纪，成为华文世界中极重要的文学经典。

我为爱而生，我为爱而写
文字里度过多少春夏秋冬
文字里留下多少青春浪漫
人世间虽然没有天长地久
故事里火花燃烧爱也依旧

琼瑶

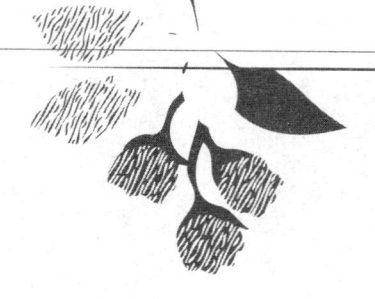

第一部 涵妮

风絮飘残已化萍,泥莲刚倩藕丝萦,珍重别拈香一瓣,记前生。

人到情多情转薄,而今真个悔多情,又到断肠回首处,泪偷零。

清·纳兰性德

第一章

冬夜的台北市。

孟云楼在街上漫无目的地走着，雨丝飘坠在他的头发、面颊和衣服上。夜冷而湿，霓虹灯在寒空中闪烁。他走着，走着，走着……踩进了水潭，踩过了一条条湿湿的街道。车子在他的身边穿梭，行人掠过了他的肩头，汽车在他身旁狂鸣……他浑然不觉，那被雨淋湿的面庞毫无表情，咬紧了牙，他只是一个劲儿地向前走着，向前走着，向前走着……仿佛要这样子一直走到世界的尽头。

车声、人声、雨声、风声……全轻飘飘地从他耳边掠过去了，街灯、行人、飞驰的车辆……在他眼中只是一些交织的光与影，没有丝毫的意义。他听而不闻，视而不见，在他全部的意识和思维中，都只有一个人影——涵妮；都只有一种声音——琴声。

一连串的音符，清脆地、叮叮咚咚地流泻出来，一双白皙纤瘦的小手从琴键上飞掠过去，亨德尔的《快乐的铁匠》、德沃夏克的《幽默曲》、德彪西的《棕发女郎》、李斯特的《钟》、马斯内的《悲歌》……一连串的音符,一连串的音符,叠印着涵妮的脸、涵妮的笑、涵妮的泪、涵妮的歌、涵妮的轻言细语……琴声、涵妮、涵妮、琴声……交织着,重叠着;交织着,重叠着……

"哦,涵妮!"他咬着牙喊,用他整个烧灼着的心灵来喊,"哦,涵妮!"他一头撞在一个行人的身上。那人拉了他一把,咒骂着说:"怎么了,喝醉了酒?"

他是喝了酒,但是他没醉,涵妮的影像如此清晰,他醉不了。涵妮、涵妮、涵妮……他走着,跌跌撞撞地走着,涵妮、涵妮、涵妮……

两道强烈的灯光对他直射了过来,刺痛了他的眼睛,传来尖锐的刹车声。他愕然地站住,瞪视着他面前的一辆计程车,那司机在叽里咕噜地说些什么?他不知道。他脑子里只有琴声和涵妮。人群围了过来,有人拉住了他。

"送他去警察局,他喝醉了酒。"

这些人是做什么的?他挣脱了那人的掌握,冲开了人群,有人在喊,他开始奔跑,漫无目的地奔跑,没有意识地奔跑。

"抓住他!那个醉鬼!"

有人在嚷着,有人在追他,他拼命地跑,一片汽车喇叭声,警笛狂鸣,人声嘈杂。他冲开了面前拦阻的人群,琴声奏得好响,是一阵快拍子的乐章——《匈牙利狂想曲》,那双小手忙碌地掠过了琴键,叮叮咚咚、叮叮咚咚……他跑着,雨淋着他,他满头的水,不知是雨还是汗,跑吧,跑吧,那琴声好响好响……

他撞在一堵墙上,眼前猛然涌起一团黑雾,遮住了他的视线，遮住了涵妮。他甩了甩头，甩不掉那团黑雾，他的脚软而无力，慢慢地倒了下去。人群包围了过来，有人在推他，他的面颊贴着湿而冷的地面，冰冰的、凉凉的，雨淋着他，却熄灭不了他心头那盆燃烧着的烈火。他的嘴唇碰着湿漉漉的地面，睁开眼睛，他瞪视着地面那些水光和倒影，五彩缤纷的，五颜六色的，闪闪烁烁的。他想喊一句什么，张开嘴，却是发出一声啜泣的低唤："涵妮！"

　　涵妮，涵妮在哪儿？像是有人给了他当头一棒，他挣扎着站了起来，惊慌地茫然四顾，这才又爆发出一声令人心魂俱碎的狂喊："涵——妮！"

第二章

一九六三年，夏天。

经过了验关、检查行李、核对护照各种繁复的手续，孟云楼终于走出了机场那间隔绝的检验室，跟随着推行李的小车，他从人堆里穿了出去，抬头看看，松山机场的大厅里到处都是人，形形色色的，闹哄哄地布满在每个角落里，显出一片拥挤而嘈杂的气象。这么多人中，没有一张熟识的面孔，没有一个熟悉的声音。想想看，仅仅在一小时之前，他还被亲友们包围在启德机场，他那多愁善感的、软心肠的母亲竟哭得个稀里哗啦，好像生离死别一般，父亲却一直皱着眉头在旁边叫："这是怎么的？儿子不过是到台湾去念大学，寒假暑假都要回来的，又不是一去不回了，你这样哭个不停干吗？总共只是一小时的飞行，你以为他是到月亮里去吗？"

"我知道，我知道！"母亲仍然哭着说，"只是，这总是云楼长到二十岁以来，第一次离开家呀！"

"孩子总是要离开家到外面去闯的,你不能让他在家里待一辈子呀!"

"我知道,我知道!"母亲还是哭个不住,"只是,只是……我舍不得呀!"

唉,母亲实在是个典型的母亲!那么多眼泪,使孟云楼简直不知道该怎么办才好,站在母亲身边的妹妹云霓却一个劲儿地对他做鬼脸,在他耳边低低地说:"记住帮我办手续,明年我和美萱都要去!"

美萱,她一直静静地站在一旁,带着微微的笑。奇怪,两年的交往,他一直对美萱没有什么特别深的感情。但是,在这离别前的一刹那,他反而感到一份淡淡的离愁,或者,是由于她眼底那抹忧郁、那抹关怀,又或者是因为离别的场合中,人的感情总是要脆弱一些。

"记住,去了之后要多写信回家,要用功念书,住在杨伯伯家要懂得礼貌,别给人家笑话!"

父亲严肃地叮嘱着,仿佛他是个三岁的孩子,他有些不耐烦。母亲的泪,父亲的叮嘱……这种局面让他觉得尴尬而难挨。因此,上了飞机,他反而大大地松了一口气。

而今,他站在台北的阳光之下了,九月的午后,阳光灼热地曝晒着街道,闪得人睁不开眼睛来。他站在松山机场的门口,从口袋里摸出父亲写给他的,杨家的地址,仁爱路!仁爱路在何方?杨家是不是准备好了他的到来?他们真的像信中写的那么欢迎他吗?他有些怀疑,虽然每次杨伯伯到香港都住在他们家,但那只是小住几天而已,不像他要在杨家长住。这个时代,"友情"

似乎薄弱得很，尽管杨伯伯古道热肠，那位从未谋面的杨伯母又会怎样呢？收起了地址，他挺了挺背脊，别管他了！第一步，他要先到杨家再说。

招手叫来了一辆计程车，他正准备把箱子搬进车中，一辆黑色的轿车忽然风驰电掣地驶了过来。车门立即开了，他一眼看到杨子明——杨伯伯从车中跨了出来。同时，杨子明也看到了他，对他招了一下手，杨子明带着满脸真挚的喜悦，叫着说："云楼，幸好你还没走，我来晚了。"

"杨伯伯。"云楼弯了一下腰，高兴地笑着，他有种如释重负的感觉，有熟人来接他，总比要他在陌生的城市里找街道好些，"我没想到您会来接我。"

"不来接你怎么行？你第一次来台北，又不认得路。"杨子明笑着说，拍拍云楼的肩膀，"你长高了，云楼，穿上西装完全是个大人样子了。"

"本来就是大人了嘛！"云楼笑着，奇怪所有的长辈，都要把晚辈当孩子看待。

"上车吧！"杨子明先打开了车子后面的行李箱，云楼把箱子放了进去，一面问：

"杨伯伯，您自己开车？"

"是的。"杨子明说，"你呢，会不会开？"

"我有国际驾驶执照。"云楼有点得意，"要不要我来开？"

"改天吧！等你把路认熟了之后，台北的交通最乱，车很难开。"

坐进了车子，杨子明向仁爱路的寓所驶去，云楼望着车窗外面,带着浓厚的兴趣,看着街道上那些形形色色的交通工具,板车、三轮车、脚踏车、摩托车……你简直计算不出来有多少种不同的车子,而且就这么彼此穿梭纵横地交驰着,怪不得杨子明说车子难开呢!抬头看看街两边的建筑,和香港也大大不同,尤其车子开到新生南路以后,这儿居然林立着不少独门独院的小洋房,看样子,在台北住家要比在香港舒服得多呢!

杨子明一边驾驶着车子,一边暗暗地打量着坐在身边的年轻人,宽宽的额角,明朗的大眼睛,沉思起来像个哲人,而微笑起来却不脱稚气。孟振寰居然有个这么出色的儿子!他心头掠过一阵复杂的情绪,模糊地感到一层朦胧的不安,约他住在自己家里,这到底是明智还是不智?

"爸爸妈妈好吗?"他忽然想起这个早就该问的问题,"你妈舍得你到台湾来?"

"呵,哭得个一塌糊涂。"云楼不假思索地答复,许多时候,母亲的爱对孩子反而是一种拘束,但是,母亲们却很少能体会到这一点。"云霓说她明年也要来。"他接着说,完全忽略了自己的答话与杨子明的回话不符,他是经常这样心不在焉的。

"云霓吗?"杨子明微笑地望着前面的街道,"明年来了,让她也住在我们家。我们屋子大人少,不知多久没有听到过年轻人的笑闹之声了。你们都来,让我们家也热闹热闹。"

"可是,您不是也有位小姐吗?"云楼看了他一眼,不经心地问。

"你是指涵妮?"杨子明的语气有些特别,眉头迅速地皱拢在一起,什么东西把他脸上的阳光全带走了?云楼有些讶异,自己说错了什么吗？"她是……"杨子明把下面的话咽住了，要现在告诉他吗？何必惊吓了刚来的客人？他轻咬了一下嘴唇，底下的话化为一声无声的叹息。车子转了个弯，驶进一条宽阔的巷子，停在一扇红漆的大门前面。

"我们到了。"杨子明按了按汽车喇叭，"你先进去，我把车子开进车房里去。"

孟云楼下了车，打量着那长长的围墙，和围墙上面伸出的榕树枝杈，看样子杨子明的生活必定十分富裕。大门开了，开门的是个十八九岁、面目清秀的下女，杨子明在车内伸头喊："秀兰，把孟少爷带到客厅里坐，然后给我把车房门打开。"

"好的，先生。"秀兰答应着，孟云楼奇怪着台湾的称呼，用人称男主人是"先生"而不是"老爷"。跟着秀兰，他来到一个占地颇广的花园里，园内有一条碎石子路通向房子，路的两边整齐地种着两排玫瑰，靠围墙边有着榕树和夹竹桃。在那幢二层楼房的左侧，还有一个小小的荷花池，荷花池上架着个红栏杆的小木桥，池边种植着几棵柳树和木槿花。整个说起来，这花园的布置融合了中式、西式和日式三种风格，倒也别有情调。沿着碎石子路，他走进了一间有落地大玻璃窗的客厅，垂着绿色的窗帘，迎面就是一层迷蒙的绿。从大太阳下猛然走进这间绿阴阴的客厅，带给他一阵说不出的舒适与清凉。

绿，这间客厅一切的色调都是绿的，绿色的壁布、绿色的窗帘、绿色的沙发套，和绿色的靠垫、桌布。他带着几分惊讶，在沙发上坐了下来。他很少看到有人用单色调来布置房间，但是那份情调却是那样雅雅的、幽幽的、静静的，给人一种难以形容的感觉。仿佛并不是置身在一间房间里,而是在绿树浓荫之中,或是什么绿色的海浪里,有那份沁人心脾的清凉。

那个名叫秀兰的下女已经退出了,室内很静,静得听不到丝毫声响。云楼正好用这段时间来打量这间房间。客厅里有个宽宽的楼梯直通楼上,栏杆是绿色为主,嵌着金色的雕花,楼梯下有一盆叫不出名字的植物,在客厅的一个角落里,有座小巧玲珑的钢琴,上面罩着一块浅绿色的罩巾。上面还有个绿色灯罩的小台灯,台灯旁边有个细瓷花瓶,里面并没有插花,却插着几根长长的孔雀毛,孔雀羽毛也是绿色与金色的。

这一切布置何其雅致!云楼模糊地想着,雅得不杂一丝人间的烟火味,和香港家中的情调完全是两个世界。他简直不敢相信,仅仅在一个多小时以前,他还在香港那紊乱嘈杂的家中,听那些亲友们杂乱烦嚣的叮嘱。

一声门响,杨子明走了进来,他身后紧跟着秀兰,手里拎着云楼那两个皮箱。云楼感到一阵赧然,他把皮箱已经忘到九霄云外了。

"秀兰,"杨子明吩咐着,"把孟少爷的箱子送到楼上给孟少爷准备的房间里去,同时请太太下来。"

"我来提箱子吧!"云楼慌忙站起来说,尽管秀兰是用人,提箱子仍然应该是男孩子的工作。

"让她提吧,她提得动。"杨子明说,看看云楼,"你坐你的,到我家来不是做客,别拘束才好。"

云楼又坐下身子,杨子明点燃了一支烟,抬头看看楼上,楼上静悄悄的,怎么回事?雅筠为什么不下来?是不知道他回来了？还是——他皱皱眉,扬着声音喊:"雅筠!"

楼梯上一阵细碎的脚步声,云楼本能地抬起头来,一个中年妇人正步下楼来,她穿着件黑色的旗袍,头发松松地在脑后挽了一个髻,淡施脂粉,身段高而苗条。云楼不禁在心中暗暗地喝了一声彩,他知道这一定就是杨子明的太太,却不知道杨伯母如此高贵雅致,怪不得室内布置得这么清幽呢!

"雅筠,"杨子明说着,"你瞧,这就是孟振寰的儿子孟云楼!"

云楼又站起了身子,雅筠并没有招呼他,却很快地对杨子明使了一个眼色,低低地说了句:"轻声一点,才睡了。"

"又不好了?"杨子明的眉目间掠过一抹忧愁。

"嗯。"雅筠轻哼了一声,掉转头来望着云楼,她脸上迅速地浮上个奇异的表情,一对清亮而黝黑的眼睛率直地打量着面前这个年轻人,眼底浮动着某种难解的、生动而易感的神色。云楼困惑而迷惘了,怎样的眼神?被人这样率直地逼视是难堪的。他弯了弯腰,试探地问:"是杨伯母?"他并不敢确定,到现在为止,并没有人给他介绍过眼前这个女人。

"他长得像振寰年轻时候,不是吗?"雅筠没有答复他,却先转头对子明说。

"唔。"子明含糊地应了一声。

"噢。"雅筠重新望着云楼,唇边浮起一个温柔的笑,她那清朗的眼睛里有着冬日阳光般的温暖,"欢迎你到我们家里来,云楼。你得原谅我直呼你的名字,你母亲怀你的时候本来答应把你给我做干儿子呢!"她笑了,又看着子明说:"他比他父亲漂亮,没那股学究样子。"

"你别老盯着他看。"杨子明笑着说,"你把他弄得不好意思了。坐吧,云楼,女人总是那么婆婆妈妈的让人吃不消。"

"是吗?"雅筠掉过头来,扬起眉毛对杨子明说。

"哦,算了,我投降。"杨子明慌忙说。

雅筠笑了,杨子明也笑了,云楼也不由自主地跟着笑了起来。他心里有股模糊的欣羡,在自己家里,父母间从不会这样开玩笑的,父亲终日道貌岸然地板着脸,母亲只是个好脾气、没个性的典型中国女性。丈夫就是天,是世界,是宇宙,是一切的权威。父母之间永远没有笑,家中也就缺乏一份温情,更别说这种谈谈笑笑的气氛了。他望着雅筠,已经开始喜欢她了,这是个懂得生活情趣的女人,正像她懂得室内布置一样。

"好了,我不惹人讨厌,子明,你待会儿带云楼去他房间里看看缺什么不缺,我去厨房看看菜,今天给云楼接风,咱们要吃好一点。"

"伯母,您别为我忙。"云楼急急地说。

"才不为你呢!"雅筠笑容可掬,"我自己馋了,想弄点好的吃,拉了你来作借口。"

"你别先夸口,"子明说,"什么好吃的,人家孟太太的菜是有名的,等下端出来的菜不够漂亮,惹云楼笑话。"

"入乡随俗啊,"雅筠仍然微笑着,"到了我们家,我们家算好菜就是好菜,可不能跟你妈做的菜比。"

"我妈的菜我已经吃腻了,您的菜一定好。"

"听到没有?"雅筠胜利地看了子明一眼。

"云楼,"子明笑着,"瞧不出你的嘴倒蛮甜的,你爸爸和你妈妈都不是这样的，你这是遗传的谁？"

云楼微笑着没有答话，雅筠已经嫣然一笑地转过身子，走到后面去了。子明也站起身来，拍拍云楼的肩膀说：

"来吧，看看你的房间。"

跟着杨子明，云楼上了楼，这才发现楼上也有一个小小的休息室，放着一套藤编的、十分细致的桌椅。以这间休息室为中心，三面都有门，通到三间卧室，另一面通走廊。子明推开了楼梯对面的一扇门，说：

"这儿，希望你满意。"

云楼确实很满意，这是间光线充足的房间，里面桌椅床帐都齐全，窗子上是全新的、米色的窗帘，一张大大的书桌上面，有盏米色罩子的台灯，有案头日历，有墨水，还有一套精致的笔插。

"这都是你伯母给你布置的。"子明说。

"我说不出我的感激。"云楼由衷地说，环视着四周，一双能干的、女性的手是能造成怎样的奇迹啊！

"我想，你或者需要休息一下，我也要去公司转一转，吃晚饭的时候我让秀兰来叫你。"

"好的，杨伯伯。"

"那么，待会儿见，还有，浴室在走廊那边。"杨子明指指休息室延伸出去的一条走廊，那走廊的两边也各有两扇门，看样子这幢房子的房间实在不少。

"好的。您去忙吧！"

杨子明转身走了，云楼关上了房门，再一次打量他的房间，他感谢杨子明把他单独留在这里了，和长辈在一起无论如何是件不很舒服的事。

他在书桌前的转椅里坐了一会儿，又在窗前小立了片刻，从他的窗子看出去，可以看到荷花池和小木桥，这正是盛夏，荷花池里亭亭玉立地开着好几朵荷花。离开了窗子，他打开他的皮箱，把衣服挂进壁橱，再把父母让他带给杨家的礼物取了出来，以便下楼吃饭的时候带下去。礼物是父亲和母亲包好的，上面分别写着名字，杨子明先生、杨太太、杨涵妮小姐。杨涵妮小姐？那应该是杨子明的女儿，怎么没见到她？是了，这并不是星期天，她一定还在学校里念书。她有多大？他耸耸肩，吃饭的时候就知道了，现在，想这些干吗？

东西整理好了，他开始感到几分倦意，本来嘛，昨晚一夜都没睡，云霓她们给他开什么饯别派对，接着母亲又叮嘱到天亮。现在，他是真的倦了，仰躺在床上，他枕着手，看着天花板上的吊灯，朦胧地想着父母、云霓、美萱，还有他的这份新生活，杨伯伯、杨伯母、杨涵妮……涵妮，这个名字很美，想必人也很美，是吗？他翻了一个身，床很软，新的被单和枕头套有着新布的芬芳，他合上眼睛，朦朦胧胧地睡着了。

第三章

孟云楼被一阵敲门声惊醒了,睁开眼睛来,阳光不知道何时已经隐没了,室内堆积着暗沉沉的暮色,他坐起身子,用手揉揉眼睛,不由自主地又打了个哈欠,好一个小睡!睡得可真香。门外,秀兰正在轻声唤着:

"孟少爷!吃晚饭了!孟少爷!"

"来了!"他叫,一翻身下了床,随便地用手拢了拢睡得乱蓬蓬的头发,衣服也皱了,算了,这时候难道还换了衣服去吃饭吗?打开房门,他迈着轻快的步子走出去,三级并作两级地跑下楼梯。楼下餐厅里,杨子明夫妇正在等着。他看了杨子明夫妇一眼,不好意思地微笑了起来。

"对不起,"他仓促地说,"让你们等我,我睡了一大觉。"

"睡得好吗?"雅筠深深地注视了他一下,温和地问。云楼那略带孩子气的笑,那对睡足了而显得神采奕奕的眼睛,那年轻而富有生命力的举动,以及那不修边幅的马虎劲儿……都引起她一种特殊的感情,一种属于母性的柔情和激赏。这孩子多强壮啊!她欣羡地想,咽下了一声不明所以的叹息。

"好极了。"云楼吸了吸鼻子,室内弥漫着菜香,这引起他的好胃口,他发现自己饿了。抬起头来,他扫了饭桌一眼,这才看见一个陌生的少女,正坐在一张椅子中,带着个置身事外的微笑,满不在乎地看着他。涵妮!他想,这就是杨子明夫妇的女儿,一想起这个名字,他就又猛地想起忘了把父母送给杨家的礼物带下楼来了。没有经过思索,他立刻掉转身子,想跑回楼上去拿礼物。雅筠惊异地喊:

"云楼!你干吗?"

"去拿礼物,我忘了把礼物带下楼了,是爸爸送你们的!"

"哦,算了,这也要急匆匆的?"雅筠失笑地说,"先坐下来吃饭吧,菜都要凉了。"她忽然注意到桌前的少女了,又笑着说:"瞧,我都忘了给你们介绍……"

"我知道。"云楼很快地说,望着那少女,她有张很匀净的圆脸,有对黑白分明的眼睛,和一张厚嘟嘟的、挺丰满的嘴唇,年纪不会超过二十岁。她并不怎么特别美,但是,她身上发散着某种属于女性的、青春的热力,而且还给人种洒脱的、无拘无束的感觉,看来是清新可喜的。"我知道,"他重复地说,盯着眼前的少女,"你是杨小姐,杨——涵妮。"

"扑哧"一声,那位少女毫不掩饰地笑了起来,眼睛里闪过一丝调皮的笑意,含糊地说:"唔,我是涵妮,你呢?"

"得了,"雅筠瞪了那少女一眼,"又调皮了!"转头对着云楼,她解围地说:"这不是涵妮,这是我的外甥女,涵妮的表姐,周翠薇小姐。"

我是多么莽撞啊!云楼想,脸孔陡地发热了,尤其周翠薇那对充满了顽皮和好奇的眼睛正笑谑地盯着他,更让他感到一层薄薄的难堪和尴尬。对周翠薇微微地弯了一下腰,他口吃地说:

"哦,对不起。"

"这有什么,"杨子明插进来说,把手按在他的肩膀上,"坐下来,快吃饭吧!今天是你伯母亲自下厨呢,看看合不合你的胃口。"

云楼坐了下来,环席看看,除了杨氏夫妇和周翠薇之外,他没有看到别人了,端起饭碗,他迟疑地说:

"杨——小姐呢?"

"涵妮?"雅筠愣了愣,眉头很快地锁拢在一起,眼睛立刻黯淡了,"她——有些不舒服,在楼上吃饭,不下来了。"

"哦。"云楼泛泛地应了一声,涵妮下不下楼吃饭与他毫无关系,他一点都不在意那个从未谋面的女孩子。端着饭碗,他的好胃口被那桌十分丰盛的菜所吸引了,忘记了客套,他那不拘小节的本性立即回复了,大口大口地吃着菜和饭,他由衷地赞美着:"唔,好极了。"

他的好胃口使雅筠高兴。他吃得那么踊跃,不枉费她在厨房里忙了半天。她用一种几乎是欣赏的眼光,看着云楼那副"吃相"。周翠薇好奇地扫了雅筠一眼,这男孩子为什么使雅筠如此关怀?

雅筠对云楼的关怀同样没有逃过杨子明的注意,他悄悄地对雅筠注视了一会儿,又掉过眼光来看着云楼,后者那张年轻的

脸庞上充满了生气与光彩,这实在是个漂亮的孩子!他咽下一口饭,对云楼说:

"九月底才开学,你还有十几天的空闲,怎样?要不要利用这段时间去旅行一下?到日月潭、阿里山,或者横贯公路去玩玩?到台湾一趟,这些地方你是非去不可的,只是,可惜我没时间陪你。"

"您别管我吧,杨伯伯,我要在台湾读四年大学呢,有的是时间去玩。"云楼说。

"要不然,让翠薇带你到台北附近跑跑,"雅筠说,"碧潭啦,阳明山啦,野柳啦……对了,还可以到金山海滨浴场去游泳。你会游泳吗?"

"会的。"云楼笑笑,"而且游得很好。"

"怎样,翠薇?"雅筠看着翠薇,"你这次在我们家多住几天,帮我招待招待客人,好不?"

"如果涵妮不需要我,"翠薇微笑地说,"我倒没关系,反正我没事。"

"涵妮?"雅筠的睫毛垂了下来,笑意没有了,半天,才慢慢地说,"是的,你陪陪涵妮也好,她是——"她的声音降低了,低得几乎听不出来,"太寂寞了。"

杨子明的眉头又紧紧地蹙了起来,饭桌上的空气突然变得沉闷了,室内荡漾着一种奇异的、不安的气氛。云楼警觉地看看杨子明又看看雅筠,怎么回事?自己的到来是不是扰乱了这一家人的生活秩序?他犹豫了一会儿,用迟疑的口气说:

"杨伯伯,杨伯母,你们实在不必为我操心的,我可以自己管自己。明天我想去街上逛逛,你们不必陪我,我又不是孩子,不会迷路。"

"不,我们一点都没有为你麻烦,"雅筠说,脸上又恢复了笑意,"好吧,明天再计划明天的事吧!"

"其实,我可以陪孟——孟什么?"翠薇仰着头问,她坦率的眸子直射在云楼的脸上。

"云楼。"云楼应着。

"我可以陪你出去走走,如果涵妮不需要我的话。"她转头望着雅筠,诚恳地说,"说实话,涵妮并不见得需要我,姨妈,她有她自己的世界。"

"她不会说的,即使她需要。"雅筠忧郁地说,忽然叹了一口气。

云楼不解地看看雅筠,涵妮,这是怎样一个女孩?他们为什么要把她藏起来?这家庭中有着什么?似乎并不像外表那样平静单纯啊!他咽了一大口饭,天生洒脱的个性使他立刻抛开了这个困扰着他的问题。管他呢!他望着翠薇,他多幸运,刚到台湾的第一天,就有一个女孩自告奋勇地愿意陪伴他。尤其,还是个很出色的女孩子!

"你在读什么学校?"他问。

"我没读大学,"她轻声地说,有些赧然,接着却又自我解嘲地笑了,"我没考上。所以,整天东混西混,没事干。姨妈让我来陪陪涵妮,我就常跑到姨妈家来住,在家里,我爸爸太凶了,你知道?"她笑着,很好玩地耸了耸鼻子,"我怕爸爸,他一来就教训我,正好逃到姨妈家来住。"看着云楼,她怪天真地挑着眉梢,"你呢?来读什么?"

"师大,艺术系。"

"艺术?"她扬扬眉毛,很高兴,"我也喜欢艺术,但是爸爸反对,他要我学化学或者是建筑。结果弄得我根本没考上。"

"为什么?"他问。

"出路好呀!"她耸耸肩,无可奈何地又瞟了杨子明一眼,"老一辈的比我们还现实,是不?"

"你尽管批评你老子,可别把我扯进去!"杨子明笑着说。

云楼也笑了笑,翠薇的这位父亲和自己的父亲倒很像,看着翠薇,他一时不知道该说什么,正好雅筠把他的碗里夹满了菜,他也就乘此机会,老实不客气地大吃起来。

饭后,雅筠亲自煮了一壶咖啡,大家坐在客厅里谈着天,慢慢地啜饮着咖啡。在一屋子静幽幽的绿的笼罩之下,室内有股说不出来的静谧与安详,那气氛是迷人的,熏人欲醉的。云楼对雅筠的感觉更深刻了,她是个多么善于协调人与人的关系、多么善于营造气氛的女人!杨子明是有福了。他饮着咖啡,咖啡煮得很好,不浓不淡,很香又很够味,煮咖啡是种艺术,他也能煮一手好咖啡。

翠薇斜靠在沙发上,伸着长长的腿,她穿着件红白条条相间的洋装,剪裁得很合身,大领口,颇有青春气息,一目了然,她也是出自一个经济环境很好的家庭。一屋子绿色之中,她很有种调和与点缀的作用,她那身红,她那种调皮样儿,她那生动的眉毛和眼睛,使房间里增加了不少生气。如果没有她,这房间就太幽静了,一定会幽静得寂寞。

"姨妈,"翠薇开了口,"你们应该买个唱机。"

"我们家里并不缺少音乐。"雅筠微笑着说。

"那——那是不同的。"翠薇说,望向云楼,问,"你会不会跳舞?"

"不,"云楼回答,"不大会,只能勉强跳跳三步四步。"

"我不相信,香港来的男孩子不会跳舞?"翠薇又扬起了她那相当美丽的眉梢。

"并不见得每个香港的年轻人都是爱玩的,"云楼微笑着说,"云霓她们也都常常笑我。"

"你应该学会跳舞,"翠薇说,对他鼓励地笑笑,"台北有好几家夜总会,你有兴趣,我们可以去玩玩,看看台北是不是比不上香港。"

杨子明坐在那儿,默默地抽着烟,饮着咖啡,他显得很沉默,似乎有满腹心事。他不时抬起眼睛来,往楼梯上悄悄地扫上一眼。他在担忧什么吗?云楼有些狐疑。忽然,他又想起了礼物,站起身来,他向楼梯走。

"做什么?"杨子明问。

"去拿礼物。"他跑上了楼梯。

"这孩子!"雅筠微笑着。

他上了楼,径直走进自己的房间,取了礼物。他走出房间,刚刚带上房门,就一眼看到休息室的窗前,伫立着一个白色的人影。那人影听到背后的声响,立即像个受惊的小动物般向走廊遁去,就那么惊鸿一瞥,那人影已迅速地隐进走廊的一扇门里去了。他只看清那人影的一袭白纱衣服,和一头美好的长发。他怔了几秒钟，心头涌起一阵难解的迷雾，这是谁，她为什么要藏起来？涵妮吗？他摇摇头，这幢静谧而安详的房子里隐藏了一些什么呢？抱着礼物，他走下楼，刚走了一半，就听到杨子明在低声地说：

"……你该让她出来，这样对她更不好……"

"她不肯，"是雅筠的声音，"她胆小……你就随她去吧！"

他走下了楼梯，夫妇两个都住了嘴。怎么了？他看看杨子明夫妇，捧上了他的礼物。但是，他的心并不在礼物上面，他相信杨氏夫妇对礼物也没有多大兴趣，父亲买的东西全是最古板的：杨子明是一对豪华的钢笔，雅筠是一件衣料，涵妮的是一个缀着亮珠珠的小皮包。

"噢，好漂亮的小皮包，"雅筠拿着那小皮包，赞美地说，接着就是一声长长的叹息，"可惜，涵妮是用不着的。"望着翠薇，她说："转送给你吧。好吗？"

"给我？"翠薇犹豫了一下，"……涵妮……"

"涵妮？"雅筠笑得好凄凉，"你想，她用得着吗？"

云楼惊异地看着这一切。涵妮，涵妮，涵妮是怎样的一个女孩？她是真的存在着，还只是一个虚无的影子？涵妮，她在哪里呢？

第四章

夜里，孟云楼失眠了。

午后睡了那么一大觉，晚上又喝了一大杯浓咖啡，再加上新来乍到的环境，都是造成他失眠的原因。仰躺在床上，他头枕着手，在黑暗中静静地躺着，眼睛望着那有一片迷蒙的灰白的窗子。他并不急于入睡，也没有焦灼或不安的情绪，相反，他觉得夜色中有一种柔和而恬静的气氛，正是让人用思想的大好时间。思想，这是人类最顺从的朋友，可以随意怎样安排它。

他不知道在黑暗中躺了多久，也不知道时间，他的思想朦朦胧胧的，一些对未来的揣测，一些对过去的回忆，还有对目前这新环境的好奇……他的思想并不集中，散漫地、随意地在夜色中游移，然后，忽然，他听到了一些什么声音，使他的耳朵警觉、神经敏锐。侧着头，他倾听着，门外拂过了轻微而细碎的声响，是什么？在这夜深人静的时分，有什么东西是在夜里活动着的？一只猫，或是一只小老鼠？他再听，声音消失了，夜空里有着玫瑰和茉莉混合的淡淡的香味，还有几只不知名的小虫在窗外的花园中低鸣。夜是恬静、安详，而美好的。他翻了一个身，把头埋进了枕头，准备要入睡了。

但是，一阵清晰的声音重新震动了他，使他不由自主地集中了注意力，带着几分不能相信的惊愕，侧耳倾听那在夜色里流泻着的声浪。那是一串钢琴的琴声，叮叮咚咚的，敲击着夜，如一串滚珠走玉，玲玲琅琅地散播开来。他下意识地坐起身子，更加专心地听着那琴声。在家里，他虽然不能算一个古典乐的爱好者，但是却很喜欢听一些古典或半古典的小曲子，在他的感觉中，钢琴独奏一向远不及小提琴的独奏来得悠扬动人。但是，今夜这琴声中，有什么东西深深地撼动了他，那弹奏的人手法显然十分娴熟，一个接一个的音浪生动地跳跃在夜色里，把夜弹醉了，把夜弹活了。

那是支柴可夫斯基的小曲子，《如歌的行板》，轻快、生动，而活泼。一曲既终，孟云楼竟有鼓掌的冲动。接着，很快地，一支新的曲子又响了起来，是韦伯的《邀舞曲》。然后，是支不知名的曲子，再下来，却是英国民谣，《夏日最后的玫瑰》。孟云楼按捺不住了，一股强烈的好奇，和一股无法抗拒的吸引力，使他轻轻地站起身来，披上一件晨衣慢慢地打开了房门。

琴声更响了，是从楼下传来的，这立即使孟云楼记起客厅中的那架钢琴，弹奏的人会是谁？雅筠？翠薇？还是那神秘的——涵妮？他不知不觉地步出了房门，在一种半催眠状态下走下了楼梯，他的脚步很轻很轻，没有弄出一点声音来，他不想惊动那弹琴的人。

下了楼,他立即看到那弹琴的人了,他觉得心中有阵奇异的悸动,这是那个穿白衣服的女孩子!他站在楼梯脚,只能看到这女孩大半个后背和一点点的侧面。那盏绿色灯罩的台灯亮着,大厅内没有再开其他的灯。那女孩披着一头乌黑的长发,穿着件白色轻纱的睡袍,沐浴在那一圈淡绿色的灯晕之中。她的手迅速而轻快地从钢琴上飞掠过去,带出一串令人难以置信的、美妙的声音。室内在仅有的一盏灯光之下,静幽幽地仿佛洒上一层绿色的迷雾,那女孩神往地奏着她的琴,似乎全心灵都融化在那些音符之中。整个的房间、钢琴、灯,和女孩合起来,像一个虚幻的、神仙的境界,像一幅充满了迷蒙的美的画。那是诱人的、令人眩惑的、完全不真实的一种感觉,孟云楼呆住了。

好半天,他才轻轻地在楼梯的台阶上坐了下来,用手托着腮,他就这样静悄悄地坐着,凝视着那少女的背影,倾听着那一曲又一曲的琴声。肖邦的《幻想即兴曲》《蝴蝶练习曲》,古塞克的《嘉禾舞曲》,然后是约纳森的《杜鹃圆舞曲》……弹琴的人完全弹得入了迷,倾听的人也完全听得入了迷了。

时间不知道流过去了多少,孟云楼听得那么痴,已不知身之所在。他的入迷并不完全是因为那琴声,这演奏当然赶不上那些钢琴独奏曲的唱片,何况他也不是一个音乐的狂好者,那女孩弹的许多曲子他根本就不知名,他只听得出一些较通俗的小曲子。让他入迷的是这种气氛、这灯光、这夜色、这梦幻似的女孩,和她本身沉迷在音乐中的那份狂热。这种狂热是极具感染性的,他看着那女孩耸动着的瘦削的肩头,和那隐隐约约藏在轻纱衣服下的单薄的躯体,感到自己全心都充塞着某种强烈的、难言的情绪。

然后，终于，当一支曲子结束之后，那女孩停止了弹奏。面对着钢琴，她发出一声深深的叹息。像是满足，又像是依恋，她的手轻轻地抚摸着那些琴键，就像一个溺爱的母亲抚摸她的婴儿一般。接着，她盖上了琴盖，带着种发泄后的疲倦，她无限慵懒地、毫不做作地伸了个懒腰，慢慢地站起身来。孟云楼突然惊觉到自己的存在了，他来不及思索，也来不及遁形，那女孩已经转过身来，面对着他了。在这一刹那，他有种奇异的、虚飘的感觉，他想他一生都无法忘记这一瞬间的感觉，那样强烈地震撼着他。他面对着一张年轻的、少女的脸庞，苍白、瘦削，却有着那样一对炯炯然燃烧着的眸子。这是张奇异的脸，融汇着一切属于性灵的美的脸，一张不很真实的脸。那瘦瘦的小下巴，那小小的、薄薄的唇，那弧度柔和的鼻子……她美吗？以世俗评论女性的眼光来看，她不美。但是，在这绿幽幽的灯光下，在她那放射着光彩的眼睛的衬托中，她美，她有说不出来的一种美，是孟云楼从未在任何一个女性身上看到过的。他惊愕了，也眩惑了。

那少女也一眼看到了他，她迅速地瑟缩了一下，似乎受到了很大的惊吓，她用手抓住胸前的衣服，想退避，但是，钢琴拦阻了她。于是，她站定了，开始静静地凝视着他，那惊吓的情绪很快地从她脸上消失了，取而代之的，是一种近乎孩子气的惊奇。

"你是谁？"她轻轻地问，声音是柔和而悦耳的。

"孟云楼。"他回答，也是轻轻的，他害怕自己会惊吓了她，因为她看起来像个怯怯的小生物，一个完全需要保护的小生物。

"哦，"她应了一声，"你是那个从香港来读书的人，是吗？"

"是的，你呢？"他反问。

"涵妮。"她低低地说。

涵妮？孟云楼重复了一遍这个名字，事实上，他早就料到这是涵妮了。涵妮，这名字对他似乎已那么熟悉，熟悉得他可以直呼不讳。

"你在这儿做什么？"涵妮问，她不再畏惧他了，相反，她脸上有着单纯的亲切。她向他走了过来，在他面前的一张矮凳上坐下来。用手抱住膝，她开始好奇地注视他，他这才发现自己一直坐在楼梯的台阶上，像个傻子般动也不动。

"我在听你弹琴。"

"你听了很久吗？"

"是的，几乎是你刚刚开始弹，我就坐在这儿听了。"他说，盯着她看，他无法把自己的眼光从她脸上移开。

"哦。"她发出一声轻哼，脸陡地发红了。看到那过分苍白的面颊上涌上了红晕，竟使孟云楼有阵心旌震荡的激动。"你笑我了？"她问，"我弹错了很多地方。"

"是吗？"孟云楼说，"我听不出来。"这倒是真话，他的音乐修养绝对无法挑出她的错误来。

"如果我知道你在听，我会弹得好一些，"她微笑了，忽然有些羞涩，"不过，如果我知道你在听，我就不会弹了。"

"为什么呢？"

她抿着嘴角一笑，那样子像个天真烂漫的小女孩，不谙世事的，楚楚可怜的。

"我从不弹给别人听，我是说弹给——客人听。"

"我不是客人，"孟云楼的声调竟有些急促，他发现自己急于要获得这女孩的信任和友谊，"我要长住在这儿，你看我会变成你们家的一分子。"

她又笑了笑，不胜娇怯地。然后，她站了起来，用手抱着裸露着的手臂，瑟缩了一下说：

"我冷了。"

真的，窗子开着，夜风正不受拘束地吹了进来，带着点凉意。冷吗？应该不会，夏季的夜风是令人舒适的。但是，他看了看对方裸露在外的、瘦弱的手臂，就有些代她不胜寒怯起来。

"要不要披上我的衣服？"他问，站起身来，解下晨衣想给她披上去。

她迅速地后退了，退得那么急，使他吓了一跳。她瞪大了眼睛望着他，显出一股惊慌失措的样子来，她的手又习惯性地握住胸前的衣服，嗫嚅地说：

"你——你干吗？"

"对不起，"他收回了衣服，为了自己让她受惊而感到非常不安，他从没有看过像她这样柔弱和容易受惊的人，"我只是想给你披一下衣服。"

"哦，哦，"她镇定了自己，可是，刚刚那种柔和与亲切的友谊已经没有了，她抬起眼睛来，悄悄地扫了楼梯一眼，以一种淡漠的语气说，"我要上楼了。"

孟云楼仍然站在楼梯口，换言之，他挡住了涵妮的路。他想让开，让她走过去，但，另外有种不情愿的情绪，近乎依恋的情绪却阻止了他。他的手按在扶手上，无形间拦住了她。

"为什么到现在才见到你?"他问,凝视着她,"为什么他们要把你藏起来?"

"藏起来?"她仰视他,眸子里带着天真和不解,"什么藏起来?"

"你。你看,我到你家大半天了,你没有下楼吃晚饭,也没有来喝咖啡。"

"我在睡觉。"她轻轻说,"我睡了一天,所以现在睡不着了。"

"我也跟你一样,下午睡了一大觉,现在睡不着了。既然睡不着,何必急着走呢?在房里没事干,不是很无聊吗?"

"真的,是很无聊,"涵妮点着头,他似乎说中了她最怕的事,因而也瓦解了她脸上的淡漠,"非常非常无聊,有时,一整天又一整天的,就这样子过着,除了弹琴,我不知道做什么。翠薇只是偶然来住一两天,她很耐心地陪我,但是,她那么活泼,一定会觉得厌气的。"

"你没有念书吗?"云楼惊异地问,这女孩在过一种怎样的生活呢?他奇怪杨子明夫妇在做些什么,要把一个女儿深深地关闭起来。

"念书?"涵妮微侧着头,欣羡地低语,然后低低地叹息了,"很多年前念过,很多年了。"她微微地眯起眼睛,似乎在回忆那很多年前的日子。接着,她轻轻一笑,在楼梯上坐了下来,弓起了膝,她把面颊倚在膝上,样子娇柔动人而可爱。"我也过不惯那种日子,人多的地方会让我头晕。"

孟云楼审视着她,带着不能自已的好奇与关怀,她的皮肤那样白皙,白得没有丝毫血色,那对眼睛又那样黑,黑得像夜,这是怎样一个女孩？孟云楼有一些明白了，这根本不像一个实在的生命，倒像是一股烟，风一吹就会散掉的一股烟。看她倚着栏杆，静静地坐在那儿，蜷曲着小小的身体，看起来是弱不禁风的。她怎样了？最起码，她不是个正常的少女，她可能在一种神经衰弱的状况中。

"你多少岁了？"他问，也在楼梯上坐了下来。

"十八，不，十九了。"她望着他，"你呢？"

"二十，我比你大。"他微笑着，事实上，他觉得自己比她大很多，几乎不可能只比她大一岁。

"你要住在我家吗？"

"是的。"

"那很好，"一层喜悦染上了她的眉梢，"住久一点，我可以弹琴给你听。"她热情地说，眼里有着期盼的光彩。他忽然领略到她的寂寞了，她像个孤独的孩子，渴求着伴侣，而又怕别人不接受她似的，她担忧地抬起眼睛来："你爱听我弹琴吗？"

"非常爱，所以我才会跑到楼下来听呀！"

她笑了，立即对他有种单纯的信赖。

"胡老师很久没有来教我了，要不然我可以弹得更好一些，妈妈要我暂时停止学琴，她说我会太累了。"她歪着头，注视着他的眼睛，忽然轻轻地说，"你知道我的情形吗？"

"你的情形？"他困惑地望着她，"什么情形？"

"我在生病，"她悄悄地说，近乎耳语，"妈妈爸爸费尽心机来瞒我，他们不要我知道，但是我知道了。李大夫常常来看我，给我打针，你不明白我多怕打针！他们告诉我，打针是因为我的身体太弱了。不过,我知道的,"她把手压在胸口上,"我这里面有问题。有时,里面会痛得很可怕,痛得我昏过去。"

"是吗?"他怜惜地望着她。

"这是秘密,嗯?"她的黑眼珠信任地停在他脸上,"你不要让爸爸妈妈知道我知道了。好吗?"

"好的。"

"一言为定?"她孩子气地扬着眉。

"一言为定!"

"那么,钩钩小指头。"

她伸出了她那纤细的、瘦弱的小手指,那手指是可怜兮兮的。他也伸出了小手指,他们像孩子般地钩了手指。然后,她笑了,笑得很开心,很高兴,仿佛由于跟他有了共同的秘密,而把他引为知己了。她看看他那张健康的、被阳光晒成微褐色的大手,又看看他那高大的身子,和伸得长长的腿,羡慕地说:

"你多么高大啊!"

"我是男人,男人比女人天生是要高大的。"他说,安慰地拍拍她的小手,"你应该多晒晒太阳,那么,你就不会这样苍白了。"

她立即敏感地用手摸了摸自己的面颊,毫不掩饰地问:

"我很难看吗?"

"不,不,"他慌忙地说,"你很美,我从没看过比你更美的女孩。"

"真的?"她不信任地问,"你撒谎。"

"真的。"他严肃地说,"我发誓。"

她又笑了,要换得她的喜悦是件相当容易的事。拉了拉衣角,她把身子倚在栏杆上,愉快地说:

"告诉我一些你的事。"

"我的事?"他有些不解。

"你的事、你的生活、你的家庭……告诉我香港是怎样的,你有弟弟妹妹吗?"

于是,他开始述说起来,他说得很多,他的童年、他的家庭、他的抱负及兴趣……她津津有味地倾听着,很少插口,每当他停顿下来,她就扬起睫毛,发出一声询问的声音:

"哦?"

于是,他又说了下去,为她而说了下去,因为她是那样有兴味地倾听着。其实,他并不认为自己的叙述有什么新奇之处,他的一切都太平凡了,典型的家庭,按部就班的读书……可是,她的目光使他无法终止。就这样,他们并坐在楼梯的台阶上,在这夏季的深夜里,一直倾谈了下去。

夜,越来越深了,他们已不知谈了多久,孟云楼已经忘记了时间,也忘记了这是他到杨家的第一天,面前这个少女还是他第一次谋面的陌生女孩,他述说着,说起了他和父亲的争执,为了学艺术而引发的争论,涵妮用一对充满了同情的眸子注视着他,那样地代他忧愁和委屈,让他感到满腹温柔的感动。然后知道他的争执获得了胜利,她是那样由衷地为他喜悦,更使他充塞了满怀的激情。

就这样,他们谈着,谈着……直到有个声音惊动了他们,在楼梯顶,一串细碎的脚步声奔跑了过来,他们同时抬起了头,雅

筠正站在楼梯顶,惊异地望着他们,用一种不赞同和责备的语气喊:

"哦!涵妮!"

"妈妈,"涵妮仰着头,满脸的喜悦和兴奋,"我们谈得非常开心!"

"你应该睡觉,涵妮,"雅筠说,询问地把眼光投向云楼,"怎么回事?"

"我听到琴声,"云楼解释地说,猛然发现这样深更半夜和涵妮并坐在楼梯上谈天确实有些不妥当,难怪雅筠要用这样烦恼的眼神望着他了,"被琴声吸引着下了楼,我们就——认识了。"

"你又半夜里跑下楼来弹琴了,涵妮!"雅筠带有轻微的埋怨,却带着更多的关怀,"瞧你,等会儿又要感冒了,衣服也不加一件。"

"我睡不着,我白天睡得太多了。"涵妮轻声地说。

"来吧,去睡吧!"雅筠走下楼梯,挽着涵妮那单薄的肩头,"我送你回房去,去睡吧。"望向云楼,她终于温和地笑了:"我一觉睡醒,听到楼下有声音,就知道是涵妮又睡不着了,却没有料到你也在这儿。"她看看涵妮,又看看云楼,忽然惊奇地说:"你们倒自己认识了,嗯?"

"我们谈得很开心。"涵妮重复地说了一句,对云楼悄悄微笑着。

"是吗?"雅筠惊奇的神色更重了,注视着云楼,她不解地摇了摇头,"你一定很有办法的,"她似笑非笑地说,"我这个女儿是很怕羞的呢,我希望你没有吓着她才好。"

"他没有，妈妈。"涵妮代他回答了。

"那就好了，去睡去。"雅筠说，对着云楼，她又说，"你也该睡了吧！云楼。"

"是的，伯母。"云楼有些不安，"抱歉惊动了您。"

"算了，与你无关。"雅筠说着，揽住涵妮的肩膀，把她带上楼去。云楼在她脸上看到那种强烈的母性，她显然用着全心灵在关爱着涵妮。

"再见！"涵妮回过头来对他说，"我怎么叫你？"

"云楼。"

"再见！云楼。"她依恋地说。

"明天见！涵妮！"他冲口呼出她的名字。

雅筠迅速地掉头看了他一眼，立即，那层烦恼又飞进了她的眼睛，她很快地皱了一下眉头，带着涵妮，隐没在楼梯的尽头了。

云楼在楼下又伫立片刻，然后，他走到钢琴前面，代涵妮熄灭了那盏台灯。在黑暗中，他仍然站了很久，依稀能感到夜空之中，涵妮所留下的衣香。一个多么奇异的女孩！他摇了摇头，有满怀说不出来的、眩惑的情绪。这是他有生以来的二十年中，从来没有过的。

第五章

孟云楼一向是个心智健全的青年,虽然对艺术的狂热,造成了他个性中比较软弱的一面:重感情,爱幻想,而且或多或少带点浪漫气息。但是,他是个无神论者,他坚强而自信,他相信自己远超过相信天或命运。因此,他也绝不相信奇迹,他的一生是刻板而规律化的,也从未发生过奇迹……直到走进杨家来。在他的感觉中,这第一夜就是个难以置信的奇迹,因为,当他回到卧室之后,他无法把涵妮从他脑中剔除了。

他几乎彻夜失眠,这令他自己都感觉惊奇和不解。黎明来临的时候,他就起床了。整幢房子里的人都还在沉睡着。涵妮,她一定也还没有起床,昨晚上床那么晚,现在必然还在梦乡吧。他胡思乱想地揣测着,不安地在房间里走来走去,等待着吃早餐的时间。

他希望能在早餐桌上看到涵妮,但是,他失望了。涵妮没有下楼来吃早餐。翠薇穿着件相当漂亮而触目的红色洋装,神采奕奕地坐在那儿，对他高高地扬起了眉毛。

"早！"她说，年轻的脸庞上充满了活力，显得容光焕发，"夜里睡得好吗？"

"谢谢你。"他回避地回答，奇怪昨夜的琴声并没有惊醒这些人，可能他们对于午夜的琴声已经习惯了。

"你早餐吃什么？"雅筠深深地看了他一眼。

"你们吃什么，我就吃什么，"他笑着说，看了餐桌一角，桌上放着几碟小菜，杨家的早餐是稀饭，"好的，我就吃稀饭。"

"你在家里吃什么？"雅筠追问。

"面包。"

"那么，我叫他们给你准备面包。"

"不要，伯母，"云楼急急地说，"我高兴吃稀饭，换换口味，面包早就吃腻了。"

"真的？"雅筠微笑地看着他，"吃不惯你要说啊，在这儿不是做客，你要是客气就自己倒霉。"

"我没有把自己当客，"云楼说，坐下身来，才顾到对杨子明打招呼，"早，杨伯伯。"

"吃饭吧，云楼。"杨子明说，"饭后让翠薇带你去走走。翠薇，没问题吧？"

"随便。"翠薇笑着说，看了云楼一眼。

云楼没说什么，他倒并不想出去走走，但是也不忍辜负杨子明的安排，端起饭碗，四面望望，不禁犹豫了一下，雅筠立即说：

"你不必管涵妮，她经常不下来吃饭的，秀兰会送东西到她屋里去。"

云楼低下头吃起饭来，他很想问问涵妮是怎么一回事，但是，杨子明夫妇既然没有说起，他也不好主动地提出问题，到底，他只是到这儿来借住的，他没有资格去过问别人家庭的事情。

早餐很快就结束了。饭后，杨子明靠在沙发里，点燃了一支烟，对翠薇和云楼说：

"可惜我不能把车子让给你们，我要去公司，但是我可以送你们到衡阳路。云楼，你身上有钱吗？"

"是美金。"

"你跟伯母折换成台币吧。台北街上这两年变化不少，值得去看看。"

"中午得回来吃午餐。"雅筠说，微笑地望着他们。

于是，他们搭了杨子明的便车，到了台北的市中心区。杨子明是一个化工厂的总经理，他原是留德专攻化学的，二十几年前，在德国和云楼的父亲是同校同学。目前这个化工厂，杨子明也有相当大的股份，他可以说是一个典型的、在事业上小有成就的中年人，有个贤惠的妻子，有个美满的家庭。云楼坐在杨子明身边时，就一直模糊地想着这些，杨子明显然比父亲成功，不论在事业上，或是在家庭上。

他和翠薇在衡阳路下了车，虽然并非星期天，街上仍然布满了熙来攘往的人，到处都呈现出一片繁荣景象。商店林立，而商品琳琅满目。

"这儿好像比香港还热闹，"云楼说，"除了商店以外，有什么特别可看的吗？"

"你指什么?"翠薇很热心地问。

"有什么代表文化特色的东西没有?"

翠薇好奇地看了云楼一眼,香港来的男孩子!在街道上找文化特色!这真是奇怪的人呢!不过倒蛮讨人喜欢的,她很少看到这种类型的男孩子,有一份洒脱,却也有份书卷味儿。

"有个博物馆,假若你有兴趣!"她说。

"我有兴趣,"云楼很快地说,"在哪儿?"

他们去了博物馆,云楼倒真的对每一样东西都发生兴趣,足足在里面逛了一个半小时,翠薇耐心地陪伴着他,两人在博物馆内细细浏览。从博物馆出来,他们绕到了重庆南路,云楼又对书店大感兴趣,他逛每家书店,买了不少的书。然后,他们再绕回衡阳路,翠薇走得相当疲倦了,尤其是在这样的大太阳下。她叹了口气说:

"我们绕了一个大圈子。"

"对不起,"云楼说,看到她额上的汗珠,才惊觉到自己的糊涂,"我总是这样只顾自己,我们找个地方坐坐,喝点冷饮,怎样?"

他们去了"国际",坐定之后,云楼叫了杯霜淇淋咖啡,翠薇叫了橘子汁。因为走多了路,翠薇的脸颊红艳艳的,额上有细细的汗珠。云楼凝视着她,不由自主地又想起了涵妮,这两个女孩有多大的不同!云楼想着,翠薇的容光焕发,涵妮的娇柔怯弱,她们像两个天地中的产物。

"你看什么?"翠薇被他盯得不好意思了。

"哦,没什么。"云楼掉开了眼光,不由自主地脸红了。

翠薇微笑了起来，笑得好顽皮。她喜欢看到这个漂亮的男孩子脸红，这满足了她爱捉弄人的脾气，许多时候，她仍然童心未泯。

"你在香港有没有女朋友？"她笑着问。

"有。"他简单地回答，想到美萱，奇怪，他自到杨家以来，好像就没有想过美萱了。

"你们很好吗？"

"并不，很普通的朋友。"

傻气，翠薇想，谁问他普通的女朋友呢？她注视着云楼，他的眉毛生得很挺，很有男儿气概，眼睛大大的，也蛮漂亮。带那么点儿傻气更好，她想着，男孩子总是有点傻气的。她对他的好感更加重了。

"你常住在杨家吗？"云楼开口了。

"偶然而已，为了陪涵妮。"

"涵妮，"云楼掩饰不住他的关怀，"她怎样了？"

翠薇皱起了眉毛。

"她只是个人影。"

"人影？"云楼不解地问。

"这是姨父说的，他常常叹着气说，涵妮只是个影子，是不实在的，是随时会幻灭的。"

"怎么说？"

"她从小就不对头，医生说她随时可能死掉！"

"什么？"云楼一震，几乎泼翻了咖啡杯子，翠薇诧异地看着他，从没见过面的女孩子，竟让他这样紧张？他是个感情丰沛而富同情心的男人啊!

"这是大家都知道的,她只是过一天算一天,"翠薇忧愁地说,提起涵妮,使她心酸而难过,涵妮,那是没有人能不喜欢她的,"只有她自己不知道,她一直以为自己仅仅是身体衰弱而已。"

"什么病?"云楼近乎软弱地问。

"大概是心脏还是肺动脉怎么的,我也弄不清楚,是生下来就有的病。事实上,她不能上学,不能读书,不能出门,不能看电影,不能旅行……这个也不能,那个也不能,如果我是她,我真宁愿死掉!唉!"她叹了口气,那份顽皮不知不觉地收敛了。

原来是这样的!云楼握着咖啡杯子,带着种痛苦的恍然的情绪,想着那个孤独寂寞而苍白的小女孩。涵妮那张瘦小的脸庞和那渴望友情的眸子立即浮到他的眼前,他感到心中有一阵抽搐般的悸动,就觉得再也坐不下去了。

"其实,陪伴涵妮是一件很难的事,"翠薇说,慢慢地啜了一口橘子汁,"她整日关在家里,对许多事都不太了解,你很难跟她谈话,她只能弹弹钢琴,还不能弹太久,太久会使她疲倦。但是,她又渴望着朋友,她好孤独、好寂寞,有时我说笑话给她听,她笑得什么似的。你不知道,她是个很可爱的女孩子!"

我是知道的!云楼想着,猝然站起身来,他对于自己占据了翠薇而难过。他想着涵妮,那小小的身子,那怯怯的笑,那祈求似的声音:

"住久一点,我可以弹琴给你听。"

她多寂寞!他了解了。而他竟让翠薇来陪伴他了,把寂寞留给那个孤独的小女孩。举起杯子,他一口咽掉了杯里剩余的咖啡，命令似的说：

"我们回去吧！"

"急什么。"翠薇有些惊奇，"还早呀！"

"我们答应回去吃午饭的，我也还要写几封信。"

"给你的女朋友吗？"翠薇唇边又带着那顽皮的笑。

"唔，哼。或者。"云楼哼了一声，脸上也浮起一个狡黠的笑，他开始了解翠薇的调皮了，也开始学会对付她的办法了。果然，他的答话使翠薇无辞以答了。

不到十一点，云楼和翠薇就回到了杨家。走进客厅，翠薇把自己抛在沙发上，长长地呼出一口气说：

"热死了！"

客厅里有冷气，凉凉的，从正午燠热的阳光下走进这间绿阴阴、凉沁沁的房间，确实有说不出来的舒服。但，云楼没有心情休息，他四面张望着，没看到涵妮的影子，他的潜意识及明意识里几乎都充满了涵妮，尤其在听到翠薇说出涵妮的情况以后。她在哪儿？又躲在她的小房间里吗？她生活的圈子多么狭小！

雅筠听到声音，从楼上下来了，看到他们，她笑着说："怎么就回来了？"

"没什么好玩的，"翠薇说，"热死了！"

"夏天还是待在家里最舒服。"雅筠说，看看云楼，这孩子为什么满面沉重？他和翠薇处得不好吗？玩得不愉快吗？云楼正拾级而上。"去了些什么地方？"她问云楼，后者脸上那深重的愁苦使她惊异。

"随便逛逛。"云楼心不在焉地回答。

忽然，云楼站定了，他的眼睛直直地落在楼梯顶上，呆呆地望着。什么事？雅筠跟随他的视线，回过身子，向楼梯顶上看去。涵妮！在楼梯顶，涵妮正轻悄悄地走了过来。

走到楼梯顶端，她也站定了，倚着栏杆，她唇边浮上一个怯怯的笑，静静地看着云楼。她一只纤瘦的手扶着栏杆，穿着件套头的白色洋装。她的眼睛清幽而有神，她的笑温存而细致。雅筠大感不解地看着这张小小的脸庞，她显得多么特别！又多么美！

"嗨！涵妮！"好半天，云楼才吐出一声招呼，他的目光定定地停在她身上，怎样的女孩子！轻灵如梦，而飘逸如仙。

"你真的没走？"涵妮问，毫不掩饰她的喜悦之情。

"我说过要住在这儿的，不是吗？"云楼温和地说。

涵妮点了点头，慢慢地走下了楼梯，她含笑的眸子一直没有离开云楼的脸，她的脚步轻灵，衣袂飘然。雅筠愕然地看着这一切，仅仅是头一夜的邂逅，就能造成奇迹般的感情吗？她心中涌上了一股难言的忧郁和近乎恐惧的感觉，这绝不可能！绝不可能！

"哦，涵妮，"雅筠振作了一下，说，"怎么不睡了？你怕不怕冷？要不要把冷气关掉？"

"不要，妈妈，我不冷。"涵妮温温柔柔地说，停在云楼的面前，仰头看着云楼，她比云楼矮了一大截，"你热吗？你在出汗。"

"我刚刚从外面回来。"云楼说，努力想挤出一个微笑来。面对着这张年轻的脸庞，他不敢相信她寿命不永。她太年轻，她应该还有一大段美好的生命，假如像翠薇所说，那就太残忍了。上帝既然赋予了人生命，就应该对这些生命负责呀！他近乎痛苦地想着,忘了自己是个无神论者。

"从外面回来?"涵妮看了看窗外阳光明亮的花园,自语似的说,"我也想出去走走呢!外面好玩吗?"

"没有家里好,"云楼很快地说,"外面太热。"

"你说我应该晒晒太阳的。"涵妮用手抚摸着面颊说。

她竟记在心里!云楼满腹怛恻地望着她。

"不,你晒不晒太阳都一样,你够美了!"插进嘴来的是雅筠,拉着涵妮的手,她急于要把她从云楼身边带开。怎么了?他们之间会发生什么?这是可怕的!"涵妮,"她说,"到翠薇这边来坐坐吧!你真的不会冷吗?"

"不会,妈妈。"涵妮顺从地走过去,眼睛仍然微笑地望着云楼。

"怎么,你和孟云楼已经认得了?"翠薇一直用种惊异的态度在旁观看,这时才开口对涵妮说。

"昨夜,他听了我弹琴。"涵妮说,静悄悄地微笑着,带着份偷偷的愉悦。再看了云楼一眼,她说:"你真的爱听我弹琴吗?"

"真的。"云楼一本正经地说。

"没有骗我?"

"绝对没有。"

喜悦满布在涵妮的眼睛里和面颊上,人类几乎是从孩提的时候开始,就需要赞美、友情和欣赏。她的眼睛发着光,苍白的面颊上竟染上了红晕。雅筠忧喜参半地望着涵妮那反常的、焕发着光彩的脸,多久以来,这孩子没有这样愉快的笑容了!翠薇坐在一边,用一对聪明的眸子,静静地看着这一切。

"你现在要听我弹琴吗?"涵妮问云楼,仿佛在这间屋子里,没有雅筠,没有翠薇,只有云楼一个人。

"如果你不累。"

"我不累,"涵妮高兴地说,走向钢琴,"我还会唱歌呢,你知道吗?"

"不,不知道。"

于是,涵妮打开了琴盖,开始弹起了一支古老的情歌,一面弹,一面唱着,她的歌喉细致而富于磁性,咬字清晰,声调里充满了真实的感情。那歌词是:

> 昨夜,那夜莺的歌声,将我从梦中惊醒,
> 皓月当空,夜已深沉,
> 远山远树有无中。
> 我轻轻地倚在我的窗边,
> 看露光点点晶莹。
> 那夜莺,哦,那可爱的夜莺,
> 它诉说着你的事情。
> ……

她唱得那么好,带着那么丰沛的感情,孟云楼完全被它震慑住了。他不知不觉地走到钢琴旁边,把身子倚在琴上,愣愣地看着涵妮,涵妮注视着他,眼睛更亮了,声音更美了,唱着下面的一段:

白天我时常思念你，
　　夜晚我梦见你，
　　梦中醒来，却不见你，
　　泪珠在枕边暗滴，我听到微风在树林里，
　　轻轻地叹息、叹息。
　　那微风，哦，那柔和的微风，
　　它是否在为我悲泣？
　　……

　　孟云楼深深地望着涵妮，深深深深地，看着那发光的小脸，听着那歌词的最后几句，他的眼眶不由自主地潮湿了。

第六章

夜里，孟云楼独自坐在书桌前面。桌上，摊开着一本杰克·伦敦的《海狼》，但是，他并没有看。他曾经尝试阅读了好几次，却总是心不在焉地想到了别的事情。今夜，涵妮不会再去弹琴了，白天她已经弹够了琴，他怕她会过分疲劳了。他不应该让她一直弹下去的，整个下午，她坐在钢琴前面，弹着，唱着，笑着，好像世界上找不出第二个比她更快乐的生命。每当雅筠上前阻止她弹奏的时候，她就以那样可爱的笑容来回答她的母亲。

"妈妈，我不累呀，我真的不累。我弹得好开心！"

于是，雅筠不忍再阻止了，她也就继续地弹了下去。她会不会太累了？看着她那样充满了精力和欢乐，使孟云楼对翠薇的话怀疑了起来，她不会有什么病，只是身体衰弱一点而已，她缺乏的是阳光和友情，许多独生女都是这样。假若让她过一般少女的正常生活，有适当的运动、适当的休息、适当的饮食调护，说不定她反而会健康起来。她除了苍白瘦弱之外，也看不出有任何病态呀!

"我要帮助她,"他想着,"帮她过正常生活,帮她恢复健康。我相信一定能做到!"

他的自信又来了,他一向相信"人定胜天"的。站起身来,他绕着房间行走,一面揣测着如何将他的计划付诸实施。

门外有声音,然后,有人轻轻地敲了敲他的房门。

涵妮!他立刻想。走到门边去,他低问:

"谁?"

"是我。"那是雅筠的声音。

他开了房门,惊讶地望着雅筠,快午夜十二点了,什么事使她深夜来敲门?

"伯母?"他疑问地说。

"嘘!"雅筠把手指按在唇上,警告地嘘了一声,走进屋来,她反手关上了房门,低声地说,"我有话要跟你单独谈谈,我不想让涵妮知道。"

云楼狐疑地转过身子,把椅子推到雅筠的面前,雅筠坐了下来,说:

"我看到你屋里还有灯光,希望没有打扰你睡觉。"

"我没睡,我正在看书。"云楼说,坐在书桌旁边,"有什么事?"

"关于涵妮。"雅筠深深地锁起了眉头。

"涵妮?"云楼注视着雅筠。

"你有没有知道一点她的情形?"

"您是指她的病?我听翠薇说起一些。"云楼说,"我想她夸张了病情,应该不很严重吧?"

雅筠用一对沉痛而悲哀的眸子望着云楼，慢慢地摇了摇头。

"不，很严重，非常非常严重。"她的声音低而沉重，"她随时有失去生命的可能。"

"真的？"云楼问，觉得胃部起了一阵痉挛，"是什么病？"

"先天性的心脏血管畸形，这个病的学名叫肺动脉瓣膜狭窄。"

"肺动脉瓣膜狭窄。"云楼机械地重复了一遍这个名称，那是个多么拗口而又复杂的病名，他心中有些恍惚，涵妮，仅仅是个虚设的生命？随时都可能从这世界上隐没？他不相信，不能相信。"这病不能治疗吗？"他近乎软弱地问。

"如果仅仅是肺动脉瓣膜狭窄，我们可以尝试给她动心脏矫正的手术，虽然危险，却有希望治好。但是，"雅筠长长地叹息了一声，云楼可以看出她那属于母性的悲痛，和她肩上、心上、情感上的那层重重的负荷，"她的情况很复杂，她的右心室漏斗部狭窄，整个肺动脉瓣孔环也变狭窄，在心插管检查中显示出不宜动手术，因此，虽然在她童年我们就发现了她的病，一来那时的医学还不发达，二来也没有这个勇气尝试开刀，就只有用营养照护和药物来帮助她。等到我们想冒险开刀的时候，她已经不能开刀了……"她停顿了一下，眼睛里盛满了深重的忧愁。

"哦？"云楼询问地望着雅筠，那些医学名词对于他陌生而遥远，他一点也不懂，唯一懂得的事情，就是这些陌生的词将带走一条美好的生命！

"她的病情已经造成了严重的贫血，右心衰竭，而且引起了心内膜炎的并发症，她不能动手术，药物对她也没有太大的帮助。多年以来，我们对她的病，就只能希望奇迹出现了。"她望着云楼，悲哀地说，"你懂了吗？"

"这是残忍的。"云楼喃喃地说，深深地抽了口气，"她是那样一个美好的女孩。"

"唉！"雅筠无可奈何地叹了口气，"为了她，你不知道我们做父母的受了多少煎熬，子明还罢了，他是男人，男人总洒脱一点，他认了命。而我呢，我那么那么喜欢她，涵妮，她是我的宝贝！在她婴儿的时候，我抱着她，望着她娇娇嫩嫩的小脸，我说，我要她好好地长大，长成一个最美最快乐的女孩！结果……"她咽住了，一阵突来的激动，使她的语音哽塞，"这难道是我的命吗？是命中注定的吗？"

"或者，我们还能期望奇迹。"云楼由衷地说，期盼地说，"她现在不是还活得好好的吗？"

"对了，这就是我来看你的原因，"雅筠挺了挺背脊，一层希望的光芒又燃亮了她的眼睛，"五年前，医生就说她随时会死亡，可是，五年过去了，她还活着，假若能再延个五年、十年或十五年，说不定那时候的医药更进步了，说不定那时的心脏病已不再构成人类的威胁了，说不定根本就可以换个心脏了，那她的病就不成问题了。谁知道呢？科学进步这么快，许多以前我们认为不可能的事，现在都可能了，人类都已经向太空发展了，还有什么做不到的事呢？"

"是的，确实不错。"云楼应着，感染了雅筠那份属于母性的勇气。

"所以，我们目前最重要的一个问题，是让她好好地活下去。"雅筠深深地凝视着云楼，"是吗？"

云楼微蹙着眉梢，望着雅筠，她的眼神里有着一些什么，好像能不能让涵妮好好活下去的关键在他身上似的。

"当然。"他回答。

"涵妮不能受刺激，不能太兴奋，不能过劳，不能运动……这些都可以送掉涵妮的命，你明白吗？我们甚至不敢带她看电影，怕电影的情节刺激了她，不敢对她说一句责备或重话，怕会刺激她。她有时看了比较动人的、悲剧性的小说，都会不舒服，会胸口疼痛。我们只有小心翼翼地避免一切能触发她病的因素，让她的生命能延续下去。"

云楼注意地倾听着。

"所以……"雅筠突然有些碍口，似乎很难于措辞，"我必须请你帮助我们。"

"我能怎样帮忙？伯母？"云楼热心地问。

"是这样……是这样……"雅筠困难地说，"我们要让她避免一切感情上的困扰……"

"哦？"云楼紧紧地盯着雅筠，他有些明白了。

"换言之，"雅筠终于坦率地说了出来，"我希望你跟她疏远一点。"

云楼望着雅筠，雅筠的眼睛里含满了抱歉的、祈谅的、无奈的神情，这把云楼折服了。世上不可能有第二种爱能和母爱相比。

"您是不是担心得太早了一些？"他低低地说，"我和涵妮不过刚刚才认识一天。"

"未雨绸缪，"雅筠凄凉地微笑起来，"这是我一贯防备问题发生的办法。"

"不过,您认为您的方法对吗?"云楼深思地问,"您不认为她太孤独?友谊或者对她有益而无害?"

"友谊,是可能的。"雅筠慢慢地说,"可是,爱情就不然了。而友谊是很容易转变为爱情的。"

云楼感到一阵燥热,窗外没有风,天气是燠热的。

"您何以见得,爱情对她是有害的呢?"他问。

"世界上没有一份爱情里,是没有惊涛骇浪和痛苦的。"雅筠深沉地说,"而且,涵妮不能结婚。她不能过婚姻生活,也不能生儿育女。"

云楼站起身来,在室内走了一圈,然后他停在窗子前面。倚着窗子,他站了好一会儿,窗外的天空,璀璨的无数的星星,草里有着露光闪烁。他想起涵妮唱的歌:

> 我轻轻地倚在我的窗边,
> 看露光点点晶莹。
> 那夜莺,哦,那可爱的夜莺,
> 它诉说着你的事情。

他从心底深深地叹息了。回过身子,他面对着雅筠,许诺地说:

"您放心,伯母,我不会做任何伤害涵妮的事。"

雅筠注视着云楼,后者那张坚决的,而又充满了感情的脸那么深地撼动了她!她不由自主地站起身来,走到他面前去,用诚恳而热烈的语气说：

"你要知道，云楼，假若涵妮是个正常而健康的孩子，我真会用全心灵来期望你和她……"

"我了解的，伯母。"云楼很快地说，打断了雅筠没有说完的话，他用一对坦率而真诚的眼睛直视着雅筠，"我将尽量避免给你们家带来麻烦，或给涵妮带来不幸。"

雅筠从云楼眼里看出了真正的了解，她放心了。长长地叹了口气，她说：

"好了，我耽误了你不少时间，夜已经深了，你也该睡了，再见吧！"

"再见！伯母。"云楼送雅筠到了房门口。

打开房门，雅筠轻悄悄地退了出去，临时又回过头来，叮嘱了一句："还有，云楼，你别在涵妮面前露出口风来，这孩子至今还糊里糊涂地蒙在鼓里呢！"

"我知道，伯母。"

目送雅筠走了，他关上房门，靠在门上，他伫立了好一会儿。涵妮真的被蒙在鼓里吗？他想起昨夜和涵妮的谈话，她显然已略有所知了，噢，这样的生命岂不太苦！走到床边，他躺了下来，瞪视着天花板。和昨夜一样，了无睡意，雅筠的谈话完全混乱了他。到这时，他才憷懂地感觉到，他对涵妮竟有一份强烈的感情。他是不相信什么一见钟情这类话的，他讨厌一些小说家笔下安排的莫名其妙的爱情，可是，他拂不掉涵妮的影子！这个仅仅认识了一天的小女孩！这个随时会幻灭的生命！这个根本不能面对世界的少女！一种强烈的、悲剧性的感觉深深地铭刻进了他的心中。

"从明天起,我要离她远一点。真的,杨伯母是个聪明的女人!"

他想着,关掉灯,准备要睡了。但是,涵妮的面容浮了上来,充满在黑暗的空间,比雅筠来访前更生动、更鲜明、更清晰。

第七章

　　接连三天，孟云楼都是早出晚归，一来由于杨子明热心的建议，要让他在开学之前，好好地把台北附近的名胜地区玩一玩；二来由于翠薇自告奋勇的陪伴，拒绝女孩子总是件不礼貌的事；三来——这大概是最主要的原因——他想避开涵妮。于是，他和翠薇畅游了阳明山、碧潭、金山、野柳、北投、观音山等地，在香港，难得看到一点绿颜色的山野。这三天的畅游，倒也确实带给他相当的愉快。而且，翠薇是个好的游伴，她活泼、愉快、年轻，而又吸引游人的注意，所以，他们这一对很引起一些羡慕的眼光。云楼对这些眼光虽不在意，翠薇却有份下意识的满足。

　　每天倦游归来，往往都是晚饭以后了，所以，一连三天，云楼都几乎没有见到过涵妮。只有一天早上，她目送他和翠薇出门，坐在那儿，她安安静静地望着他们，什么话都没有说。当大门在云楼身后合拢的时候，云楼才怛恻地感到，这门里面关住了几许寂寞。

第四天的深夜,孟云楼突然被琴声惊醒了,那琴声从楼下清晰地传来,弹的是《匈牙利狂想曲第二号》,琴声急骤如狂风暴雨,弹奏的人显然心情凌乱,错了很多地方,竟连孟云楼都可以听出来。涵妮,她怎么了?云楼诧异地坐起身子,她的琴从来不像这样的,她不像是弹琴,倒像是在发泄什么地敲击着琴键。

这是涵妮吗?当然,这幢房子里不可能有第二个人在深夜时弹琴,而且,也只有涵妮能弹得这么好。她怎么了呢?她今夜为什么一反常态,不弹一些优美的小曲子?

孟云楼用了极大的克制力,制止自己想下楼的冲动,雅筠那天晚上对他说的话犹在耳边,他不能下去,他无法保证自己能够不对这苍白怯弱的小女孩用情,事实上,他已经对她动了感情,很深很深的。他必须躲避,躲得远远的,他不能再陷下去了,否则,涵妮没有怎样,他将感到痛苦了。痛苦,这两个字一进入到他思想中,他就猛然觉得心底抽过了一阵刺痛和酸楚。他无法分析这刺痛是怎么回事,倒回床上,他把头埋进枕头中,对自己说:

"睡吧!就当你没有听到这琴声!"

像是回答他的话,那琴声戛然而止了。他不禁吃了一惊,因为那曲子只弹了一半,涵妮从不会半途而废的。他竖起了耳朵,下意识地等待着那琴声继续下去,可是,再也没有了。这突然的沉寂比琴声更震动他,他睡不稳了,重新坐起身子,他侧耳倾听,没有脚步声,也没有人上楼的声音,涵妮在做什么?

沉默继续着,静,一切都那么静,听不到任何声音。他全神贯注地坐在床上,又倾听了好一会儿,沉寂充塞了整幢房子里。终于,他再也按捺不住了,翻身下了床,他找着自己的拖鞋,走到门边,他打开了房门。

他看到楼梯上的灯光,这证明楼下确实有人,刚刚的琴声不会是出自他的幻觉了。他无法制止自己强烈的好奇和不安,走出房门,他迅速地向楼下走去。

下了楼梯,他一眼看到涵妮了。涵妮,果然是涵妮,仍然穿着她那件白纱的睡袍,她坐在钢琴的前面,琴盖已经合了起来,她的头却伏在琴盖上面,一动也不动,像是睡着了,或是昏倒了。

"涵妮!"

孟云楼惊呼着,飞奔了过去。她昏倒了,发病了,还是——死神的手已伸过来了?他几乎是一跳就跳到了她的身边,用双手一把抓住她的胳膊,他蹲下身子恐慌地喊着:

"涵妮!涵妮!"

出乎意料地,她的头迅速地抬了起来,望着云楼,她蹙起眉头说:

"你吓了我一跳!"

"你才吓了我一跳呢!"云楼说,长长地吐出一口气来。可是,立即,一种新的惊吓又让他震动了,他看到涵妮那苍白而瘦小的面庞上,竟满是亮晶晶的泪痕,那长而黑的睫毛上,也仍然挂着晶莹的泪珠。

"涵妮!"他低喊,"怎么了,你?"

涵妮没有回答,只用一对楚楚可怜的眸子,呆呆地凝望着他,睫毛上的泪珠,映着灯光闪烁。

"涵妮!"他感到心中猛然充塞进了一股恻然的柔情,涵妮那孤独无助,而又泪眼凝咽的神情绞痛了他的神经,"你怎么了?

涵妮?谁欺侮了你?谁让你不高兴了?告诉我,涵妮!"他用充满了感情的口吻,诚挚地说着,他的手仍然紧握着她那瘦小的胳膊。

涵妮依然默默无语,依然用那对含泪含愁的眸子静静地瞅着他。

"你说话呀,涵妮!"云楼说,深深地凝视着她,带着不由自主的怜惜和关怀,"你为什么流泪?为什么一个人躲在这儿哭?"

涵妮的睫毛轻轻地闪动了一下,眼睑垂了下去,掩盖了那对乌黑的眸子。好半天,她重新扬起睫毛来,带着股畏缩的神情,望着云楼,终于低低地开了口:

"她又美、又好、又健康,是吗?"

"谁?"云楼困惑了一下。

"翠薇。"她轻轻、轻轻地说。

云楼猛地一震,他紧盯着面前这个女孩,她是为了这个而在这儿哭吗?他望着她,她的眼睛深幽幽地闪着泪光,她那小小的嘴唇带着轻微的颤动,她的神情是寂寞的、凄苦的,而又谦卑的。

"涵妮,"他轻唤着,感到自己的声音涩涩的,"没有人比你更美、更好,你懂吗?"

她可怜兮兮地摇摇头。

"我不懂。"她说,"我但愿有翠薇一半的活力。"

云楼看了她好一会儿,然后,他振作了一下,掏出手帕来,出于本能,他为她拭去了脸上的泪痕。然后,用故意的、轻快的口气说:

"你不要羡慕翠薇,涵妮。你有许许多多地方都比她强,你看,你能弹那么好的钢琴,能唱那么好的歌,她还要羡慕你呢!来吧,振作起来,弹一支曲子给我听听。还有,记住不要流泪,眼泪会伤害你的眼睛,你不知道你的眼睛有多美。"

涵妮望着他,一层红晕涌上了她的面颊。

"你在哄我。"她说。

"真的,不哄你。"他站起身来,倚在钢琴上面,"你不愿弹给我听?"

"愿意的!"她轻喊着,眼睛里闪着光彩,打开了琴盖,她仰着头望着他,"你要听什么?"

"《梦幻曲》。"他说,舒曼的这支曲子一直对他有极深的感染力,"多弹两遍,我喜欢听。"

她弹了起来,眼睛一直没有离开他的脸。她的手熟练地拂着琴键,那纤细的手指,在琴键上飞掠过去,带出一串串柔美的叮咚之声。她重复着《梦幻曲》,一遍又一遍,直到他不忍心地抓住了她那两只忙碌的小手。

"够了!"他叫,"你累了。"

"我不累。"她的眼睛清亮如水,而又热烈似火,一瞬也不瞬地盯着他,"我不累,如果你要听。"

他瞪视着她,好半天说不出话来。从没有一个女孩这样震动他,这样弄得他全心酸楚。

"我要你休息。"他说,声音喑哑,"你应该去睡觉,夜已经很深了,是不?去睡,好吗?"

"如果你要我去睡,我就去。"她说,像个听话的、要人赞美的孩子。

"我要你去,"云楼说,温柔地凝视着她,她那两只瘦小的手仍然停留在他的手掌中,"你知道,充足的睡眠可以使你强壮起来,强壮得像翠薇一样。"

"到那时候,你也带我出去玩?"她问,很孩子气的,带着满脸的期盼。

"一定!"他许诺地说。

"好的,那么我就去睡。"她顺从地站起身来,依依地把手从他掌中抽出来。合上了琴盖,她转过身子,真的向楼梯那儿走去。他情不自禁地跟着她到楼梯口,她忽然站住了,抬起头来看着他,低低地、急促地、而又祈求似的说:"明天你不出去,好吗?"在他没回答以前,她又很快地说:"我弹琴给你听,弹《梦幻曲》,很多遍、很多遍。好吗?"

他的心痉挛了一下,这女孩祈求的眸子使他悸动。

"好的。"他说,"我留在家里,听你弹琴。"

喜悦飞进了她的眼睛,她对他做了个非常可爱的笑容。这句话带给她的喜悦竟那么大、那么多,使他深深地为这一连几天的外出抱歉起来。她那样渴望着朋友啊!雅筠的方案是错误的。

"你真好!"她说,望着他的脸,好半天,她才掉转头,快乐地说,"我去睡了!"

她几乎是"奔"上了楼梯,脚步轻快而活泼,到了楼梯顶,她又站住了,回头对他含笑地摆了摆手,说:

"明天见!"

"明天见!"他也摆了摆手。

她走了。云楼关了灯，慢慢地走上楼，回到自己的卧房里。躺在床上，他又久久不能入睡。

早晨，当他下楼吃早餐的时候，很意外地，涵妮竟精神奕奕地坐在早餐桌旁。他们很快地交换了一瞥，也很快地交换了一个微笑。他觉得，他和涵妮之间有一种微妙的了解，所谓"心有灵犀一点通"也不过如此。涵妮的笑里包含了很多东西：期盼、快乐、欣慰，和一份含蓄的柔情。

"早啊，"他对涵妮说，"难得在早餐桌上看到你。你看来清新得像早晨的露珠。"

"我以后都要下楼来吃早餐。"涵妮微笑着说。

"算了，"雅筠说，"我宁愿你多睡一下呢！"

"早，"翠薇向云楼打着招呼，"今天的计划如何？"

"计划？"云楼愣了愣。

涵妮迅速地抬起头来望着云楼。

"我们可以去指南宫，"翠薇咬了一口鸡蛋，口齿不清地说，"那是一个大庙，包你喜欢。"

"不，今天不出去了，"云楼说，"今天我想留在家里。"他看了涵妮一眼，涵妮正低下头去，脸埋在饭碗上，在那儿悄悄地笑着。"连天出去跑，晒得太厉害，今天想在家里凉快凉快。"

"要凉快，我们去游泳，"翠薇心无城府地说，"去金山，姨父，您今天要用车吗？"

"假若你们要用，我可以让给你们一天，"杨子明笑着说，"不过，不许翠薇开，你没驾驶执照，让云楼开。"他望着云楼，"我相信你的驾驶技术。"

"好呵！"翠薇欢呼着，"云楼，你有游泳裤吗？没有的话，我们先去衡阳路买一件。"

微笑从涵妮的唇边迅速地隐没了，她的头垂得更低，阳光没有了，欢乐消失了，她轻轻地啜着稀饭，眼睛茫然地望着饭碗。

"不用了，"云楼很快地说，再看了涵妮一眼，"我今天哪儿都不想去，而且，我也要准备一下功课，马上就要开学了。杨伯伯，您还是自己用车子吧！"

翠薇惊奇地看了云楼一眼，困惑地锁起了眉头，云楼投给了她抱歉的一瞥。她笑笑，不再说话了。

杨子明看看云楼，没有说什么。他对于他们出不出去，并不怎么关心。涵妮的眼光从云楼脸上溜过去，微笑又飞进她的眼睛中，而且，莫名其妙地，她的脸红了，红得那么好看。云楼费了大力才把自己的眼光从涵妮脸上移开。雅筠放下了饭碗，她的敏感和直觉已经让她怀疑到了什么，看看涵妮，再看看云楼，她的眉峰轻轻地聚拢了。

饭吃完了，涵妮抛下了她的饭碗，径直走进客厅里，立即，云楼听到钢琴的声音，《梦幻曲》！琴声悠扬地在清晨的空气中播送。他不知不觉地走进了客厅，在沙发中坐了下来。涵妮回过头来，对他很快地微笑了一下，就又掉头奏着她的琴，她的手指生动而活泼地在琴键上移动。

雅筠也走过来了，坐在云楼的对面，她审视着面前这个男孩子。云楼，你错了！她想着，却说不出口。你竟不知道爱之适以害之，云楼，你这善良、多情而鲁莽的孩子，你错了！

云楼抬起眼睛来，和雅筠的眼光接触了，他无语地又垂下头去,他在雅筠眼中读出了询问和责备,他用手支着头,望着涵妮的背影,那单薄的、瘦弱的身子,那可怜兮兮的肩膀,那在琴键上飞掠着的小手……我只有这样做,他想。伤这个少女的心是件残忍的事!我不能伤她的心!我要帮助她、保护她,给她快乐,这些,是不会要她的命的!

一曲既终,涵妮转过身子来,她充满了喜悦和快乐的眸子在云楼脸上停留了片刻,云楼也用含笑的眸子回望着她,于是,她又转过身子,开始再一遍弹起《梦幻曲》来。

琴声抑扬而柔和地扩散,云楼专注地倾听着,显然心神如醉。雅筠呆呆地望着这一切,有什么事要发生了!有什么事要来临了!她恐惧地想着,仰首望向窗外的天空,她不知未来的命运会是怎样的。

第八章

　　云楼开学了，刚上课带来了一阵忙碌，接着就又空闲了下来。一年级的课程并不重，学的都是基本的东西，这些云楼是胜任的。每天除了上课以外，云楼差不多的时间都停留在家里，他没有参加很多课外活动，也不喜欢在外逗留，这，更严重地困扰了雅筠。

　　翠薇回家去住了，不知从何时开始，涵妮已不需要翠薇的陪伴了，她俩在一起，两人都无事可做，也无话可谈，显得说不出来地格格不入。翠薇走了，涵妮反而大大地松了一口气，好像摆脱了一份羁绊似的。

　　近来，雅筠时时刻刻都怀着心事，她常常在午夜惊醒，感到一阵心惊肉跳，也常常席不安枕，彻夜失眠。她总觉得有什么可怕的事要发生了，那隐忧追随着她，时时刻刻都不让她放松。她很快地憔悴了，苍白了。杨子明眼看着这一切的发展，常劝解地说：

"雅筠,你实在犯不着为了涵妮而糟蹋自己,你要知道,我们为这孩子已经尽了全力了。"

"我要她好好地活下去。"雅筠凄苦地说。

"谁不要她好好地活下去呢?"杨子明说,忧愁地看着雅筠,"但是你在我心中的分量比涵妮更重,我不要你为了她而伤了自己的身体。"

"你不喜欢她!"雅筠轻喊着,带着点神经质,"你一直不喜欢涵妮!"

"你这样说是不公平的,雅筠,"杨子明深蹙着眉说,"你明知道我也很关怀她,我给她请医生,给她治疗,用尽一切我能用的办法……"

"但是你并不爱她,我知道的。"雅筠失神地叹息了,"假若当初……"

"算了,雅筠,"子明打断了她,"过去的事还提它干吗?我们听命吧!看命运怎样安排吧!"

"我们不该把云楼留在家里住的,我知道有什么事要发生了!一定会发生!"

"留云楼住是你的意思,是不?"子明温和地说。

"是的,是我的意思,我本以为……我怎会料到现在这种局面呢!我一定要想办法分开这两个孩子!"

"你何不听其自然呢?"子明说,"该来的一定会来,你阻止也避免不了。你又焉知道恋爱对涵妮绝对有害呢?许多人力没有办法治疗的病症在爱情的力量下反而会不治而愈,这种例子也不少呀!"

"但是……但是……她根本不能结婚呀!而且,这太冒险……"

"让他们去吧!雅筠。"

"不行!你不关心涵妮,你宁可让她……"

"停住!雅筠!"子明抓住了雅筠的胳膊,瞪视着她,"别说伤感情的话,你明知道这孩子在我心中的分量,我们只有这一个女儿,是吗?我和你一样希望她健康,希望她活得好,是吗?如果有风暴要来临,我们要一起来对付它,是不是?我们曾经共同对付过许多风暴,是不是?别故意歪曲我,雅筠!"

"子明!"雅筠扑在子明肩上,含泪喊,"我那么担心!那么担心!"

"好吧,我和云楼谈谈,好不?或者,干脆让他搬到宿舍去住,怎样?"

"我不知道该怎么办,我只知道要阻止他们两个接近!"

"那么,这事交给我办吧,你能不能不再烦恼了?"

雅筠拭去了泪痕,子明深深地望着她,多少年了,涵妮的阴影笼罩着这个家,这是惩罚!是的,这是惩罚!雅筠,这比凌迟处死还痛苦,它在一点点地割裂着这颗母性的心。这是惩罚,是吗?多年以前,那个凌厉的老太太指着雅筠诅咒的话依稀在耳:

"你要得到报应!你要得到报应!"

这样的报应岂不太残忍!他想着,不由自主地打了个寒战。云楼、涵妮、雅筠……一些纷杂的思想困扰着他。是的,留云楼在家里住是不明智的事、很不明智的事,涵妮生活中几乎根本接触不到男孩子,她又正是情窦初开的年龄,万一坠入情网,就注定是个悲剧，绝不可能有好的结局，雅筠是对的。他想着，越想越可怕，越想越烦恼，是的，这事必须及时制止！

但是，人类有许许多多的事，何尝是人力所能制止的呢？杨子明还来不及对云楼说什么，爱神却已经先一步张起了它的弓箭了。

这天，云楼的课比较重，晚上又有系里筹备的一个迎新舞会，因此，他早上出门之后就没有再回杨家，晚上直接去参加了舞会。等到舞会散会之后，已经是深夜了。好在杨子明为了使他方便起见，给他配了一把大门钥匙，所以他不必担心回家太晚会叫不开门。从舞会会场出来，他看到满天繁星，街上的空气又那样清新，他就决定安步当车，慢慢地散步回去。

他走了将近一小时，才回到杨家。深夜的空气让他神清气爽，心情愉快。开了大门，他轻轻地吹着口哨，穿过花园，客厅的灯还亮着，谁还没睡？他愣了愣，涵妮吗？那夜游惯了的小女神？不会，他没有听到琴声。那么，是雅筠了？杨子明是一向早睡的。

轻轻推开客厅的门，他的目光先习惯性地扫向钢琴前面，那位子空着，涵妮不在。转过身子，他却猛地吃了一惊，在长沙发上，蜷卧着一团白色的东西，是什么？他走过去，看清楚了，那竟是涵妮！她蜷在那儿，已经睡着了，黑色的长发铺在一个红色的靠垫上，衬得那张小脸尤其苍白，睫毛静静地垂着，眉峰微蹙，似乎睡得并不很安宁。那件白色的睡袍裹着她，那样瘦瘦小小的，蜷在那儿像一只小波斯猫，楚楚动人的，可怜分分的。

云楼站在那儿，好长一段时间，就这样呆呆地看着她。刚刚从一个舞会回来，看到许多装扮入时的、活泼艳丽的少女，现在再和涵妮相对，他有种模糊的、不真实的感觉。涵妮，她像是不属于人间的，像是来自另一个世界的，浑身竟不杂一丝一毫的世俗味。

夜风从敞开的视窗里吹进来，拂动了她的衣衫和头发，她蠕动了一下，沙发那样窄，她显然睡得很不舒服。她的头侧向里面，发出一声长长的叹息。然后，忽然间，她醒了，张开了眼睛，她转过头，直视着云楼，有好几秒钟，她就直望着他，不动也不说话。接着，她发出一声轻喊，从沙发里直跳了起来。

"噢！你回来了！你总算回来了！"

云楼蹲下身子，审视着她，问："你怎么在这儿睡觉？为什么不在房里睡？当心吹了风又要咳嗽。"

"我在等你嘛！"涵妮说，大大的眼睛坦白地望着他，眼里还余存着惊惧和不安，"我以为你回香港去了，再也不回来了。"

"回香港？"云楼一愣，这孩子在说些什么？等他？等到这样三更半夜？涵妮，你多傻气！

"是的，妈妈告诉我，说你可能要回香港了。"她凝视着他，嘴唇微微地发着颤，她显然在克制着自己，"我知道，你准备要不告而别了。"

"杨伯母对你说的，我要回香港？"云楼惊问，接着，他立即明白了。他并不笨，他是敏感而聪明的，他懂得这句话的背后藏着些什么了。换言之，杨家对他的接待已成过去，他们马上会对他提出来，让他搬出去。为了什么？涵妮。必然的。他们在防备他。那天晚上，雅筠和他的谈话还句句清晰。为了保护涵妮，他们不惜赶他走,并且已经向涵妮谎称他要回香港了。他的眉头不知不觉地锁了起来,为了保护涵妮,真是为了保护涵妮吗?还是有其他的原因?

看到他紧锁的眉头和沉吟的脸色,涵妮更加苍白了。她用一只微微发热的手抓住了他。"你真的要走?是不是?"

"涵妮,"他望着她,那热切的眸子每次都令他心痛。他觉得很难措辞了,假若杨家不欢迎他,他是没有道理赖在这儿的。他可以去住宿舍,可以去租房子住,杨家到底不是他的家啊!"涵妮,"他再喊了一声,终于答非所问地说,"你该上楼睡觉了。"

"我不睡。"涵妮说,紧盯住他,盯得那么固执而热烈。然后,她的眼睛潮湿了,潮湿了,她的嘴唇颤抖着,猛然间,她把头埋进弓起的膝上的睡袍里,开始沉痛地啜泣起来。

"涵妮!"云楼吃惊了,抓住她的手臂,他喊着,"涵妮!你不要哭,千万别哭!"

"我什么都没有,"涵妮悲悲切切地说,声音从睡袍中压抑地透了出来,"你也要走了,于是,我什么都没有了。"

"涵妮!"云楼焦灼地喊着,涵妮的眼泪绞痛了他的五脏六腑,他迫切地说,"我从没说过我要走,是不是?我说过吗?我从没说过啊!"

涵妮抬起头来,被眼泪浸过的眼睛显得更大了、更亮了。她痴痴地望着他,说:"那么,你不走了,是不?请你不要走,"她恳求地注视着他,"请不要走,云楼,我可以为你做许多事情,我弹琴给你听,唱歌给你听,你画画的时候我给你做模特儿,我还可以帮你洗画笔,帮你裁画纸,你上课的时候我就在家里等你回来……"

"涵妮!"他喊,声音哑而涩,他觉得自己的眼睛也湿了,"涵妮!"他重复地喊着。

"你不要走,"涵妮继续说,"记得你第一天来的时候,夜里坐在楼梯上听我弹琴吗?我那天弹琴的时候,你知道我在想些什么?我想,如果有个人能够听我弹琴,能够欣赏我的琴,能够跟我谈谈说说,我就再也没有可求的了。我愿意为他做一切的事情,为他弹一辈子的琴……我一面弹,就一面想着这些。然后,我站起身子,一回头,你就坐在那儿,坐在那楼梯上,睁大了眼睛看着我,我那么吃惊,但是我不害怕,我知道,你是神仙派来的,派给我的。我知道,我要为你弹一辈子琴了,不是别人,就是你!我多高兴,高兴得睡不着觉。哦,云楼!"她潮湿的眼睛深深地望着他,一直望到他内心深处去,"翠薇不能把你从我身边抢走,你是我的!这些天来,我只是为你生存着的,为你吃,为你睡,为你弹琴,为你唱歌……可是……可是……"她重新啜泣起来,"你要走了!你要不声不响地走了!为什么呢?我对你不好吗?爸爸妈妈对你不好吗?你——你——"她的喉咙哽塞,泪把声音遮住了,她无法再继续说下去,用手蒙住脸,她泣不成声。

这一篇叙述把云楼折倒了,他呆呆地瞪视着涵妮,这样坦白的一篇叙述,这样强烈的、一厢情愿的一份感情!谁能抗拒?谁生下来是泥塑木雕的?涵妮,她能把铁熔成水,冰化为火。涵妮,这不食人间烟火的女孩!他捉住了她的手,想把它从她脸上拉下去,但她紧按住脸不放。他喊着:

"涵妮！你看我！涵妮！"

"不！不！"涵妮哭着，"你好坏！你没有良心！你忘恩负义！你欺侮人！"

"涵妮！"他喊着，终于拉下了她的手，那苍白的小脸泪痕遍布，那对浸着泪水的眸子哀楚地望着他，使他每根神经都痛楚起来。雅筠的警告从窗口飞走了，他瞪着她，喃喃地说："涵妮，我不走，我永远不走，没有人能把我从你身边赶走了！"

她发出一声低喊，忽然用手抱住了他的脖子。他愣了愣，立即，有股热流窜进了他的身体，他猛地抱紧了她，那身子那样瘦、那样小，他觉得一阵心痛。干脆把她抱了起来，他站直身子，她躺在他的怀中，轻得像一片小羽毛，他望着她的脸，那匀匀净净的小脸，那热烈如火的眼睛，那微颤着的、可怜兮兮的小嘴唇。

"我要吻你。"他说，喉咙喑哑，"闭上你的眼睛，别这样瞪着我。"

她顺从地闭上了眼睛，于是，他的嘴唇轻轻地盖上了她的唇。好一会儿，他抬起了头，她的睫毛扬起了，定定地看着他，双眸如醉。

"我爱你。"他低语。

"你——?"她瞪着他，不解似的蹙起了眉，仿佛不知道他说的是什么。

"我爱你，涵妮。"他重复地说。

她仍然蹙着眉，愣愣地看着他。

"你懂了吗？涵妮，"他注视着她，然后一连串地说，"我爱你,我爱你,我爱你。"

她重新闭上眼睛,再张开来的时候,她的眼里又漾着泪,什么话都不说,她只是长长久久地看着他。

"你怎么了?你为什么不说话?"云楼问,把她放在沙发上,自己跪在她的面前,握着她的双手,"你怪我了吗?我不该说吗?我冒犯了你吗?"

"嘘!轻声一点!"她把一个手指头按在他的唇上,满面涌起了红晕,像做梦一般地,她低声地说,"让我再陶醉一下。你再说一遍好吗?"

"说什么?"

"你刚刚说的。"

"我爱你。"

这次,她的神志像是清楚了,她好像到这时才听清云楼说的是什么,她喊了一声,喊得那么响,他猜楼上的人一定都被惊醒了。"噢!云楼!"她喊着,"云楼!你不可以哄我,我会认真的呢!"

"哄你,涵妮?"云楼全心灵都被感情充满了,他热烈而激动地说,"我哄你吗,涵妮?你看着我,我像是开玩笑吗?我像是逢场作戏吗?我告诉你,我爱你,从第一夜在这客厅看到你的时候就开始了!连我自己都不相信我会有这样强烈而奔放的感情!涵妮、涵妮,我不能欺骗你,我爱你、爱你、爱你!"

"哦,"涵妮的手握住了胸前的衣服,她红晕的脸庞又变得苍白了,"我会晕倒,"她喘着气说,"我会高兴得晕倒!我告诉你,我会晕倒!"

说着，她的身子一阵痉挛，她的头向后仰，身子摇摇欲坠，云楼扶住了她，大叫着说：

"涵妮！涵妮！涵妮！"

但是，她的眼睛闭了下来，嘴唇变成了灰紫色，她再痉挛了一下，终于昏倒在沙发上了。云楼大惊失色，他抱着她，狂呼着喊：

"涵妮！涵妮！涵妮！"

一阵脚步响，雅筠像旋风一样冲下了楼梯，站在他们面前了。看到这一切，她马上明白发生了什么，冲到电话机旁边，她立即拨了李医生的号，一面对云楼喊着：

"不要动她，让她躺平！"

云楼昏乱地看着涵妮，他立即了解了情况的严重性，放平了涵妮的身子。他瞪着她，脑中一片凌乱的思潮，血液凝结，神思昏然。怎么会这样的呢？怎么会呢？他做错了什么？他那样爱她，他告诉她的都是他内心深处的言语，却怎么会造成这样的局面？

雅筠接通了电话，李大夫是涵妮多年的医师，接到电话后，答应立即就来。挂断了电话，雅筠又冲到云楼的面前，瞪视着云楼，她激动地喊着说：

"你对她做了些什么，你？"

"我？"云楼愕然地说，他已经惊慌失措，神志迷惘了，雅筠严重的、责备的语气使他更加昏乱。望着涵妮，他痛苦地说："我没料到，我完全没料到会这样！"

"我警告过你！我叫你离开她！"雅筠继续喊，眼泪夺眶而出,"你会杀了她!你会杀了她!"

杨子明也闻声而至,跑了过来,他先拿起涵妮的手腕,按了按她的脉搏,然后,他放下她的手,对雅筠安慰地说:

"镇静一点,雅筠,她的脉搏还好,或者没什么关系。云楼,你站起来吧!"

云楼这才发现自己还跪在涵妮的面前,他被动地站起身子,仍然傻愣愣地瞪视着涵妮。雅筠走过去,坐在涵妮的身边,她一会儿握握她的手,一会儿握握她的脚,流着泪说:

"我知道会出事,我就知道会出事!"抬起头来,她锐利地盯着云楼说:"你这傻瓜!你跟她说了些什么?你这鲁莽的、不懂事的傻瓜!你何苦招惹她呢?你何苦?你何苦?"

云楼紧咬了一下牙,在目前这个局面之下,不是他申辩的时候,何况,他也无心于申辩,他全心都在涵妮身上。涵妮,你一定要没事才行,涵妮,我爱你,我没想到会害你!涵妮!涵妮!醒来吧!涵妮!

医生终于来了,李大夫是专门研究心脏病的专家,十几年来,他给涵妮诊断、治疗,因而与杨家也成了朋友。他眼见着涵妮从一个小姑娘长成个亭亭玉立的少女,对这女孩,他也有份父亲般的怜爱之情。尤其,只有他最清楚这女孩的身体情况,像风雨飘摇中的一点烛光,谁知道她将在哪一分钟熄灭?到了杨家,他立即展开诊断,还好,脉搏并不太弱,他取出了针药,给她马上注射了两针。雅筠在旁边紧张地问:

"她怎样?她会好吗?"

"没关系,她会好,"李大夫说,"她马上就会醒来,但是,你们最好避免让她再发病,要知道每一次昏倒,她都可能不再醒来了!"

"哦!"雅筠神经崩溃地用手蒙住脸,"我真不知该怎么办才好!我已经那么小心!我每天担心得什么事都做不下去。哦!李大夫,你一定要想办法治好她!你一定要想办法!"

"杨太太,镇静一点吧!还并没到绝望的地步,是不?"李大夫只能空泛地安慰着。

"我们还可以希望一些奇迹。给她多吃点好的,让她多休息,别刺激她,除了小心调护之外,我们没有别的办法。"他看着雅筠,可以看到她身心双方面的负荷,"还有,杨太太,你也得注意自己,你这样长时间地神经紧张会生病,我开一点镇静剂给你吧!"

"你确定涵妮现在没关系吗?"雅筠问。

"她会好的。"李大夫站起身来,看了看躺在那儿的涵妮,"给她盖点东西,保持她手脚的暖和,暂时别移动她。她醒来后可能会很疲倦。"李大夫这时才想起来,"怎么发生的?"

杨子明夫妇不约而同地把眼光落在云楼身上,云楼抬起眼睛来,看了杨子明一眼,他感觉到室内那种压力,一刹那,他觉得自己像个凶手,望着涵妮,他咬紧了牙,一种痛楚的、无奈的、委屈的感觉像潮水般汹涌而至。在这一瞬间,他面对的是自己的自尊、感情,和涵妮的生命。于是,他毅然地一甩头,说:

"杨伯伯,如果您认为我应该离开这儿,我可以马上就搬走!"

李大夫明白了。他们可以防止涵妮生病,可以增加她的营养,可以注意她的生活,却无法让她不恋爱!他叹了口气,上帝对它制造的生命都有良好的安排,这已不是人力可以解决的事情了。提起了医药箱,他告辞了。

杨氏夫妇送李大夫出了门,这儿,云楼脱下他的西装上衣,盖在涵妮的身上,他就坐在沙发旁边,凄苦地、哀愁地看着涵妮那张苍白的小脸。闭上眼睛,他低低地、默祷似的说:

"涵妮,我该怎么办?"

杨子明和雅筠折了回来,同一时间,涵妮呻吟了一声,慢慢地张开了眼睛。雅筠立即扑过去,握住了她的手,含着泪望着她,问:

"你怎样了?涵妮?你把我吓死了。"

涵妮扬起了睫毛,望着雅筠,她的眸子里闪过了一丝昏晕后的恍惚,接着,她就突然振奋了,她紧张地想支起身子来,雅筠按住了她,急急地问:

"你干吗?你暂时躺着,不要动。"

"他呢?"涵妮问。

"谁?"雅筠不解地问。

但是,涵妮没有再回答,她已经看见云楼了。两人的眼光一旦接触,就再也分不开了。她定定地望着云楼,望得那样痴、那样热烈、那样长久。云楼也呆呆地看着她,他心中充满了酸甜苦辣,各种滋味,嘴里却一句话也说不出来,只能深深地凝视着她。好半天、好半天、好半天,他们两人就这样彼此注视着,完全忘记了这屋里除了他们还有其他的人,他们彼此看得呆了,看得傻了,看得痴了。杨子明夫妇目睹这一幕,不禁也看得呆了。

不知道过了多久,涵妮才轻轻地开了口,仍然望着云楼,她的声音低得像耳语：

"对不起，云楼，我抱歉我昏过去了。我要告诉你，我没有什么，只是太高兴了。"

云楼默然不语。

"你生气了吗？"涵妮担忧地说，"你不要生我的气，我以后不再昏倒了，我保证。"她说得那么傻气，但却是一本正经的，好像昏不昏倒都可以由她控制似的。

"你不要生气，好吗？"

"别傻，涵妮，"云楼的声音喑哑，带着点儿鲁莽，他觉得有眼泪往自己的眼眶里冲，"没有人会跟你生气的，涵妮。"

"那你为什么这样皱起眉头来呢？"涵妮问，关怀地看着他，带着股小心的、讨好的神情，"你为什么这样忧愁？为什么呢？"

"没有什么，涵妮。"云楼不得已地掉转了头，去看着窗外。他怕会无法控制自己，而在杨子明及雅筠面前失态。他的冷淡却严重地刺伤了涵妮。她惊疑地回过头来，望着雅筠。在他们对话这段时间内，雅筠早就看得出神了。

"妈，"涵妮喊着，带着份敏感，"你说他了，是吗？妈，我晕倒不是他的过失，真的。"她又热烈地望向云楼，"你不会走吧？"她提心吊胆地问，"你不会离开我吧，云楼？"

云楼很快地看了雅筠一眼，对于雅筠刚才对他那些严厉的责备，他很有些耿耿于怀，而且，这问题是难以答复的，他刚刚已对杨子明表示过离去的意思。他痛苦地看了看涵妮，狠下心来一语不发。

涵妮惊慌了，失措了。她一把抓住了雅筠的衣服，慌乱地说：

"妈，妈，他是什么意思？妈？妈？"她像个无助的孩子，碰到问题向母亲求救一般，紧揪着雅筠的衣服。

"他会留在这儿。"杨子明坚定地说，走上前去，把手按在涵妮的额上，"你好好地休息吧，我告诉你，他会留在这儿！"

"可是，他在生气呢！"涵妮带着泪说，"他不理人呢！"

云楼再也按捺不住了，大踏步地走上前去，他拂开了杨子明和雅筠，一下子跪在涵妮面前的地上，用双手捧住了她的脸，他深深地凝视着她，眼光里带着狂野的、不顾一切的热情，他急促地说：

"听着，涵妮，我会留在这里！我会永远跟你在一起！我会照顾你、爱你，不离开你！哪怕我带给你的是噩运和不幸！"

雅筠瞪大了眼睛，望着云楼，满脸冻结着恐慌和惊怖，仿佛听到的是死亡的宣判。

第九章

黎明来临了。

涵妮已经被送进卧室,在复病后的疲倦下睡着了。云楼也退回了自己的房间。坐在窗前的靠椅里,他看着曙色逐渐地染白了窗子,看着黎明的光亮一点点地透窗而入,他不想再睡了,脑中只是反复地想着涵妮。他不知道世界上有没有第二件类似的恋爱,那个被你深爱着的人,可能会因你的爱情而死。他几乎懊恼着爱上了涵妮,但是,一想起涵妮那份柔弱、那份孤独,和那份她丝毫不加以掩饰的热情,他就又觉得充满了对涵妮的痛楚的爱。涵妮,那是个多么特别的女孩!她的爱情那样专注、强烈和一厢情愿!一句温和的话都可以让她高兴致死,而一句冷淡的话却可以让她伤心致死!他怎能不爱上这女孩子呢!她能使铁石心肠者也为之泪下!

有人敲门,惊散了云楼的思绪,在他还没有答复之前,门开了,雅筠很快地走了进来。反手关上了房门,她靠在门上,眼光

直视着云楼,用一种哀愁的、怨愤的语气说:

"云楼,你一定要置她于死地才放手吗?"

云楼跳了起来,他以坚定的眼光迎接着雅筠,觉得自己的血液在翻滚、沸腾。

"伯母!"他喊,"你这是什么话?"

"你不知道你在杀她吗?"雅筠急促地说,紧紧地盯着云楼的脸,"如果她再昏倒一次,天知道她还会不会醒来?云楼,你这是爱她吗?你这是在杀她!你知道吗?她不是一个正常的孩子,你别把你那些罗曼蒂克的梦系在她的身上!你要找寻爱情,到你的女同学身上去找,到翠薇身上去找!但是,你放掉涵妮吧!"

"伯母,"云楼激动了,有股怒气冲进了他的胸腔,"你说这话,好像你从没有恋爱过!"

雅筠一愣,云楼像是狠狠地打了她一棒,使她整个呆住了。是的,她的责备是毫无道理的事!这男孩子做错了什么?他爱上了涵妮,这不是他的过失呀!爱情原是那样不可理喻的东西,她有什么权力指责他不该爱涵妮呢?假若这样的爱是该被指责的,那么当初的自己呢?她昏乱了,茫然了,但是,母性保护幼雏的本能让她不肯撤退。她软化了,望着云楼,她的声音里带着乞求:"云楼,我知道我不该责备你,但是,你忍心让她死吗?"

"伯母!"云楼愤然地喊,血涌进了他的脑子里,一夜未睡使他的眼睛里布满了红丝,"我要她活着!活得好!活得快乐!活着爱人也被人爱!您懂吗?爱情不是毒药!我不是凶手!"

"爱情是毒药!"雅筠痛苦地说,"你不了解的,你还太年轻!"

"伯母,"云楼深深地望着雅筠,紧锁着眉头说,"无论如何,你现在让我不要爱涵妮,已经太迟了!即使我做得到,涵妮会受不了!您明白吗?你一直不给我解释的机会,你知道今晚的事故是怎样发生的?你知道涵妮在楼下等我回来吗?你知道她如何哭着责备我要走吗?又如何求我留下来吗?伯母,您的谎言把我们拴起来了!你现在无法赶我走,我留下来,涵妮死不了,我走了,涵妮才真的会活不下去。你相信吗?"

雅筠注视着云楼,这是第一次,她正视他,不再把他看成一个孩子。他不是孩子了,他是个成熟的男人,他每句话都有着分量,他的脸坚决而自信。这个男人会得到他所要的,他是坚定不移的,他是不轻易退缩的。

"那么,"雅筠咬了咬牙,"你爱她?"

"是的,伯母。"云楼肯定地说。

"你真心爱她?"雅筠再逼问了一句。

"是的,伯母。"云楼迎视着雅筠的目光。

"你爱她什么地方?"雅筠追问,语气中带着咄咄逼人的力量,"她并不很美,她没有受过高深的学校教育,她有病而瘦弱,她不懂得一切人情世故,她不能过正常生活……你到底爱她什么地方?"

"她美不美,这是个人的观点问题,美与丑,一向都没有绝对的标准,在我眼光里,涵妮很美。"云楼说,"至于其他各点,我承认她是很特别的,"望着雅筠,他深思地说,"或者,我就爱她这一份与众不同。爱她的没有一些虚伪与矫饰,爱她的单纯,爱她的稚弱。"

"或者,那不是爱,只是怜悯。"雅筠继续盯着他,"许多时候，爱与怜悯是很难分野的。"

"怜悯中没有渴求与需要，"云楼说，"我对她不只有怜惜，还有渴求与需要。"

"好吧！"雅筠深吸了口气，"你的意思是说你爱定了她，绝不放弃，是吗？"

"是的，伯母。"云楼坚决而有力地回答。

"你准备爱她多久呢？"

"伯母！"云楼抗议地喊，"您似乎不必一定要侮辱我，恕我直说，您反对我和涵妮恋爱，除了涵妮的病之外，还有其他的原因吗？"他的句子清晰而有力地吐了出来，他的目光也直视着雅筠，那神情是坚强、鲁莽、而略带敌意的。

雅筠再一次被他的话逼愣了，有别的原因吗？或者也有一些，她自己从没有分析过。经云楼这样一问，她倒顿时有种特别的感觉。看着云楼，这是个可爱的男孩子，这在她第一次见他的时候就发现了，如果有别的原因，就是她太喜欢他了。她曾觉得他对涵妮不利，事实上，涵妮又焉能带给他幸福与快乐？这样的恋爱，是对双方面的戕害，但是，在恋爱中的孩子是不会承认这个的，他们把所有的反对者都当作敌人。而且，压力越大，反抗的力量越强。她明白自己是完全无能为力了。

"你不用怀疑我，"她伤感地说，"我说过，假若涵妮是个健康而正常的孩子，我是巴不得你能喜欢她的。"凝视着云楼，她失去了那份咄咄逼人的气势，取而代之的，是一份软弱的、无力的感觉。"好了，云楼，我对你没什么话好说了，既然你认为你对涵妮的感情终身不会改变，那么，你准备娶她吗？"

"当我有能力结婚的时候,我会娶她的。"云楼说。

"可是,她不能结婚,我告诉过你的。"

"但是,您也说过,她的病有希望治好,是不?"云楼直视着雅筠。

"你要等到那一天吗?"雅筠问,"等到她能结婚的时候再娶她?"

"我要等。"

"好,"雅筠点了一下头,"如果她一辈子不能结婚呢?"

"我等一辈子!"

"云楼,"雅筠的目光非常深沉,语气郑重,"年轻人,你对你自己说的话要负责任,你知道吗?你刚刚所说的几个字是不应该轻易出口的,你可能要用一生来对你这几个字负责,你知道吗?"

"我会对我的话负责,你放心。"云楼说,坦率地瞪着雅筠,带着几分恼怒。

雅筠慢慢地摇了摇头,还说什么呢?儿孙自有儿孙福,莫为儿孙做马牛!一切听天由命吧!转过身子,她打开了房门,准备出去。临行,她忽然又转回身子来,喊了一声:

"云楼!"

云楼望着她,她站在那儿,眼中含满了泪。

"保护她,"她恳求似的说,"好好爱她,不要伤害她,她像一粒小水珠一样容易破碎。"

"伯母,"云楼脸上的怒意迅速地融解了,他看到的是一个被哀愁折磨得即将崩溃的母亲,"我会的,我跟您一样渴求她健康快乐。您如果知道我对她的感情,您就能明白,她的生命也关乎着我的生命。"

雅筠点了点头,她的目光透过了云楼,落在窗外一个虚空的地方。窗外有雾,她在雾里看不到光明,看得到的只是阴影与不幸。

"唉!"她长叹了一声,"也罢,随你们去吧。但是,写信告诉你父亲,我不相信他会同意这件事。"

雅筠走了。云楼斜倚着窗子,站在那儿,看着阳光逐渐明朗起来,荷花池的栏杆映着阳光,红得耀眼。写信告诉你父亲!父亲会同意这事吗?他同样地不相信!但是,管他呢!目前什么都不必管,来日方长,且等以后再说吧!

阳光射进了窗子,室内慢慢地热了起来,他深呼吸了一下,到这时才觉得疲倦。走到床前,他和衣倒了下去,伸展着四肢,他对自己说,我只是稍微躺一躺。他有种经过了一番大战似的感觉,说不出来地松散,说不出来地乏力。杨伯母,你为什么反对我?他模糊地想着,我有什么不好?何以我一定会给涵妮带来不幸?何以?何以?涵妮、涵妮……脑中的所有句子都化成了涵妮、无数个涵妮,他合上眼睛,睡着了。

他睡得很不安稳,一直做噩梦,一忽儿是涵妮昏倒在地上,一忽儿是雅筠指责着说他是凶手,一忽儿又是父亲严厉的脸,责备他在台湾不务正业……他翻腾着,喘息着,不安地蠕动着身子、嘴里不住地、模糊地轻唤:

"涵妮,涵妮。"

一只清凉的小手按在他的额上,有人用条小手帕拭去了他额上的汗珠,手帕上带着淡淡的幽香,他陡地清醒了过来,睁大了眼睛,他一眼看到了涵妮!她坐在床前的一张椅子里,膝上放着一本他前几天才买回来的《纳兰词》,显然她已经在这儿坐了好一会儿了。她正俯身向他,小心翼翼地为他拭去汗珠。

"涵妮!"他喊着,坐起身来,"你怎么在这儿?"

"我来看你,你睡着了,我就坐在这儿等你。"涵妮说,脸上带着个温温柔柔、恬恬静静的笑,"我是不是把你吵醒了?你一直说梦话,出了好多汗。"

"天气太热了。"云楼说,坐正了身子。一把抓住了涵妮的小手,他仔细地审视她:"你好了吗?怎么就爬起来了?你应该多睡一下。"

她怯怯地望着他,羞涩地笑了笑。

"我怕你走了。"她说。

"走了?走到哪儿?"

"回香港了。"

"傻东西!"他尽量装出呵责的口吻来,"你居然不信任我,嗯?"

她从睫毛底下悄悄地望着他,脸上带着更多的不安和羞涩,她低低地说:

"不是不信任你,我是不信任我自己。"

"不信任你自己?怎么讲?"

"我以为……我以为……"她吞吞吐吐地说着,脸红了,"我以为那只是我的一个梦,昨天晚上的事都是一个梦,我不大敢相信那是真的。"

云楼用手托起了她的下巴，他凝视着她，凝视得好长久好长久。然后，他轻轻地凑过去，轻轻地吻了她的唇，再轻轻地把她拥在胸前。他的嘴贴在她的耳际，低声地、叹息地说：

"你这个古怪的小东西，你把我每根肠子都弄碎了。你为什么爱我呢？我有哪一点值得你这么喜欢，嗯？"

涵妮没有说话。云楼抬起头来，他重新捧着她的面颊，深爱地、怜惜地看着她。

"嗯？为什么爱我？"他继续问，"为什么？"

"我也不知道。"涵妮幽幽地说，深湛似水的眸子静静地望着他，"我就是爱你，爱你——因为你是你，不是别人，就是你！"她词不达意，接着，却为自己的笨拙而脸红了。

"我说得很傻，是不是？你会不会嫌我笨？嫌我——什么都不懂！"

"这就是你可爱的地方，"云楼说，手指抚摸着她的头发，"你这么可爱，从头到脚。你的头发，你的小鼻子，你的嘴，你的一切的一切。"他喘息，低喊："啊！涵妮！"他把头埋在她胸前，双手紧揽着她，声音压抑地从她胸前的衣服里透出来，"你使我变得多疯狂啊！涵妮！你一定要为我活得好好的！涵妮！"

"我会的，"涵妮细声地说，"你不要害怕，我没有怎么样，只是身体弱一点，李大夫开的药，我都乖乖地吃，我会好起来，我保证。"

云楼看着她，看着那张被爱情燃亮了的小脸，那张带着单纯的信念的小脸。忽然，他觉得心中猛烈抽搐了一下，说不出来有多疼痛。他不能失去这个女孩！他绝不能！闭了一下眼睛，他说：

"记住，你跟我保证了的！涵妮！"

"是的，我保证。"涵妮微笑着，笑得好甜、好美、好幸福，"你变得跟我一样傻了。"她说，揉着他那粗粗的头发，"我们下楼去，好吗？屋里好热，你又出汗了。下楼去，我弹琴给你听。"

"我喜欢听你唱歌。"

"那我就唱给你听。"

他们下了楼，客厅里空无一人，杨子明上班去了，雅筠也因为连夜忙碌，留在自己的卧室里睡了。客厅中笼罩着一室静悄悄的绿。世界是他们的。

涵妮弹起琴来，一面弹，一面轻轻地唱起一支歌：

> 我怎能离开你，
> 我怎能将你弃，
> 你常在我心头，
> 信我莫疑。
> 愿两情长相守，
> 在一处永绸缪，
> 除了你还有谁，
> 和我为偶。
> 蓝色花一丛丛，
> 名叫作勿忘我，
> 愿你手摘一枝，
> 永佩心中。

花虽好有时死，
只有爱能不移，
我和你共始终，
信我莫疑。
愿今生化作鸟，
飞向你暮和朝，
将不避鹰追逐，
不怕路遥。
遭猎网将我捕，
宁可死傍你足，
纵然是恨难消，
我亦无苦。

第十章

云楼刚刚把钥匙插进大门的锁孔里,大门就被人从里面豁然打开,涵妮那张焦灼的、期待的脸庞立刻出现在门口。云楼迅速地把双手藏在背后,用带笑的眼光瞪视着涵妮,嘴里责备似的喊着说:

"好啊!跑到院子里来晒太阳!中了暑就好了!看我告诉你妈去!"

"别!好人!"涵妮用手指按在嘴唇上,笑容可掬,"你迟了二十分钟回家,我等得急死了!"她看着他,"你藏了什么东西?"

"闭上眼睛,有东西送你!"云楼说。

涵妮闭上了眼睛,微仰着头,睫毛还在那儿扇啊扇的。云楼看着她,忍不住俯下身子,在她唇上飞快地吻一下。涵妮张开眼睛来,噘噘嘴说:

"你坏!就会捉弄人!"

"进屋里去,给你一样东西!"

进到屋子里，涵妮好奇地看着他。

"你在捣什么鬼？"她问，"你跑过路吗？脸那么红，又一头的汗。"

"坐下来，涵妮！"

涵妮顺从地坐在一张躺椅中，椅子是坐卧两用的，草绿色的椅套。涵妮这天穿了件浅黄色的洋装，领口和袖口有着咖啡色的边，坐在那椅子里，说不出来地柔和和飘逸，云楼目不转睛地瞪着她，感叹地喊："啊，涵妮，你一天比一天美！"

"你取笑我！"涵妮说，悄悄地微笑着，一份羞涩的喜悦染红了她的双颊，"你要给我什么东西呢？"

云楼的手从背后拿到前面来了，出乎意料地，那手里竟拎着一个小篮子。涵妮瞪大了眼睛，惊异地瞧着，不知道云楼葫芦里卖的什么药。接着，她的眼睛就瞪得更大了，因为，云楼竟从那篮子里抱出一只白色长毛的、活生生的、纯种京巴来。那小狗周身纯白，却有一个小黑鼻头和一对滚圆的、乌溜溜转着的小黑眼珠，带着几分好奇似的神情，它侧着头四面张望着，却乖乖地伏在云楼手上，不叫也不挣扎。那白色的毛长而微卷，松松软软的，看起来像个玩具狗，也像个白色的绒球。涵妮惊呼了一声，叫着说：

"你哪儿弄来的？我生平没看过比这个更可爱的东西！"

"我知道你会喜欢！"云楼高兴地说，把那只小狗放在涵妮的怀里，涵妮立即喜悦地抱住了它，那小狗也奇怪，到了涵妮怀里之后，竟嗅了嗅涵妮的手，伸出小舌头来，舔了舔她，然后就伏在涵妮身上，伸长了前面两个爪子，把头放在爪子上，蛮惬意地睡起觉来了。涵妮高兴得大叫了起来：

"它舔我！它舔我呢！你看，云楼！你看它那副小样子！它喜欢我呢！你看，云楼，你看呀！"

"它知道你是它的主人。"云楼笑着说。

"我是它的主人！"涵妮喘了口气，"你是说，我可以养它吗？我可以要它吗？"

"当然啦！"云楼望着涵妮那副高兴得不知怎样才好的样子，禁不住也沾染了她的喜悦，"我原是买了来送给你的呀！这样，当我去上课的时候，你就有个伴了，你就有事做了！不会寂寞了，是不是？"

"哦，云楼，"涵妮紧抱着那只小狗，眼睛却深深地瞅着云楼，"你怎么对我这样好！你怎么对我这样好呢！你什么事都代我想到了，你一定会惯坏我的，真的！"她闪动的眼里有了泪光，"哦！云楼！"

"好了，别傻，涵妮！"云楼努力做出苛责的样子来，因为那多情而易感的孩子显然又激动了，"快一点，你要帮它想一个名字，它还没名字呢！"

"我帮它想名字吗？"涵妮低着头，抚弄着那只小狗，又侧着头，看看窗外，一股深思的神情。那正是黄昏的时分，落日的光从视窗透了进来，在涵妮的鼻梁上、额前、衣服上和手上镶上了一道金边。她抱着狗，满脸宁静的、温柔的表情，坐在那落日余晖之中，像一幅画，像一首诗，像一个梦。

"我叫它洁儿好吗？它那么白，那么干净，那么纯洁。"涵妮说，征求地看着云楼。

云楼的心思在别的地方,瞪视着涵妮,他嚷着说:

"别动,就这个样子!不要动!"

抛下了手里的书本,他转身奔上楼去,涵妮愕然地看着他,不知他在忙些什么。只一会儿,云楼又奔了下来,手里拿着画架和画笔。站在涵妮面前,他支起了画架,钉上了画布,他说:

"你别动,我要把你画下来!"

涵妮微笑着,不敢移动,她怀里的小狗也乖乖地伏着,和它的主人同样地听话。云楼迅速地在画布上勾画着,从没有一个时刻,他觉得创作的冲动这样强烈地奔驰在他的血管中。涵妮那副姿态、那种表情,再加上黄昏的光线的陪衬,使他急切地想把这一刹那的形象抓住。他画着,画着,画得那么出神和忘我,直到光线暗了,暮色慢慢地游来了,小狗也不耐烦地蠕动了。

"乖,"涵妮悄悄地对小狗说着话,"别动,洁儿,我们的云楼在画画呢!乖,别动,等会儿冲牛奶给你吃,乖啊!洁儿。"

雅筠从楼上下来了,看到这一幕,她吃了一惊。

"你们在干吗?"

"嘘!"涵妮说,"他在画画呢!"

光线已经不对了,云楼抛下了画笔。

"好了,休息吧。"他笑了笑,走到涵妮面前,俯身望着她,"累了吗?我不该让你坐这样久!"

"不累,"涵妮站了起来,"我要看你把我画成什么样子!"抱着小狗,她站到画架前面。那是张巨幅油画,虽然只勾了一个轮廓,却是那么传神、那么逼真,又那么美!涵妮喘了口气:"你把我画得太美了,我没有这样美!"

雅筠也走了过来，开了灯，她审视着这张画。她对艺术一向不是外行，看了这张起草的稿子，她已经掩饰不住心中的赞美，这会成为一张杰出的画，一个艺术家一生可能只画出一张的那种画！画的本身不止乎技巧，还有灵气。

"很不错，云楼。"她由衷地说。

"我们明天再继续。"云楼笑着，把画笔浸在油中，收拾着那一大堆乱七八糟的油彩。"你快去喂饱你的洁儿吧，它显然饿极了。"

涵妮捧起小狗来，给雅筠看，笑着说：

"妈！你看云楼送给我的！不是世界上最可爱的一只小狗吗？"

雅筠望着那个美丽的小动物，心中有点讶异，怎么自己就没有想起过让涵妮养个小动物呢？

"是的，好可爱！"雅筠说。

"我带它去厨房找吃的！"涵妮笑着，抱着小狗到厨房里去了。

这儿，雅筠和云楼对视了一眼，自从上次他们谈过一次话之后，雅筠和云楼之间就一直有种隔阂，有一道墙，有一道鸿沟，有一段距离。这是难以弥补的，雅筠深深了解，在一段恋爱中扮演阻挠者是多可恶的事！她不由自主地叹息了一声。

"伯母，"云楼警觉地看了看雅筠，"您不必太烦恼，过去一个月以来，涵妮的体重增加了一公斤。"

"我知道，"雅筠说，深深地注视着云楼，"或者你是对的，对许多病症，医药是人力，爱情却是神力！"

云楼笑了。抬起画架，他把它送进楼上自己的房间中，再回来收拾了画笔和水彩。涵妮从厨房里跑出来了，她身后紧跟着洁儿，移动着肥肥胖胖的小脚，那小东西像个小白球般在地毯上滚动。涵妮一边跑着，一面笑不可抑，她冲到云楼身边，抓着云楼的手说：

"你瞧它，它跟我跑，我到哪儿它就到哪儿！"

云楼凝视着涵妮那张白皙柔润的脸庞，咳了一声，清清喉咙说：

"唔，我想我不该弄这个小狗来给你！"

"怎么？"涵妮惊愕地问。

"我已经开始跟它吃醋了。"云楼一本正经地说。

"哦！"涵妮轻喊，脸红了。扬起睫毛，她的眼睛天真而生动地盯着云楼，她小小的手划着云楼的脸，从云楼的眉毛上划下来，落在他脸上，落在他唇边拉长了的嘴角上，落在他多日未剃胡子的下巴上。她的声音娇娇柔柔地响了起来："哦！你常说我傻，我看，你比我还傻呢！"

雅筠悄悄地退出了房间，这儿是一对爱人的天地，这两个年轻人都是在任何场合中，绝不掩饰他们的情感的。她退走了。把世界留给他们吧。

云楼一把抓住了涵妮的小手。他看到雅筠退走了。

"你在干吗？"

"我要把你脸上这些皱纹弄弄平，"涵妮说，抽出手来，继续在他眉心和唇角处划着，"好人，别皱眉头啊，好人，别垮着脸啊！"

她的声音那样软软的、那样讨好的、那样哄孩子一般的，云楼忍不住扑哧一声笑了。再捉住了她的手，他把她一拉，她就整个倾倒在他怀里了。他们两人都笑着,笑得好开心,她倒在他怀中,头倚着他的胳膊,一直咯咯地笑个不停。云楼紧揽住她,瞪视着她那娇柔的脸庞,笑从他唇边消失了,他的下巴贴着她的额,他说:

"别笑了!"

她仍然在笑,他说:

"我要吻你了!"

她依然在笑,于是他把她抱到沙发上,让她躺下来,他贴上去,一下子用唇堵住了那爱笑的小嘴,她的胳膊揽住了他的脖子。他吻她,缠绵地,热烈地,细腻地。她喘不过气来了,挣开了他的怀抱,她笑着说:

"我要窒息了。"

他在沙发前的地毯上躺了下来,拖了一个靠垫枕着头,她伏在沙发上,从上面望着他。洁儿跑过来了,好奇地用肥胖的小爪子拨了拨云楼的头发。涵妮又笑了起来,笑得好开心好开心。用手抚弄着云楼那满头乱发,她说:

"你该理发了。胡子也不剃,你把艺术家不修边幅的劲儿全学会了。"

云楼仰望着她,她的头伸在沙发外面,长发垂了下来,像个帘子,静幽幽地罩着一张美好的脸庞。他伸手碰碰她的面颊,说:

"涵妮!"

"嗯?"她轻轻地答应了一声。

"我好爱你。"他说。

她望着他,面颊贴在沙发的边缘上,笑意没有了,她的手抚

摸着他的衣领,她那乌黑的眼珠深沉而迷蒙地望着他。好半天,她才低声地说:

"云楼,答应我一件事。"

"什么?"

"带我去医院,好好地检查一次。"

"涵妮?"他一惊,愕然地瞪着她。

"我要知道我到底怎么了。"她说,"我要把那个病治好。"她凝视着他,"我不要死,云楼,我要为你而活着。"

云楼咬了一下牙,他的手停在她的下巴上。

"谁说你有病?"他掩饰地问,"你不是好好的吗?只是生来就身体弱,有点贫血,你要多吃一点,多休息,就会慢慢地好起来,你知道吗?"

她摇了摇头。

"不是的,你们在瞒我,我知道。"她的目光搜索地望进他的眼底,"云楼,我以前对生死并不怎么在意,我很早就知道我有病,但是,我想,生死有命,我活着,是给父母增加负担,我并不快乐,我寂寞而孤苦,死亡对我不是件很可怕的事。但是,现在不同了,我要为你而活着,我要跟你过正常的生活,我不要你因为我而整天关在家里,我要嫁给你,我要……"她毫不畏缩地、一口气地说了出来,"给你生儿育女。"

云楼呆住了。涵妮这一串话引起他内心一阵强大的震动。自从和涵妮恋爱以来,他一直对涵妮的病避讳着,他不敢去想,也拒绝去想这个问题。现在,涵妮把它拉到眼前来了,这刺痛了他。

"别胡思乱想，涵妮，"他强忍着内心的一股尖锐的痛楚，勉强地说，"我告诉你你很好，你就不要再乱想吧！等我毕业了，等我有了工作，我们可以结婚，到那时候，你的身体也好了……"他忽然说不下去了，一种不幸的预感使他战栗了一下，他坐起身子来，天知道！这些会是空中楼阁的梦话吗？望着涵妮，他喊："涵妮！"

涵妮看着他，然后，她也坐起身子，一把抱住了他的头，她揉着他的头发，温和地、带笑地说：

"好了，好了，我们不谈这个。再谈你要生气了！"推开他的身子，她打量着他，皱了皱眉。"你为什么又垮着脸了？来！洁儿！"她俯身从地上抱起洁儿，把它放到云楼的眼前，嬉笑地说，"洁儿，你看他把眉头皱起来，多难看啊！你看他垮着一张脸，好凶啊！你看他把嘴唇拉长了，像个驴子……"

"涵妮！"云楼喊着，把小狗从她手上夺下，放到地板上去。他一把抱紧了她，抱得那么紧，好像怕她会飞了。他沉痛地喊着："听着！涵妮！你会活得好好的，会跟我生活一辈子，会……"他说不下去了，捧着她的脸，他战栗地望着她，"涵妮！"

她笑着，笑得好美好甜。

"云楼，当然我会的。"她做出一副天真的表情来，"你干吗这样瞪着我呀！"

"我爱你，涵妮，你不知道有多深。"他近乎痛苦地说。

"我知道。"她迅速地说，不再笑了，她深深地望着他，"别烦恼，云楼，我告诉你一句话：活着，我是你的人；死了，我变作鬼也跟着你!"

"涵妮!"他喊着,"涵妮、涵妮、涵妮!"他吻着她,她的头发、她的额、她的面颊、她的唇。他吻着,带着深深的、战栗的叹息:"涵妮!"

第十一章

推开了云楼的房门，涵妮轻悄悄地走了进去，一面回头对走廊里低喊：

"洁儿！到这儿来！"

洁儿连滚带爬地奔跑了过来，它已经不再是一只可以抱在怀里的小狗了，两个月来，它长得非常之快，足足比刚抱来的时候大了四五倍。跟在涵妮脚下，他们一起走进云楼的房间。这正是早上，窗帘垂着，房里的光线很暗，云楼睡在床上，显然还高卧未醒。涵妮站了几秒钟，对床上悄悄地窥探着，然后，她蹲下身子来，对洁儿警告地伸出一个手指，低声地说：

"我们要轻轻地，不要出声音，别把他吵醒了，知道吗？"

洁儿从喉咙里哼了几声，像是对涵妮的答复。涵妮环室四顾，又好气又好笑地对洁儿挤了挤眼睛，叹息地说：

"他真乱，不是吗？昨天才帮他收拾干净的屋子，现在又变成这样了！他可真不会照顾自己啊，是不是？洁儿？"

真的，房间是够乱的，地上丢着换下来的袜子和衬衫，椅背上搭着毛衣和长裤，桌子上画纸、铅笔、油彩、颜料散得到处都是。墙角堆着好几张未完成的油画。在书桌旁边，涵妮那张巨幅的画像仍然竖在画架上，用一块布罩着。涵妮走过去，掀起了那块布，对自己的画像看了好一会儿，这张画像进展得很慢，但是，现在终于完工了。画像中的少女，有那么一份柔弱的、楚楚可人的美，脸上带着一种难以描述的、超凡的恬静。涵妮叹了口气，重新罩好了画，她俯身对洁儿说：

"他是个天才，不是吗？他是世界上最伟大的画家！不是吗？"

走到桌边，她开始帮云楼收拾起桌子来，把画笔集中在一块儿，把揉皱了的纸团丢进字纸篓，把颜料收进盒子里……她忙碌地工作着，收拾完了桌子，她又开始整理云楼的衣服，该收的挂进了衣橱，该穿的放在椅子上，该洗的堆在门口……她工作得勤劳而迅速，而且，是小心翼翼的、不出声息的，不时还对床上投去关怀的一瞥。接着，她发现洁儿叼着云楼的一条领带满屋子乱跑，她跑了过去，抓着洁儿，要把领带从它嘴里抽出来。

"给我！洁儿！"她轻斥着，"别跟我顽皮哩！洁儿！快松口！"

洁儿以为涵妮在跟它玩呢，一面高兴地摇着尾巴，一面紧叼着那条领带满屋子乱转，喉咙里还不住发出呜呜的声音。涵妮追逐着它，不住口地叫着：

"给我呀！洁儿！你这顽皮的坏东西！你把领带弄脏了！快给我！"

她抓住领带的一头，死命地一拉，洁儿没叼牢，领带被拉走了，它开始不服气地叫了起来，伏在地上对那条领带猖猖狂吠，仿佛那是它的敌人一般。涵妮慌忙扑了过去，一把握住了洁儿的嘴巴，嘴里喃喃地、央告似的低语着：

"别叫！别叫！好乖，别叫！你要把他吵醒了！洁儿！你这个坏东西！别叫呀！"

一面说着，她一面担忧地望向床上。云楼似乎被惊扰了，可是，他并没有醒，翻了一个身，他嘴里模糊地唔了一声，又睡着了。涵妮悄悄地微笑起来，对着洁儿，她忍俊不禁地说：

"瞧！那个懒人睡得多香呀！有人把他抬走他都不会知道呢！"

站起身来，她走到床边，用无限深爱的眸子，望着云楼那张熟睡的脸庞，他睡着的脸多平和呀！多宁静呀！棉被只搭了一个角在身上，他像个孩子般会踢被呢！也不管现在是什么季节了，中秋节都过了，夜里和清晨是相当凉的呢！她伸出手去，小心地拉起了棉被，轻轻地盖在他的身上。可是，突然间，她的手被一把抓住了，云楼睁开了一对清醒的眼睛，带笑地瞪视着她，说：

"那个懒人可真会睡呀！是不是？有人把他抬走他都不知道呢！"

涵妮吃了一惊，接着就叫着说：

"好呀！原来你在装睡哄我呢！你实在是个坏人！害我一点声音都不敢弄出来！你真坏！"说着，她用拳头轻轻地捶击着他的肩膀。

他笑着抓住了她的拳头，把她拉进了怀里，用手臂圈住她，他说：

"我的小妇人，你忙够了吗？"

"你醒了多久了？"涵妮问。

"在你进房之前。"

"哦!"涵妮瞪着他,"你躺在那儿,看我像个傻瓜似的踮着脚做事,是吗?"

"我躺在这儿,"云楼温柔地望着她,"倾听着你的声音、你的脚步、你收拾屋子的声音、你的轻言细语,这是享受,你知道吗?"

她凝视着他,微笑而不语,有点儿含羞带怯的。

"累了吗?"他问。

"不。"她说,"我要练习。"

"练习做一个小妻子吗?"

她脸红了。

"你不会照顾自己嘛!"她避重就轻地说。

他翻身下了床,一眼看到洁儿正和那条领带缠在一起,又咬又抓的,闹得个不亦乐乎。云楼笑着说:

"瞧你的洁儿在干吗?"

"啊呀!这个坏东西!"涵妮赶过去,救下了那条领带,早被洁儿咬破了。望着领带,涵妮默然良久,半晌都不说话,云楼看了她一眼,说:

"怎么了?一条领带也值得难过吗?"

"不是,"涵妮幽幽地说,"我想上一趟街,我要去买一样东西送给你。"

云楼怔了怔,凝视着她。

"你到底有多久没有上过街了?涵妮?"

"大概有一年多了。"涵妮说,"我最后一次上街,看到街上的人那么多,车子那么多,我越看头越昏,越看头越昏,后来就昏倒在街上了。醒来后在医院里,一直住了一个星期才出院,以后妈妈就不让我上街了。"

云楼沉吟了片刻,然后下决心似的说:

"我要带你出去玩一趟。"

"真的?"涵妮兴奋地看着他,"你不可以骗我的!你说真的?"

"真的!"云楼穿上晨衣,沉思了一会儿,"今天别等我,涵妮。我一整天的课,下课之后还有点事,要很晚才回家。"

"不回来吃晚饭吗?"

"不回来吃晚饭了。"

涵妮满脸失望的颜色。然后,她抬起头来看着他,天真地说:

"我还是等你,你尽量想办法回来吃晚饭。"

"不要,涵妮,"云楼托起了她的下巴,温和地望着她,"我绝不可能赶回来吃晚饭,你非但不能等我吃饭,而且,也别等我回家再睡觉,我不一定几点才能回来,知道吗?你要早点睡,睡眠对你是很重要的!"

她怪委屈地注视着他。

"你要到哪里去呢?"

"跟一个同学约好了,要去拜访一个教授。"云楼支吾着。

"很重要吗?非去不可吗?"涵妮问。

"是的。"

涵妮点了点头,然后,她故作洒脱地甩了甩头发,唇边浮起了一个近乎"勇敢"的笑,说:

"好的,你去办事,别牵挂着我,我有洁儿陪我呢,你知道。"

我不会很闷的,你知道。"

云楼微笑了,看到涵妮那假装的愉快,比看到她的忧愁更让他感到老大的不忍,但是,他今晚的事非做不可,事实上,早就该做了。拍了拍涵妮的面颊,他像哄孩子似的说:

"那么你答应我了,晚上早早地睡觉,不等我,是吗?如果我回来你还没睡,我会生气的。"

"你到底要几点钟才回来?"涵妮担忧了,"你不是想逃跑吧?我一天到晚这样黏你,你是不是对我厌烦了?"

"傻瓜!"云楼故意苛责着,"别说傻话了!"打开房门,他向浴室走去,"我要赶快了,九点钟的课,看样子我会迟到了!"

"我去帮你盛一碗稀饭凉一凉!"涵妮说,带着洁儿往楼下跑。

"算了!我不吃早饭了,来不及吃了!"

"不吃不行的!"涵妮嚷着,"人家特地叫秀兰给你煎了两个荷包蛋!"

云楼摇了摇头,叹口气,看着涵妮急急地赶下楼去。涵妮、涵妮,他想着,你能照顾别人,怎么不多照顾自己一些呢!但愿你能强壮一些,可以减少多少的威胁,带来多大的快乐啊!

吃完了早饭,云楼上课去了。近来,为了上课方便,减少搭公共汽车的麻烦,云楼买了一辆90CC的摩托车。涵妮倚着大门,目送云楼的摩托车远去,还兀自在门边伸长了脖子喊:

"骑车小心一点啊!别骑得太快啊!"

云楼骑着摩托车的影子越来越小了,终于消失在巷子转弯的地方。涵妮叹了口气,关上了大门,一种百无聊赖的感觉立即对她包围了过来。抬头看看天,好蓝好蓝,蓝得耀眼,有几片云,薄薄的,高高的,轻缓地移动着。阳光很好,照在人身上有种懒洋洋的感觉。这是秋天,不冷不热的季节,花园里的菊花开了。她慢慢地移动着步子,在花园中走来走去,有两盆开红色小菊花的盆景,是云楼前几天买来的,他说这种菊花叫作"满天星",满天星,好美的名字!几乎一切涉及云楼的事物都是美的、好的。她再叹了口气,自己也不明白为什么叹气,只觉得心中充满了那种发泄不尽的柔情。望着客厅的门,她不想进去,怕那门里盛满的寂寞,没有云楼的每一秒钟都是寂寞的。转过身子,她向荷花池走去,荷花盛开的季节已经过了,本来还有着四五朵,前几天下了一场雨,又凋零了好几朵,现在,就只剩下了两朵残荷,颜色也不鲜艳了,花瓣也残败了。她坐在小桥的栏杆上,呆呆地凝望着,不禁想起《红楼梦》中,黛玉喜欢李义山的诗"留得残荷听雨声"的事来。又联想起前几天在云楼房里看到的一阕纳兰词,其中有句子说:

  风絮飘残已化萍,泥莲刚倩藕丝萦,珍重别拈香一瓣,记前生。

  她猛地打了个寒战,莫名其妙地觉得心头一冷。抬起头来,她迅速地摆脱了有关残荷的思想。她的目光向上看,正好看到云楼卧室的窗子,她就坐在那儿,对着云楼的窗子痴痴地发起呆来。
  她不知道坐了多久,直到洁儿冲开了客厅的纱门,对她奔跑过来。一直跑到她的面前,它跳上来,把两个前爪放在她的膝上,对她讨好地叫着,拼命摇着它那多毛的尾巴。涵妮笑了,一

把抱住洁儿的头,抚弄着它的耳朵,对它说:

"你可想他吗?你可想他吗?他才出门几分钟,我就想他了,这样怎么好呢?你说,这样怎么办呢?你说!"

洁儿"汪汪"地叫了两声,算是答复,涵妮又笑了。站起身来,她伸了个懒腰,觉得浑身慵慵懒懒的。带着洁儿,她走进了客厅,向楼上走去。在云楼的门前,她又站了好一会儿,才依依地退向自己的房间。

经过父母的卧室时,她忽然听到室内有压低的、争执的声音,她愣了愣,父母是很少争吵的,怎么了?她伸出手来,正想敲门,就听到杨子明的一句话:

"你何必生这么大气?声音小一点,当心给涵妮听见!"

什么事是需要瞒她的?她愕然了。缩回手来,她不再敲门,伫立在那儿,她呆呆地听着。

"涵妮不会听见,她在荷花池边晒太阳,我刚刚看过了。"这是雅筠的声音,带着反常的急促和怒意,"你别和我打岔,你说这事现在怎么办?"

"我们能怎么办?"子明的语气里含着一种深切的无可奈何,"这事我们根本没办法呀!"

"可是,孟家在怪我们呢!你看振寰信里这一段,句句话都是责备我们处理得不得当,我当初就说让云楼搬到宿舍去住的!振寰的脾气,我还有什么不了解的!你看他这句话,他说:'既然有这样一个女儿,为什么要让云楼和她接近?'这话不是太不讲理吗?"

"他一向是这样说话的,"杨子明长吁了一声,"我看,我需要去一趟香港。"

"你去香港也没用！他怪我们怪定了，我看，长痛不如短痛，还是让云楼……"

"投鼠忌器啊！"杨子明说得很大声，"你千万不能轻举妄动！稍微不慎，伤害的是涵妮。"

"那么，怎么办呢？你说，怎么办呢？"

"我回来再研究，好吧？我必须去公司了！"杨子明的脚步向门口走来。涵妮忘记了回避，她所听到的零星片语，已经使她惊呆了。什么事？发生了什么？这事竟是牵涉她和云楼的！云楼家里不赞成吗？他们反对她吗？他们不要云楼跟她接近吗？他们不愿接受她吗？她站在那儿，惊惶和恐惧使她的血液变冷。

房门开了，杨子明一下子愣住了，他惊喊：

"涵妮！"

雅筠赶到门口来，她的脸色变白了。

"涵妮！你在这儿干吗？"她紧张地问，看来比涵妮更惊惶和不安。

"我听到你们在吵架，"涵妮的神志恢复了，望望杨子明又望望雅筠，她狐疑地说，"你们在吵什么？我听到你们提起我和云楼。"

"哦，"雅筠迅速地冷静了下来，"我们没吵架，涵妮，我们在讨论事情。"

"讨论什么？我做错了什么吗？"

"没有，涵妮，没有。"雅筠很快地说，"我们谈的是爸爸去不去香港的事，与你们没什么关系。"

但是，他们谈的确与涵妮有关系，涵妮知道。看了看雅筠，既然雅筠如此迫切地要掩饰，涵妮也就不再追问了。带着洁儿，她退到自己的卧室里，内心充满了困扰与惊惧。怎么回事？怎么回事？她不住地自问着，为什么母亲和父亲谈话时的语气那样严肃？抱着洁儿，她喃喃地说：

"他们在瞒我，洁儿，他们有件事情在瞒着我，我要问云楼去。"

于是，涵妮有一整天神思不属的日子。每当门铃响，她总以为是云楼提前回来了，他以前也曾经这样过，说是要晚回来，结果很早就回来了，为了带给她一份意外的惊喜。但是，今天，这个意外一直没有来到，等待的时间变得特别漫长，每一分、每一秒都是那样滞重地拖过去的。晚饭后，她弹了一会儿琴，没有云楼倚在琴上望着她，她发现自己就不会弹琴了。她总是要习惯性地抬头去找云楼，等到看不见人之后，失意和落寞的感觉就使她兴致索然。这样，只弹了一会儿，她就弹不下去了。合上琴盖，她懒洋洋地倚在沙发中，用一条项链逗弄着洁儿。雅筠望着她，关怀地问：

"你怎么了？"

"没有什么，妈妈。"她温温柔柔地说。

雅筠看着那张在平静中带着紧张、热情中带着期待的脸庞，她知道她是怎么回事。暗中叹息了一声，她用画报遮住了脸，爱情，谁能解释这是个什么神秘的东西？能使人生，亦能使人死。它带给涵妮的，又将是什么呢？生，还是死？

晚上九点钟，电话铃响了，出于本能，涵妮猜到准是云楼打来的，跳起身子，她一把抓住电话筒，果然，云楼的声音传了过来：

"喂！涵妮？"

"是的，云楼，我在这儿。"

"你怎么还没睡？"云楼的声音里带着轻微的责备。

"我马上就去睡。"涵妮柔顺地说。

"那才好。我回来的时候不许看到你还没睡！"

"你还要很久才回来吗？"涵妮关心地问。

"不要很久，但是你该睡了。"

"好的。"

"你一整天做了些什么？"云楼温柔地问着。

"想你。"涵妮痴痴地答复。

"傻东西！"云楼的责备里带着无尽的柔情，"好了，挂上电话就上楼去睡吧！嗯？"

"好！"

"再见！"

"再见。"

涵妮依依不舍地握着听筒，直到对面挂断电话的咔嗒声传了过来，她才慢慢地把听筒挂好。靠在小茶几上，她眼里流转着盈盈的醉意，半天才懒懒地叹了口气，慢吞吞地走上楼，回到卧室去睡了。躺在床上，她开亮了床头的小台灯，台灯下，一张云楼的四寸照片，嵌在一个精致玲珑的小镜框里，她凝视着那张照片，低低地说：

"云楼，你在哪里呢？为什么不回来陪我？为什么？为什么？你会对我厌倦吗？会吗？会吗？"拿起那个镜框，她把它抱在胸前，闭上眼睛，她做梦般轻声低语："云楼，你要多爱我一些，因为我好爱好爱你！"

第十二章

同一时间,云楼正坐在李大夫的客厅中,跟李大夫做一番恳切的长谈。他来李家已经很久了,但是,李大夫白天在某公立医院上班看病,晚上,自己家里也有许多病人前来应诊,所以非常忙碌。云楼一直等到李大夫送走了最后一个病人,才有机会和李大夫谈话。坐在那儿,云楼满面忧愁地凝视着对方。李大夫却是温和而带着鼓励性的。

"你希望知道些什么?"他望着云楼问。

"涵妮。她到底有希望好吗?"云楼开门见山地问。

李大夫深深地看着云楼,沉吟了好一会儿。

"你要听实话?"

"当然,我要坦白的、最没有保留的、最真实的情形。"

李大夫点燃了一支烟,连抽了好几口,然后,他提起精神来,直望着云楼说:"如果我是你,我宁愿不探究真相。"

"怎么?"

"因为真相是残忍的。"李大夫喷出一口浓浓的烟雾,"说坦白话,她几乎没有希望痊愈,除非……"

"除非什么?"

"除非我们的医学有惊人的进步,进步到可以换一个心脏或是什么的。但,这希望太渺茫了。涵妮的情形是,不继续恶化就是最好的情况。换言之,我们能帮助她的,就是让她维持现状。"

云楼深吸了口气。

"那么,她的生命能维持多久呢?"他鼓起勇气问。

"心脏病患者的生命是最难讲的,"李大夫深思地说,"可能拖上十年二十年,也可能在任何一刹那就结束了。涵妮的病况也是这样,但她的病情有先天的缺陷,又有后天的并发症,所以更加严重一些,我认为……"他顿住了,有些犹豫。

"怎么?"云楼焦灼地追问着。

"我认为,"李大夫坦白地看着他,"她随时可能死亡。她的生命太脆弱了,你要了解。"

云楼沉默了,虽然他一开始就知道涵妮的情形,但是,现在从涵妮的医生嘴里再证实一次,这就变成不容抗拒的真实了。咬着牙,他一句话也说不出来,死亡的阴影像个巨魔之掌,伸张在那儿,随时可以抓走他的幸福、快乐和一切。

"不过,"李大夫看出他的阴沉及痛苦,又安慰地说,"我们也可以希望一些奇迹,是吧?据记载,也有许多不治之症,在一些不可思议的、神奇的力量下突然不治而愈。这世界上还是有许多科学不能解释的事的,我们还犯不着就此绝望,是不是?"

云楼抬头看了李大夫一眼,多空泛的句子!换言之,科学对于涵妮已经没有帮助了,现在需要的是神力而不是人力。他下意识地望了望窗外黑暗的天空,神,你在哪儿?你在哪儿?

"请告诉我,"他压抑着那份痛楚的情绪,低声地说,"我能带她出去玩吗?看看电影,逛逛街,到郊外走走,呼吸呼吸新鲜空气,可以吗?"

李大夫沉吟良久,然后说:

"应该是可以的,但是,记住,她几乎是没有抵抗力的,她很容易感染一切病症,所以公共场合最好少去。以前,她曾经在街上昏倒过,必须避免她再有类似的情形发生。再加上冷啦暖啦都要特别小心……"他定住了,叹了口气,"何必要带她出去呢?"

"她像一只关在笼子里的小鸟。"云楼凄然地说。

"她已经被关了很久了,"李大夫语重心长,"别忘了,关久了的鸟就不会飞了,别冒险让她学飞。"

"你的意思是,她根本不适宜出门,是吗?"云楼凝视着医生。

"我很难回答你这个问题,"李大夫深吸了一口烟,又重重地喷了出来,"我看着涵妮长大,当她的医生当了十几年,从许多年以前,我就担心有一天她会长睡不醒。可是,她熬到现在了,她身上似乎有股精神力量支持着她,尤其最近,她体重增加,贫血现象也有进步,我想,这是你的功劳。"他望着云楼,笑了笑,"所以我说,说不定会有种神奇的力量让她渡过难关。至于她能不能出门的问题,以医学观点来论,最好是避免,因为舟车劳顿,风吹日晒,都可能引起她别的病,而她身体的状况,是任何小病症,对她都可能造成大的不幸。可是,也说不定你带她出去走走，对她反而有利，这就不是医学范围之内的事了，谁知道呢？"

"我懂了，"云楼点了点头，"就像她母亲说的，她是一粒小水珠，碰一碰就会碎掉。"

"是的，"李大夫又喷了一口烟，"我们只能尽人力，听天命。"

"那么，她也不能结婚的了？"

"当然，"李大夫的目光严重而锐利，"她绝不能过夫妇生活。所以，我还要警告你，必要的时候，要疏远一点，否则，你不是爱她，而是害她了。"

云楼闭了闭眼睛，耳畔，清晰地浮起涵妮的声音："我要嫁给你，我要给你生儿育女。"

像一根鞭子，对他兜心猛抽了一下，他疼得跳了起来。啊，涵妮，涵妮，涵妮！

从李大夫家出来，夜已经深了。不知从什么时候开始，天空中竟飘着些细雨，冷冷的，凉凉的，带着深秋的寒意。他骑上摩托车，一种急需发泄的痛楚压迫着他，他不想回家，发动了马达，他向着冷雨寒风的街头冲了过去。加快了速度，他不辨方向地在大街小巷中飞驰。雨淋湿了他的头发，淋湿了他的面颊，淋湿了他的毛衣，好凉好凉，他一连打了两个寒战。寒夜中的奔驰无法减少他心中郁积的凄惶和哀愁，他把速度加得更快、更快，不住地飞驰、飞驰……在雨中，在深夜，在瑟瑟的秋风里。

前面来了一辆计程车，他闪向一边，几乎撞到一根电线杆上，他紧急刹车，车子发出惊人的"嗤"的尖响，他几乎摔倒，腿在车上刮了一下，撑在地面上，好不容易维持了身子的平衡，他甩了甩头,雨珠从头发上甩落了下来。用手摸摸湿漉漉的头发,他清醒了。站在街灯下面,他看着自己的影子,瘦瘦长长地投在地面的雨水中。

"涵妮,但愿你在这儿,我能和你在雨雾中,从黑夜走到天明。"

他喃喃地说着。近来,他发现自己常有对一切东西呼唤涵妮的习惯。涵妮,这名字掠过他的心头,带着温暖,带着凄楚,带着疼痛的深情。跨上车子,他想发动马达,这才发现腿上有一阵痛楚,翻开裤管,腿上有一条大口子,正流着血,裤管也破了。皱了皱眉,他用手帕系住伤口,骑上车子,向归途驶去。

走进大门,客厅的灯光使他紧锁了一下眉,谁?不会是涵妮吧?自己的模样一定相当狼狈。把车子推进了车房,正向客厅走去,客厅的门开了,一个细嫩的、娇柔的声音怯怯地喊着:

"云楼,是你吗?"

涵妮!云楼的眉毛立即虬结在一起,心中掠过一阵激动的怒意,叫你睡,你就不睡!这样身体怎么可能好!怎么可能有健康的一日!这样单薄的身子,怎禁得起三天两头地熬夜!他大踏步地跨进了客厅,怒意明显地燃烧在他的眼睛里,涵妮正倚门站着,睡衣外面罩了件紫色红边的晨褛,在夜风中仍然不胜瑟缩。看到云楼,她高兴地呼叫着:

"你怎么这个时候才回来?我急死了,我以为你……"她猛然住了口,惊愕而恐慌地望着他,"你怎么了?你浑身都是水,你……"

"为什么不去睡觉?"云楼打断了她,愤愤地问,语气里含着严重的责备和不满。

"我……哦，我……"涵妮被他严厉的神态惊呆了，惊吓得说不出话来了，她那清湛的眸子怯怯地望着他，带着副委屈的、畏缩的，和祈求的神情，"我……我本来睡了，一直睡不着，后……后来，我听到下雨了，想起你没带雨衣，就……就……就更睡不着了，所……所以，我就……就爬起来了……"她困难而艰涩地解释着，随着这解释，她的声音颤抖了，眼圈红了，眼珠湿润了。

"我告诉过你不要等我！"云楼余怒未息，看到涵妮那小小的身子在寒夜中不胜瑟缩的模样，他就有说不出来的心疼，跟这心疼同时而来的，是更大的怒气，"我告诉过你要早睡觉！你为什么不肯听话？衣服也不多加一件，难道你不知道秋天的夜有多凉吗？你真……"他瞪着她，"真让人操心！又不是三岁的小孩子！"

涵妮的睫毛垂了下来，眼睛闭上了，两颗大大的泪珠沿着那好苍白好苍白的面颊滚落了下来。她用手一把蒙住了自己的嘴，阻止自己哭出声来，那纤细的手指和她的面颊同样地苍白。她的身子战栗着，在遏制的哭泣中战栗，抖动得像秋风中枝头的黄叶。云楼愣住了，涵妮的眼泪使他大大地一震，把他的怒气震消了，把他的理智震醒了。你在干什么？他自问着，你要杀了她了！你责备她！只为了她在寒夜中等待你回来！你这个无情的、愚蠢的笨蛋！他冲过去，一把抱住了涵妮，把她那颤动着的、小小的头紧压在自己的胸前，喊着说：

"涵妮，涵妮！不要！别哭，别哭！是我不好，都是我不好，晚回来让你着急，又说话让你伤心，都是我不好，涵妮，别哭了，你罚我吧！"

涵妮啜泣得更加厉害，云楼用手捧住她的脸，深深地望着那张被泪浸湿了的脸庞，觉得自己的五脏六腑都缠绞了起来。

"涵妮……"他说着，眼睛里蒙上了一层雾气。

"你要原谅我，我责备你，是因为太爱你了，我怕你受凉，又怕你睡眠不够，你知道吗？因为你身体不好，我很焦急，你知道吗？"他用大拇指拭去她面颊上的泪，"原谅我，嗯？别哭了，嗯？你要怎么罚我，就怎么罚我，好吧？"

涵妮仰望着他，眼睛好亮好亮、好清好清，黑色的眼珠像浸在潭水中的黑宝石，深湛地放着光彩。

"我……我没有怪你，"她低低地说，声音柔弱而无力，"我只是觉得，我好笨、好傻，什么都不会做，又常惹你生气，我一定……一定……"她抽噎着，"是很无用的，是惹你讨厌的，所以……所以……"她说不下去了，喉中哽塞着一个大硬块，气喘不过来，引起了一阵猛烈的咳嗽。

云楼慌忙揽着她，拍抚着她的背脊，让她把气缓过了。听了她的言语，看到她的娇怯，他又是急，又是疼，又是难过，又是伤感，一时心中纷纷乱乱，说不出是什么滋味。扶她坐在沙发上，他紧紧握着她的双手，说：

"你绝不能这样想，涵妮，你不知道你在我心中的分量，你不知道我对你的感情有多深、有多重，噢，涵妮！"他觉得没有言语可以说出自己的感觉，没有一个适当的字可以形容他那份疯狂的热情和刻骨铭心的疼痛，拿起她的两只手，他把脸埋在她的掌心之中。啊，涵妮，你必须好好地活着！啊！涵妮，你必须！他说不出口来，他颤抖着，而且流泪了。

"哦，云楼，你怎样了？"涵妮惊慌地说，忘了自己的难过了，"你流泪了？男孩子是不能流泪的呢！云楼！是我惹你伤心吗？是我惹你生气吗？你不要和我计较啊，你说过的，我只是个很傻很傻的小傻瓜……"

云楼一把揽过她来，用嘴唇疯狂地盖在她唇上，他吻着她，吮着她，带着压抑着的痛楚的热情。哦，是的，他想着，你是个小傻瓜、很傻很傻的小傻瓜、让人疼的小傻瓜、让人爱的小傻瓜、让人心碎的小傻瓜！

抬起头来，云楼审视着她的脸，她的那张小脸焕发着多么美丽的光彩啊！

"你从晚上到现在还没有睡过吗？"他怜惜地问。

"我……我睡过，但是……但是……但是睡不着，"她结舌地说，一面小心地、偷偷地从睫毛下面窥探他，似乎怕他再生气。"我……我一直胡思乱想，"她忽然扬起睫毛来，直视着他，说，"你家里反对我，是不是？"

云楼猛地一震，瞪大了眼睛，他说：

"谁说的？"

"我听到妈妈在跟爸爸说，好像……好像说你爸爸反对我，是吗？"

云楼心中又一阵翻搅，眉头就再度紧锁了起来，是的，前两天父亲来过一封长信，洋洋洒洒五大张信纸，一篇又一篇的大道理，让你到台湾去是念书的，不是去闹恋爱的！尤其和一个有病的女孩子！你是孟家唯一的男孩子，要知道自己身上的责任，美萱下学期高中就毕业了，她配你再合适也没有，为什么你偏偏要去爱一个根本活不长的女孩？假若你不马上放弃她，下学期你就不要去台湾了……父亲，他似乎能看到父亲那张终日不苟言笑的脸，听到他那严肃的责备，他知道，他永不可能让父亲了解自己这份感情，永不可能！

"是吗？云楼，是吗？"涵妮追问着，关怀而担忧的眸子直射着他的脸。

他醒悟了过来，勉强地振作了一下，他急急地说：

"没有，涵妮，你一定听错了，爸爸只是怕我为恋爱而耽误了功课，并不是反对你……"他仓促地编着谎言，"他希望我大学毕业之后再恋爱，认为我恋爱得太早了，他根本没见过你，怎么会反对你呢？你别胡思乱想，把身体弄……"他一句话没有说完，鼻子里突然一阵痒，转开头去，他接连打了两个喷嚏，这才感到湿衣服贴着身体，寒意直浸到骨髓里去。这喷嚏把涵妮也惊动了，跳起身来，她嚷着说：

"你受凉了！你的湿衣服一直没换下来！"从上到下地看着他，她又大大地震动了，"你受了伤！你在流血！"

"别嚷！"云楼蒙住了她的嘴，"不要吵醒了你爸爸妈妈。我没有什么，只是摔了一跤，天下雨，路太滑。"

"我就怕你摔！"涵妮压低了声音喊，"你总是喜欢骑快车！以后不可以骑车去学校了，报上每天都有车祸的新闻，我天天在家里担心！"

"你就是心事担得太多了，所以胖不起来！"云楼说，"算了，

你别管那个伤口!"但是,涵妮跪在他面前,已经解下了那条染着血和泥的手帕,注视着那个伤口,她的脸色变白了,低呼着说:

"天哪,你流了很多血!"

"根本没有什么,"云楼说,"你该去睡了,涵妮。"

"我要去弄一点硼酸水来给你消消毒,"涵妮说,"我房里有一瓶,上次牙齿发炎买来漱口用的。我去拿,你赶快回房去换掉湿衣服。"

"涵妮!"云楼忍耐地说,"你该睡觉了。"

"给你包好伤口,我就睡,好吗?"她乞求地说,"否则,我会睡不着,那不是和不睡一样吗?"

云楼望着那张恳求的小脸,他说不出拒绝的话来。

"那么,快去拿吧!"

涵妮向楼上跑去,一面回头对他说:"你回房去换衣服,我拿到你房里来弄!"

云楼回到房里,刚刚换掉了潮湿的衣服,涵妮已经捧着硼酸水和纱布药棉进来了。云楼坐在椅子里,涵妮跪在他面前,很细心地、很细心地给他消着毒,不时抬起眼睛来,担心地看他一眼,问:

"我弄痛了你吗?"

"没有,你是最好的护士。"

涵妮悄悄地微笑着。包扎好了伤口,她叹了口气。

"你明天应该去看医生。"她说。

"不用了,经过了你的手包扎,我不再需要医生了。你就是最好的医生。"

涵妮仰头看着他，然后，她发出一声热情的低喊，把头伏在他的膝上，她说：

"我要学习帮你做事，帮你做很多很多的事。"

云楼抚摸着她的头发。

"你现在最该帮我做的一件事，就是去睡觉，你知道吗？"云楼温柔地说。

"是的，我知道。"涵妮动也不动。

"怎么还不去？"

"别急急地赶我走，好人。"涵妮热烈地说，"期待了一整天，就为了这几分钟呀！"

云楼还能说什么呢？这小女孩的万斛柔情，已经把他缠得紧紧的了。他们就这样依偎地坐着，一任夜深，一任夜沉。直到房门口响起一阵脚步声，他们同时抬起头来，在敞开的门口，雅筠正满面惊愕地站着。

"涵妮！"她惊喊。

涵妮站起身来，带着些羞涩。

"他受伤了，我帮他包扎。"她低声地说。

"回房去睡吧，涵妮。"雅筠说，"你应该学习自己照顾自己，我不能每夜看着你。快去吧！"

涵妮对云楼投去深情的一瞥，然后，转过身子，她走出房间，在雅筠的注视之下，回房间去了。

这儿，雅筠和云楼面面相对了，一层敌意很快地在他们之间升起，雅筠的目光是尖锐的、严肃的、责备的。

"你必须搬走，云楼。"她直截了当地说。

云楼迎视着她的目光,有股热气从他胸中冒出来,他觉得头痛欲裂,而浑身发冷。

"如果你要我这么做。"他说。

"是的,为了涵妮。"

"为了涵妮?"云楼笑了笑,头痛得更厉害了,"你不知道你在做什么!"收住了笑,他锐利地看着雅筠,"如果你要杀她,这是最好的一把刀!"

"云楼!"雅筠喊,"你这是什么意思?"

"我可以走,"他简单地说,"但是,伯母,你对涵妮了解得太少了!"

雅筠呆住了,瞪视着云楼,她沉默了好一会儿。眼前这个年轻人把她击倒了,她一时之间,茫然失措,好半天,她才抬起眼睛来,紧紧地盯着云楼。

"但愿你是真了解涵妮的!"她说,"但愿你带给她的是幸运而不是不幸!假若有一天,涵妮有任何不幸,记住,你是刽子手!"

说完,掉转了头,她走了。

云楼关上房门,雅筠这几句话,像一把尖刀般刺痛了他,倒在床上,他痛苦地闭紧了眼睛,觉得脑子中像有人撒下了一万支针,扎得每根神经都疼痛无比。咬紧了牙,他喃喃地说:

"涵妮,你不会有任何不幸,你不会!永不会!永不会!永不会!"

第十三章

天气渐渐冷了。

接连几个寒流,带来了隆冬的凛冽。杨家每间屋子里几乎都生了火,仍然觉得冷飕飕的。这样冷的日子,弹钢琴不见得是享受,手指冻得僵僵的,琴键冷而硬,敲上去有疼痛的感觉。可是,涵妮看了坐在沙发里的云楼一眼,他既然显出那么一副满足而享受的样子来,她就不愿停止弹奏了,一曲又一曲,她弹了下去。云楼坐在一边,手里拿着一个画板,画板上钉着画纸,正在那儿给涵妮画一张铅笔的素描。钢琴旁边,炉火熊熊地燃烧着,洁儿伏在火炉旁,伸长了爪子在打盹儿。室内静谧而安详,除了钢琴的叮咚声之外,几乎没有别的声响。

门铃声突然响了起来,杂在钢琴声中几乎让人听不清楚,可是,洁儿已经竖起了耳朵,敏感地倾听着。云楼本能地皱了一下眉,这么冷的天,谁来了?杨氏夫妇都没有出门,这显然是来客了。他下意识地对来客不怎么欢迎,室内这份温馨和安详将被打破了。

秀兰从花园里绕过去开了大门,他们听到了人声,接着,客厅的门被冲开了,一个年轻的、充满了活力的少女像一阵风般地卷了进来,嘴里高声地嚷着:

"嗨!你们都在家!"

云楼抬起头来,涵妮也从钢琴上转过了身子。来的人是翠薇,穿着件鹅黄色的、厚嘟嘟的套头毛衣,一条橘红色的长裤,披着件黑丝绒的短披风,头上还戴了顶白色的帽子,显得非常俏皮和出色。在屋子中一站,她解下了披风,有股说不出来的、焕发的热力,竟使满屋子一亮。云楼望着她,由衷地赞美了一声:

"好漂亮!从哪儿来?"

"荣星保龄球馆!"翠薇笑着说,把手里一个信封丢到云楼面前来,"我帮你带了一封信来!"

"你?"云楼诧异地问,"怎么会!"

"哈,刚刚进门的时候在信箱里拿到的,"翠薇笑着说,"难道有人会把给你的信寄给我吗?"走到钢琴旁边,她带着满脸的笑,审视着涵妮说:"嗨!你好像胖了些呢!爱情的力量不小啊!"

涵妮带着点儿羞涩微笑了,伸出手去,她扶正了翠薇领子上的一个别针,安安静静地说:

"你好美呵!翠薇。"

翠薇爽朗地笑了,摸了摸涵妮的面颊说:

"你才美呢!"掉过头来,她大声喊:"姨妈!你在家吗?"

"她在睡午觉!"云楼笑着说,"瞧!你一进门,就好像来了千军万马似的！"

"嫌我啊！"翠薇挑了挑眉毛，"我打扰了你们，是不，要不要赶我走？"

云楼拆着信，一张少女的照片突然从信封中落了出来，翠薇眼尖，一把抢了过去，高高地擎在手上说：

"女朋友的照片啊！涵妮，这个男人不老实，你得管严一点！"

涵妮偷偷地看了那张照片一眼，不敢表示关怀。云楼却淡淡地笑了笑，一句话也没有说，看完了信，他把信纸放回信封，脸上的欢乐气息却在一刹那消失了。翠薇把照片还给他，一面问：

"是谁？你妹妹吗？"

"不是。"云楼简短地说，把照片收了起来，一眼都没看。站起身来，他向楼上走去，脸上罩了一层凝重的浓霜。涵妮狐疑地看着他，他的神色使她惊惶而不安。

"你去哪儿？"她问。

"我马上就来！"云楼说，一直上了楼，走进自己的卧室里，把那封信丢进抽屉，他坐在桌前，用手支着头，沉思了好久。多幼稚啊！云霓！他想着，一张美萱的照片就能让我爱上她吗？即使她本人也未见得能使我入迷呀！父亲要你一放寒假就急速返港！返港之后呢？被扣留？还是被责备？为什么他要去爱一个根本不能结婚的女孩子？为什么？父亲说如果你寒假不回来，他就要亲自到台湾来把你捉回去！云霓，云霓，难道你不能帮我说说话吗？难道你也不能了解我这份感情吗？

一声门响，他回过头来，涵妮正站在门口。

"什么事？谁来的信？"她惊悸地问。

"没什么，"他慌忙说，站起身来，"是云霓写来的，问我寒假回不回去。"

"你要回去吗？"涵妮的面色更加惊慌了，仿佛大难临头的样子。没等云楼回答，她就又急急地说："你不要回去，好吗？"她攀住他的衣袖，恳求地望着他，"如果你回去了，我一定会死掉！"

"胡说！"云楼喊，本能地浑身掠过了一阵震颤。然后，他揽住了她的肩头，安慰地说："我不回去，你放心，即使我回去，两三天我就赶回来！"

"两三天！"涵妮喊，"那也够长久了！"

"傻东西！"云楼说，"我们下去陪陪翠薇吧，别让她笑话我们。"

楼下，翠薇正拿着云楼给涵妮画的那张速写，津津有味地看着。放下画像，她对踱下楼梯的云楼说：

"这是第几幅涵妮画像？"

"不知道第几幅。第一百多幅，或是两百多幅。"云楼笑着说。

"你的题材只有这一种吗？"翠薇满脸的调皮相，对他做了个鬼脸，"什么时候也帮我画张像，行不行？"

"假若你坐得住。我看呀，你没有一秒钟能够手脚不动的。"

翠薇"扑哧"一声笑了出来，眉飞色舞地说：

"你对我的观察倒很正确，叫我坐上几小时不动，那才要我的命呢！"收住了笑，她忽然露出一副难得见到的正经相，说："说真的，我今天来，有事请你帮忙。"

"请我？"云楼诧异地说。

"是的。"

"什么事?"

"后天是圣诞节,我想在家里开一个舞会,要你帮我去布置会场,你这个艺术家,布置出来的一定比较特别,行不行?"

云楼犹豫了一下,问:

"布置房间的东西你都买了吗?"

"你看需要什么,我陪你去买。"翠薇说,"我完全不知道该怎么弄。"看了涵妮一眼,她温柔地、请求地对涵妮说:"我要借一借你的爱人,可以吗?"

涵妮羞涩地嫣然一笑,把脸转到一边去了。云楼再一次惊异地发现,这两个女孩的差异竟如此之大!一个的腼腆沉静,和另一个的鲜明活泼,简直是两个极端的对比。翠薇笑着转过头来对他说:

"你看!我已经帮你请准假了。"

"你是说,现在就要去买吗?"云楼问。

"当然啦,时间已经很急迫了,是不是?"

云楼无可奈何地耸了耸肩。涵妮微笑地回过头来,望着他们,轻言细语地说:

"你们去买吧,别顾着我,我有洁儿陪我呢!"

"只一会儿。"翠薇说。

"没关系的,"涵妮笑得好温柔,好恬静,"多穿点衣服,云楼。"

翠薇调侃地对涵妮笑了笑,什么话都没说,涵妮却再度不好意思地羞红了脸。像是需要解释什么,她娇怯怯地说:

"你不知道他,从不会照顾自己的,上次淋了一身雨回来,结果发了好几天烧。"

"好了,"云楼笑着,"你又何尝会照顾自己呢!"

翠薇挑着眉毛,看了看这个,又看了看那个,然后,她故意地咳了一声,嘲谑地说:

"告别式完了没有?"

"好!走吧!我要赶回来吃晚饭!早去早回!"云楼说,走向了门口。

涵妮目送他们并肩步出去。翠薇披上了披风,显得更加容光焕发、英挺活泼。云楼的个子高,翠薇也不矮,两人站在一块儿,说不出来地相衬。涵妮望着翠薇那吹过冷风、又被火一烘、烤得红扑扑的面颊,和那健康的、纤秾合度的身材,不禁看得呆了。等他们一起出了门,涵妮才愣愣地在沙发上坐了下来,半天都一动也不动。

洁儿跳上了沙发,把头放在她的膝上,似乎想安慰她的寂寞。她揽住了洁儿,这才觉得一种特别的、酸楚的感觉冲进她的鼻子,她俯下头去,把脸依偎在洁儿毛茸茸的背脊上,低声地说:

"他们是多么漂亮的一对啊!"

闭上眼睛,她觉得那种酸楚的感觉在心头扩大。第一次,她如此迫切而强烈地希望自己是个健康的、正常的女孩。对于自己的身体情况,她一直懵懵懂懂,并不十分清楚是怎么回事,她明白自己有先天不足的病症,却不知道是什么病症,也不知道它的严重性到底到什么地步。以前,她对这一切都不太关心,她生性好静而不好动,无欲也无求。所以,她也很能安于自己那份单调而寂寞的生活。但是,自从云楼走进了她的生命,一切都改变了。她不再能漠视那病痛了，显然，这病已经威胁到她的爱情和幸福。

"我要健康起来，我一定要健康起来！"

她喃喃地自语着，拿起云楼给她画的那张像，她蹙着眉凝视着，对画像摇了摇头，忧愁地说：

"你好瘦啊！你一点也不好看，没有翠薇一半的美！真的！"赌气似的掷掉了画像，她把头靠在沙发背上，半晌不言也不动。

当雅筠午睡醒来，走下楼的时候，就看到涵妮这样呆呆地坐着。雅筠惊异地叫：

"涵妮！怎么你一个人在这儿？云楼呢？"

"他——"涵妮受惊地抬起头来，"他出去了。翠薇来找他帮忙布置圣诞舞会。"

"哦，是吗？"雅筠纳闷地皱了一下眉，"就剩你一个人在这儿吗？噢，这屋里真冷，怎么，火都要灭了，你也忘了加炭。"

拿了火钳，雅筠加上两块炭，回过头来，她审视着涵妮，忽然惊异地说：

"怎么了？涵妮，你哭过了！"

"没有，妈妈，"涵妮掩饰着，"是烟熏的，刚刚有一块烟炭。"

"胡说！火都快灭了，哪儿来的烟炭！"雅筠走过去，坐在她身边，仔细地审视她，"到底是怎么回事？告诉我！云楼欺侮了你吗？"

"没有，没有，妈妈。"涵妮拼命地摇着头，摇得那么猛烈，好像要借机摇掉许许多多的困扰。

"那么，你为什么哭？"

"我没哭,我不知道。"涵妮烦乱地说,紧蹙着眉,眼眶里的泪珠又呼之欲出了。

雅筠沉默了片刻,然后,她温柔地揽住了涵妮,抚弄着她那柔软的长发,说:

"告诉我,涵妮,你很爱很爱云楼吗?"

涵妮用一对凄楚的眸子望着她。

"你明知道的,妈妈。"她低声说。

"有多爱?"

"妈妈!"涵妮的眼光是乞求的、哀哀欲诉的、无可奈何的,"我不知道。我想,从来没有一种度量衡可以衡量爱情的。但是,妈妈,没有他,我会死掉。"

雅筠痉挛了一下。

"唉!"她长叹了一声,"傻孩子!"

"妈妈!"涵妮忽然抓住了她的手,热烈而急促地说,"你不可以再瞒我了,你要告诉我,我害的是什么病?妈妈!"

雅筠大大地吃了一惊,涵妮的神色里有种强烈的固执,她的眼睛是热切的、燃烧着的,她的手心发烫而颤抖。

"涵妮!"雅筠回避着,"你怎么了?"

"告诉我,妈妈,告诉我!"涵妮哀求着,用手紧紧地抓住了雅筠。她的身子往前倾,忽然跪在雅筠的面前了。她的头伏在雅筠的膝上,揉搓着雅筠,不住地、哀哀地说着:"你必须告诉我,妈妈,我有权知道自己的情形,是吗?妈妈?"

雅筠惊慌失措了,若干年来,涵妮听天由命,从来没有对自己的病情关心过。可是,现在,她有份打破砂锅问到底的决心,有种不得真相就不甘休的坚决。雅筠只觉得心乱如麻。

"涵妮,"她困难地说,"你并没有什么严重的病,你只是……只是……"她咽了一口口水,语音艰涩,"只是有些先天不足,当初,你出世的时候不足月,所以内脏的发育不好,所以……所以需要特别调养……"她语无伦次,"你懂了吗?"

涵妮紧紧地盯着她。

"我不懂,妈妈。你只答复我一句话,我的病有危险性吗?"

雅筠像挨了一棍,瞪视着涵妮,她张口结舌,半天都说不出话来。于是,涵妮一下子站起身来了,她的脸色比纸还白,眼睛瞪得好大好大。

"我懂了。"她说,"我明白了。"

"不,不,你不懂,"雅筠慌忙说,"你不会有危险的,不会有危险,只要你多休息,好好吃,好好睡,少用脑筋,你很快就会和一个健康人一样了。"

"妈,"涵妮凝视她,"你在骗我,我知道的,你在骗我!"

说完,她掉转头,走上楼去了。雅筠呆立了片刻,然后,她追上了楼。她发现涵妮和衣躺在床上,闭着眼睛,似乎是睡着了。雅筠在床沿上坐了下来,握着涵妮的手,她焦虑而痛苦地喊:

"涵妮。"

"妈,"涵妮睁开眼睛来,安安静静地说,"你不要为我发愁,告诉我真相比让我蒙在鼓里好得多。我不会怎样难过的,生死有命,是不?"

"但是,"雅筠急促地说,"事实并不像你所想的,只要你的情况不恶化,你就总有健康的一天,你知道吗?我不要你胡思乱想……"

"妈,"涵妮重新闭上了眼睛,"我想睡觉。"

雅筠住了口,望着涵妮,她默然久之,然后,她长叹了一声,转身走出去了。在房门口,她碰到子明,他正呆呆地站在那儿,抽着香烟。

"她怎么了?"他问,"又发病了吗?"

"不是,"雅筠满面忧愁,那忧愁似乎已经压得她透不过气来了,"她似乎知道一些了,唉!都是云楼,从他一来,就什么都不对了。"

"别怪云楼,"杨子明深沉地说,"该来的总是会来的,假如当初我们没有把涵妮……"

"别说那个!"雅筠打断了他,用手抱着自己的头,"好上帝!我要崩溃了!"她叫着。

杨子明一把扶住了她,他的语气严肃而郑重。

"你不会崩溃,你是我见过的女性里最勇敢的一个!以前是,现在是,永远都是!"

雅筠抬起眼睛来,深深地望着杨子明,杨子明也同样深深地望着她,于是,她投进他怀里,嚷着说:

"给我力量!给我力量!"

"我永远站在你旁边,雅筠。这句话我说了二十几年了。"

他们彼此凝视着,就在这样的凝视中,他们曾经共度过多少的患难和风波。未来的呢?还有患难和风波吗?未来是谁也无法预料的。

第十四章

涵妮似乎变了。

这天早上,天气出奇地好,阳光明朗地照耀着,是冬季少见的。花园里一片灿烂,阳光在树叶上闪着光彩,洁儿一清早就跑到花园的石子路上去晒太阳,伸长着腿,闭着眼睛,一股说不出来的舒服样子。早餐桌上,涵妮对着窗外的阳光发愣,脸上的神色是奇异的。饭后,她忽然对云楼说:

"你今天只有一节课?"

"是的。"

"跷课好吗?别去上了。"

"为什么?"云楼有些惊奇,涵妮向来对他的功课看得很重,从不轻易让他跷课的。

"天气很好,你答应过要带我出去玩的。"

云楼更加惊异了,他很快地和雅筠交换了一个眼光,坐在一边看报的杨子明也放下了报纸,警觉地抬起头来。

"哦，是的，"云楼犹豫地说，自从和李大夫谈过之后，他实在没有勇气带涵妮出门，"不过……"

"不要'不过'了！"涵妮打断了他，走到他面前来，用发亮的眸子盯着他，"带我出去！带我到郊外去，到海边去，到山上去都可以，反正我要出去！你答应过的，你不能对我失信！……"

云楼求助地把眼光投向雅筠。

"涵妮，"雅筠走了过来，语气里带着浓重的不安，"你的身体并不很好，你知道。虽然今天有太阳，但是外面还是很冷的，风又很大，万一感冒了就不好了。我认为……还是在家里玩玩吧，好吗？"

"妈，"涵妮凝视着雅筠，"让我多看看这个世界吧，不要总是把我关起来。"回过头来，她直视着云楼，一反常态，她用不太平和的声调说："你不愿带我出去吗？我会变成你的累赘吗？"

"涵妮！"云楼说，"你明知道不是的……"

"那么，"涵妮挺直了身子，"带我出去！"

云楼沉吟着还没有回答，坐在一边，始终没有说话的杨子明站起身来了，从口袋里掏出一串钥匙，他丢在云楼的身上说：

"这是我车子的钥匙，开我的车去，带涵妮到郊外去走走。"

"子明！"雅筠喊。

"涵妮说得对，她该出去多看看这个世界，"子明说，含笑地望着涵妮，"好了，你还不到楼上去换衣服，总不能穿了睡袍去玩吧！多穿一点，别着了凉回来！"

涵妮眼睛一亮，唇边飞上一个惊喜交加的笑，一句话也没有说，她就转身奔上了楼梯。这儿，雅筠用一对责备而担忧的眸子,盯着杨子明说:"你认为你这样做对吗?"

"一个没有欢乐的生命,比死亡好不了多少。"杨子明轻轻地说,把目光投向云楼,"要好好照顾她,你知道你身上的重任。"

"我知道,杨伯伯。"云楼握着钥匙,"你们别太担心,我会好好照顾她,说不定,出门对她是有利的呢!"

"但愿如此!"雅筠不快地说,皱拢了眉头,默默地走向窗子旁边。

涵妮很快地换好衣服,走下楼来了,她穿了件白色套头的毛衣,墨绿色的长裤,外面罩了一件白色长毛、带帽子的短外套,头发用条绿色的缎带扎着,说不出的飘逸和轻灵。她的脸上焕发着光彩,眼睛清亮而有神,站在那儿,像一朵彩色的、变幻的云。

"好美!涵妮。"云楼目不转睛地望着她。

"走吧!云楼。"涵妮跑过去,先对雅筠安慰似的笑了笑,"妈妈,别为我担心,我会好好的!"

"好吧,去吧!"雅筠含愁地微笑了,"但是,别累着了哦!晚上早一点回来!"

"好的,再见,妈妈!再见,爸爸!"

挽着云楼的手,他们走了出来,坐上车子,云楼发动了马达,开了出去。驶出了巷子,转上了大街,涵妮像个小孩第一次出门般开心,不住地左顾右盼。云楼笑着问:

"到哪儿去?"

"随便,要人少的地方。"

"好,我们先去买一份野餐。"云楼说,"然后,我们开到海边去,如何?"

"好的,一切随你安排。"涵妮带笑地说。

云楼扶着方向盘,转头看了涵妮一眼,她带着怎样一份孩子气的喜悦啊!这确实是一只关久了的小鸟,世界对她已变得那样新奇。

买了野餐,他们向淡水的方向开去。阳光美好地照耀着,公路平坦地伸展着。公路两边种植的木麻黄耸立在阳光里,一望无垠的稻田都已收割过了,一丛又一丛的稻草堆积得像一个个的宝塔。稻田中阡陌纵横,间或有一丛修竹,围绕着一户小小的农家。涵妮打开了车窗,一任窗外掠过的风吹乱了她的头发,她只是一个劲儿地眺望着,不住口地发出赞叹的呼声:"好美啊,一切都那么美!"深深地叹息了一声,她把盈盈的眸子转向他,"云楼,你早就该带我出来了!"

云楼微笑着,望着眼前的道路,涵妮再看了他一眼,他那挺直的鼻子,那专注的眼神,那坚定的嘴角,和那扶着方向盘的、稳定的手……她心中涌起一阵近乎崇拜的激情,云楼,云楼,她想着,我配得上你吗?我能带给你幸福和快乐吗?未来又会怎样呢?万一……万一有那么一天……她猛地打了个冷战。

他立即敏感地转过头来,用一只手揽着她。

"怎么了?冷了吗?把窗子关上吧。"

"我不冷,"涵妮说,顺着云楼的一揽,她把头靠在他的肩上,叹息地说,"云楼,我好爱好爱你。"

云楼心中涌过一阵带着酸楚的柔情。

"我也是,涵妮。"他说着,情不自禁地用面颊在她的头发上轻轻地蹭了一下。

"我会影响你开车吗?"她想坐正身子。

"不,不,别动,"云楼说,"就这样靠着我,别动,别离开。"

她继续依偎着他,那黑发的头贴着他的肩膀,头发轻拂着他的面颊。这是云楼第一次带她出门,坐在那儿,他的双手稳定地扶着方向盘,眼睛固定地凝视着窗外的道路,心里却充塞着某种又迷惘、又甜蜜、又酸楚、又凄凉的混合的滋味。这小小的身子依偎着他,带着种单纯的信赖,仿佛云楼就是她的天,就是她的上帝,就是她的命运……可是,未来呢?未来会怎样?这小小的身子能依偎他一辈子吗?感受着她身体的温热,闻着她衣服和发际的芬芳,他心神如醉。就这样靠着我吧!涵妮!别离开我吧!涵妮!我们就这样一直驶到世界的尽头去,到月亮里去!到星星上去,到天边的云彩里去吧!涵妮!

就这样依偎着,车子在公路上疾驰。他们都很少说话,涵妮扭开了收音机,于是,一阵抑扬顿挫的小提琴声飘送了出来,是贝多芬的《罗曼史》。她合上了眼睛,阳光透过玻璃窗,照射着她,暖洋洋的。从来没有享受过这样的阳光!从来没有过这样醉意醺然的一刻。未来?不,不,现在不想未来,未来是未可知的,"现在"却握在手里。

未来?云楼同样在想着:不,不,不想未来!让未来先躲在远山的那一面吧!我要"现在",最起码,我有着"现在",不是吗?不是吗?让未来先藏匿着吧!别来惊动我们,别来困扰我们!

车子到了海边,在沿海的公路上驶着,海浪的澎湃和海风的呼啸使涵妮惊醒了过来,坐正了身子,她眺望着窗外的海,蔚蓝蔚蓝的，无穷无穷的，一望无垠的，她喘了口气，欢呼着说：

"海！"

"多久没看到海了？"云楼问。

"不知道有多久，"涵妮微蹙着眉，"可能是前辈子看到过的了。"

"可怜的涵妮！"云楼低声地说。

"这是什么地方？"

"白沙湾。"

"白沙湾？"涵妮闭了一下眼睛，"好美的名字。"

云楼把车子停了下来，熄了火，关掉了收音机。

"来，我们去玩玩吧！"

涵妮下了车，海边的风好大，掀起了她的头发，她迎风而立，喜悦地呼吸着海风，眺望着海面，她闪亮的眸子比海面的阳光还亮。云楼走过去，帮她戴上了大衣上附带的小帽子，但是，一阵风来，帽子又被吹翻了，涵妮抓住了他的手。

"别管那帽子！"她叫着，"我喜欢这风！好美好美的风啊！"

云楼被她的喜悦感染着，不自禁地望着她，好美好美的风啊！他从没听说过风可以用美字来形容，但是被她这样一说，他就觉得再没有一个字形容这风比美字更好了。挽着涵妮，他们走向了沙滩。路边的岩石缝里，开着一朵朵黄色的小花，涵妮边走边采，采了一大把，举着小花，她又喜悦地喊着：

"好美好美的花啊！"

海边静静的，没有一个人影，阳光照射在白色沙砾上，反射着，璀璨着，每一粒细沙都像一粒小星星，涵妮跑上了沙滩，伸

展双臂,她仰头看着阳光,旋转着身子,叫着说:

"好美好美的太阳啊!"

太阳晒红了她的双颊,她把喜悦的眸子投向云楼,给了他嫣然的一瞥。然后,她跑开,弯腰握了一大把沙子,再松开手指,让沙子从她的指缝里流泻下去,她望着沙子,笑得好开心好开心,再度嚷着:

"好美好美的沙啊!"

站在海浪的边缘,她新奇地望着那海浪涌上来,又退下去,新奇地看着那成千成万的、白色的小泡沫,喧嚣着,拥挤着,再一个个地破碎、幻灭……然后,新的海浪又来了,制造了无数新的泡沫,再度地破碎、幻灭,然后又是新的,她看呆了,喃喃地说着:

"好美好美的海浪啊!"

云楼走了过来,一把揽住了她,他扶起她的脸来,审视着她,那匀匀净净的小脸,那清清亮亮的眼睛,那小小巧巧的鼻子,那秀秀气气的嘴唇,以及那温温柔柔的神情,他按捺不住一阵突发的激情,抱紧了她,他嚷着:

"好美好美的你啊!"

俯下头去,他吻住了她,他的胳膊缠着她小小的身子,这样纤弱的一个小东西啊!涵妮!涵妮!涵妮!他吻着她,吻着,吻着,从她的唇,到她的面颊,到她那小小的耳垂,到她那细腻的颈项,把头埋在她的衣领里,他战栗地喊着:

"涵妮!我多爱你啊!我每根血管里、每根神经里、每根纤维里,都充满了你,涵妮,涵妮啊!"

涵妮的身子紧贴着他，她的手缠绕着他的脖子，一句话也没说，她发出一声满足的、悠长的叹息。

他抬起头来，她的眼里闪着泪光。

"怎么了？涵妮？"他问。

她痴痴地仰望着他，一动也不动。

"怎么了？"他再问，"为什么又眼泪汪汪的了？我做错什么了吗？"

"不，不，云楼。"她说，用一对凄恻而深情的眸子深深地望着他。"云楼，"她慢吞吞地说，"你不能这样爱我，我怕没福消受呢！"

"胡说！"云楼震动了一下，脸色变了，"你这个傻东西，以后你再说这种话，我会生气的！"

"别！别生气！"涵妮立即抱住他，把面颊紧贴在他的胸口，急急地说，"你不要跟我生气，我只是随便说说的。"抬起头来，她对他撒娇似的一笑，"你瞧，我只是个很傻很傻的小东西嘛！"

云楼忍不住"扑哧"一声笑了。

"好，你笑了，"涵妮喜悦地说，"就不许再生气了！"

云楼握住了她的手。

"没有人能跟你生气的，涵妮，"他叹口气，"你真是个很傻很傻的小东西！"

沿着绵延不断的海岸，他们肩并着肩，缓缓地向前面走去。他的手揽着她的腰，她的手也揽着他的。在沙滩上留下了一长串的足印。她的头依着他的肩，一层幸福的光彩燃亮了她的脸，低低地，她说：

"我好幸福！好幸福！好幸福！如果能这样过一星期，我就死而无憾了！"

他的手蒙住了她的嘴。

"你又来了！"他说，"我们会这样过一辈子，你知道吗？"

"好的，我不再说傻话了！"她说，笑着，用一对嫣然的、美好的眸子注视着他。走到岩石边上，他们走不过去了。太阳把两个人身上都晒得热烘烘的。云楼解下了他的大衣，铺在沙滩上，然后，他们在沙滩上坐了下来。涵妮顺势一躺，头枕在云楼的腿上，她眯着眼睛，正视着太阳，说：

"太阳有好多种颜色，红的、黄的、蓝的……我可以看到好多条光线，不同颜色的！"收回目光，她看着云楼，再一次说："我好幸福，好幸福，好幸福！"摇摇头，她微笑着，"我不知道我的幸福有多少，比海水还多！世界上还会有人比我更幸福吗？"闭上眼睛，她倾听着，"听那海浪的声音，它好像在呼喊着：云楼——云楼——云楼——"

"不是，它在呼喊着：涵妮——涵妮——涵妮！"

他们两人都笑了，笑作一堆。然后，涵妮开始唱起她深爱的那支歌：

  我怎能离开你，
  我怎能将你弃，
  你常在我心头，
  信我莫疑。
  愿两情长相守，

在一处永绸缪，

除了你还有谁，

和我为偶。

……

她忽然停止了唱歌，凝视着云楼，说："我问你一个问题，云楼。"

"嗯？"云楼正陶醉在这温馨如梦的气氛中。

"你觉得翠薇美吗？"

"哦？"云楼诧异地看着涵妮，"你怎么忽然想起这样一个问题？"

"回答我！"她说，一本正经地。

"说实话，相当不错。"他坦白地说。

"假如……我是说假如，"她微笑地望着他，"假如没有我的话，你会爱上她吗？"

"傻话！"他说。

"回答我。"她固执地说。

"假如——"云楼笑着，"假如根本没有你的话，可能我会爱上她的。"

涵妮笑了笑，坐起身来，她的笑很含蓄，带点儿深思的神情，她这种样子是云楼很少看到的。用双手抱着膝，她望着海浪的此起彼落，半晌不言也不语。云楼望着她，他在她脸上看到一种新的东西，一种近乎成熟的忧郁。他有些惊奇，也有些不安。

"想什么？"他问。

"我在想——"她深思地说,"那些海浪带来的小泡沫。"

"怎样呢?"

"那些小泡沫,你仔细看过了吗?它们好美,像一粒粒小珍珠一样,映着太阳光,五彩缤纷的。可是,每个小泡沫都很快就破碎了,幻灭了,然后,就有新的泡沫取而代之。"

云楼迷惑地凝视着涵妮,有些神思恍惚,她在说些什么?为什么她那张小小的脸孔显得那么深沉、那么庄严、那么郑重、那么不寻常?

"怎样呢?"他再问。

"我只是告诉你,"涵妮低低地说,"我们每个人都可能握着一个泡沫,却以为握着的是一颗珍珠。"她扬起睫毛来,清明如水的眸子静静地望着他的脸。"假若有一天,你手里的那个泡沫破碎了,别灰心哦,你还可以找到第二个的,说不定第二个却是一粒真的珍珠。"

云楼轻轻地蹙起了眉头。

"我不懂你在说些什么,"他说,"你变得不像你了。"

她跳了起来,笑着奔向水边,嚷着说:"好了,不谈那些,我们来玩水,好吗?"

"不好,"云楼赶过去,挽着她,"海水很凉,你会生病。"

"我不会,我想脱掉鞋子到水边去玩玩。"

"不可以,"云楼拉着她,故意沉着脸,"你不听话,我以后不带你出来了。"

"好人,"她央求着,笑容可掬,"让我踩一下水,就踩一下。"

"不行!"

她对他翻翻眼睛，噘着嘴，有副孩子撒赖的样子。跺跺脚，她说："我偏要！"

"不行！"

"我一定要！"

"不行！"

"我……"

"你说什么都不行！"

她"扑哧"一声笑了出来，用手揽着他的脖子，她笑着，笑得好美好美、好甜好甜、好温柔好温柔。

"你把我管得好严啊，"她笑着说，"我逗你呢！"

"你也学坏了！"云楼说，用两只胳膊圈着她的腰，"学得顽皮了！当心我报复你！"

他对她瞪大了眼睛，扮出一股凶相来，她又笑了，笑得好开心好开心，笑得咯咯不停，笑得倒在他怀里。他抱住了她，说：

"看那潭水里！"

在他们身边，有一块凹下的岩石，积了一潭涨潮时留下的海水，好清澈好清澈，碧绿得像一潭翡翠。他们两个的影子，正清楚地倒映在水中。涵妮不笑了，和云楼并肩站着，他们俯身看着那水中的倒影，那相依相偎的一对，那如诗如梦的一对。水中除了他们，还有云，有天，有广漠的穹苍。她靠了过来，把头依在他的肩上。水中的影子也重叠了，她开始轻轻地唱了起来：

愿今生长相守，

在一处永绸缪，

> 除了你还有谁,
> 和我为偶。

倒在他怀中,她的眼睛清亮如水,用手紧抱着他的腰,她整个身子都贴着他,热情地、激动地、奔放地,她嚷着说:

"噢,云楼,我爱你!爱你!爱你!爱你!好爱好爱你!如果有一天我会死,我愿意死在你的脚下!"

于是,她又唱:

> 愿今生化作鸟,
> 飞向你暮和朝,
> 将不避鹰追逐,
> 不怕路遥。
> 遭猎网将我捕,
> 宁可死傍你足,
> 纵然是恨难消,
> 我亦无苦。

"哦,涵妮,涵妮。"云楼抱紧了她,心中胀满了酸楚的柔情,"涵妮!"

第十五章

这次的出游之后，云楼和涵妮的生活有了很大的转变，他们不再局限于家里，也偶然出去走走了。有时，他们开车去郊外，度过一整天欢乐的日子，也有时，他们漫步于街边，度过一两个美丽的黄昏。生活是甜蜜的，是悠然的，是带着深深的醉意的。假若没有时时威胁着他们的那份阴影，他们就几乎是无忧无虑的了。时间在情人的手中是易逝的，是不经用的，是如飞般地奔窜着的。就在这种如醉如痴的情况中，寒假来临了。

孟振寰从香港寄来了一封十分严厉的信，命令云楼接信后立即返港，信中有句子说：

……父母待子女，劬劳养育，不辞劳苦，儿女苟一长成，即将父母置于脑后，吾儿扪心自问，对得起父母？对得起良心？对得起二十年的养育劬劳否？杨家之女，姑不论其自幼残疾，不能成婚，即使健康，亦非婚姻之良配……我儿接信后，速速返港，以免伤父子之感情、家庭之和睦，若仍然执迷不悟，延滞归期，则父子之情从兹断绝……

云楼接到这封信之后，好几天莫知所措，然后，他写了一封长信回家，把自己跟涵妮这份感情坦白陈述，恳求父母让他留下。信写得真挚而凄凉，几乎是一字一泪，信中关于涵妮，他写着：

……涵妮虽然病弱，但是最近已经很有起色，医生一再表示，精神的力量对她胜过医药，我留在这儿，她才有生存的机会，我走了，她可能快快至死！父亲母亲，人孰无情？请体谅我，请为涵妮发一线恻隐之心。要知道我对涵妮，早已一往情深，涵妮活着，我才有生趣，涵妮万一不幸，也就是我的末日！我知道父母爱我良深，一定不会忍心看着我和涵妮双双毁灭，请答允我今年寒假，姑且停留，等明年暑假，我一定偕涵妮返港……

和这封信同时，他还写了一封信给云霓，年轻人总是比较了解年轻人的，他请云霓帮他在父母面前说说情。信寄出一星期后，云霓写了一封信来，父母却只字俱无。云霓的信上说：

……哥哥，爸爸接到你的信之后大发脾气，妈妈吓得一句话也不敢说，这几天家里的气压低极了，连我都觉得透不过气来。对于你和涵妮的事，我和妈妈都不敢讲话，妈妈也尝试过帮你说情，结果爸爸和她大吵了一架，妈妈气得血压骤然升高，差点晕倒过去。据我看来，你和涵妮的事绝难得到爸爸的同意，这之间可能还另有内幕，因为爸爸连杨伯伯和杨伯母一起骂了进去，说杨伯母什么水性杨花，女儿一定也不是好东西，什么来路不明之类，又后悔不该把你安排在杨家，说他们一家都是坏蛋……总之，情况恶劣极了。哥哥，我看你还是先回来吧！反正回来还可以再去的，爸爸总不能不顾你的学业，把你关起来的。如果你坚持不回来，恐怕我们家和杨家会伤和气，同时，爸爸会断了你的经济来源，甚至跟你断绝父子关系。爸爸的个性你了解，他是说得到做得到的，这样一来，妈妈首先会受不了，你在杨家也会很难处，所以，你还是先回来，回来了一切都可以面谈，说不定反而有转圜的可能……

看完了云霓这封信，云楼彻夜无眠，躺在那儿，头枕着手，他瞪着天花板，一直到天亮。父亲，你何苦？他想着，痛苦地在枕上摇着他的头。杨家怎么得罪你了？涵妮不幸而病，她本身又有何辜？父亲，你何等忍心！何等忍心！可是，事已至此，他将何以自处呢？回去？怎么丢得下涵妮？不回去？难道真的不顾父子之情？涵妮和家庭，变成不能并存的两件事，在这两者之间，你何从抉择？

清晨，他带着份无眠后的疲倦出现在餐桌上，头是昏晕的，眼光是模糊的，面容是憔悴的，情绪是凌乱的。涵妮以一份爱人的敏感盯着他，直觉到发生了什么事情，雅筠也微蹙着眉，研究地看着他。他默默无言地吃着早餐，一直神思不属。终于，涵妮忍耐不住地问：

"你有什么心事吗？云楼？"

"哦，"云楼惊悟了过来，"没有，什么都没有。"

"那你为什么愁眉苦脸？"涵妮追问。

"真的没什么，我只是没睡好。"他支吾着。

"怎么会呢？棉被不够厚吗？"涵妮关切地问。

云楼摇了摇头，无言地苦笑了一下，算是答复。饭后，涵妮坐在钢琴前面，热心地弹着《梦幻曲》，扬起睫毛，不住地用讨好的、带笑的眸子注视着云楼。她发现云楼根本没有在听她弹琴，也没有注意到她的眼光，他倚在窗子前面，只是一个劲地对着窗外无边无际的细雨出神。她感到受伤了，感到委屈了，还感到更多的惊惶和不安。停止了弹琴，她一下子从钢琴前面转过身子来，嚷着说："你怎么了吗？为什么变得这样阴阳怪气的？"

"哦！"云楼如大梦初醒般回过神来，急急地走到涵妮身边，他说，"没什么，真的没什么！"

"没什么，没什么。"涵妮嚷着，"你就会说没什么！我知道一定'有什么'，你瞒着我！"

"没有，涵妮，你别多心。"他勉强地解释着。

"我要知道，你告诉我，我要知道是什么事！"涵妮固执地紧盯着云楼。

"涵妮，"云楼的脸因痛苦而扭曲，凝视着涵妮，他忽然想试探一下,"我在想——我可能回香港去过旧历年,一星期就回来,好吗?"

涵妮的脸一下子变得雪白雪白,她瞪大了乌黑的眼睛,喃喃地说:

"你要走了!我就知道你总有一天要走的,你走了就不再会回来了,我知道的!"仰头看着天,她的眼光呆定而凄惶,"你要离开我了!你终于要离开了!"

她的神情像个被判决死刑的人,那样的无助和绝望,凄凉而仓皇。坐在那儿,她的身子摇摇欲坠,云楼发出一声喊,赶过去,他一把扶住了她。她倒在他怀里,眼睛仍然大大地睁着,定定地凝视着他。云楼恐慌而尖锐地喊:

"涵妮!涵妮!我骗你的,我跟你开玩笑,涵妮!涵妮!涵妮!"

涵妮望着他,虚弱地呼出一口气来,无力地说:

"我没有晕倒,我只是很乏力。"

"涵妮,我在跟你开玩笑,你懂吗?我在跟你开玩笑。"云楼一迭声地说着,满头冷汗,浑身战栗,"涵妮!涵妮!"把头埋在她衣服里,他抖动得非常厉害,"涵妮,我再也不离开你!我永远不离开你!涵妮!"

雅筠被云楼的呼声所惊动,急急地跑了过来。一看这情况,她尖声叫:

"她怎样了?你又对她怎样了?"

"妈妈,"涵妮虚弱地说,"我没有什么,我只是突然有些发晕。"

知道涵妮并未昏倒,雅筠长长地透出一口气来。

"噢,涵妮,你吓了我一跳。"望着云楼,她的目光含着敌意,"你又对她胡说了些什么,你?"

"我——"云楼痛苦地咬了一下嘴唇,"我只是和她开开玩笑,说是可能回一趟香港。"

雅筠默然不语了。这儿,云楼把涵妮一把抱了起来,说:

"我送她回房间去休息。"

涵妮看来十分虚弱,她的脸色苍白如纸,嘴唇是紫色的,用手握紧了胸前的衣服,她显然在忍耐着某种痛苦。看到自己造成的这种后果,看到涵妮的不胜痛楚、不胜柔弱,云楼觉得心如刀绞。抱着她,他走上了楼,她那轻如羽毛的小小的身子紧倚在他怀中,显得那样娇小、那样无助。他把她抱进了她的卧房,放在床上,用棉被裹紧了她。然后,他坐在床沿上凝视着她,眼泪充塞在他的眼眶里。

"涵妮!"他低低地呼叫。

"我好冷。"涵妮蜷卧在棉被中,仍然不胜瑟缩。

"我帮你灌一个热水袋来。"

云楼取了热水袋,走下楼去灌热水,雅筠正拿了涵妮的药和开水走上楼,望着他,雅筠问:

"她怎样?"

"她在发冷。"

雅筠直视着云楼。

"现在不能让你自由了,云楼,"她说,"你得留在我们家里,你不能回香港,一天都不能!涵妮的生命在你手里!"

"我不会回香港了！"云楼坚定地回答，"我要留在这儿，不顾一切后果！"

下了楼，他到厨房里去灌了热水袋，回到涵妮的卧房。涵妮刚刚吃了药，躺在那儿，面色仍然十分难看，雅筠忧愁地站在床边望着她。云楼把热水袋放在涵妮的脚下，再用棉被把她盖好，她的手脚都像冰一样地冷，浑身发着寒战。云楼对雅筠看了一眼：

"要请李大夫来吗？"

"不，不要，"涵妮在床上摇着头，"我很好，我不要医生。"她一向畏惧诊视和打针。

"好吧！看看情形再说。"雅筠把涵妮的棉被掖了掖，"我们出去，让她休息一下吧！"

"别走，云楼。"涵妮虚弱地说。

云楼留了下来。雅筠望着这一对年轻人，摇摇头，她叹了口气，走出了房间。

这儿，云楼在涵妮的床沿上坐下来，彼此深深地凝视着。涵妮的眼睛里，带着份柔弱的、乞怜的光彩，看起来是楚楚可怜的。嚅动着那起先发紫、现在苍白的嘴唇，她乞求似的说：

"云楼，你别离开我！如果你回香港，你就再也见不到我了，真的，云楼。"

云楼的心脏被绞紧、压碎了。抚摸着涵妮的面颊，他拼命地摇着头，含泪说：

"涵妮，我绝不离开你！我发誓！没有人能分开我们，没有人！"

于是，这天晚上，他写了封最坚决、最恳挚的信回家，信中

有这样的句子:

　　……我宁可做父母不孝之儿,不能让涵妮为我而死,今冬实在无法返港,唯有求父母原谅……

这封信在香港引起的是怎样的风潮,云楼不知道。但是,数天之后的一个晚上,云楼和涵妮全家都坐在客厅中烤火。涵妮病后才起床,更加消瘦,更加苍白,更加楚楚可怜。雅筠坐在沙发上,正在给涵妮织一件毛衣,杨子明在看一本刚寄到的科学杂志,云楼和涵妮正带着深深的醉意,彼此默默地凝视着。室内炉火熊熊,充满了一种静谧而安详的气氛。尽管窗外朔风凛冽、寒意正深,室内却是温暖而舒适的。

门铃忽然响了起来,惊动了每一个人,大家都抬起头来,好奇地看着门口。秀兰进来了,手里拿着一个信封。

"先生,挂号信!"

杨子明接过了信封,看了看,很快地,他抬头扫了云楼一眼。这一眼似乎并不单纯,云楼立即对那信封望过去,航空信封,香港邮票,他马上明白此信的来源了。一层不安的情绪立即对他包围了过来,坐在那儿,他却不敢表示任何关怀。雅筠趁杨子明拿收条去盖章的当儿,接过了信封,笑嘻嘻地说:

"谁来的信?"

一看信封,笑容在她的唇上冻结了,她也抬头扫了云楼一眼,寒意似乎突然间钻进了屋里,充塞在每个角落里了。雅筠蹙起了眉头,毫不考虑地,她很快就拆了信,抽出信笺。云楼悄悄

地注视着她的脸色,随着信中的句子,她的脸色越来越沉重,越来越难看,越来越愤懑……接着,她陡地放下了信笺,喊着说:

"这未免太过分了!"

云楼从来没有看到雅筠像这一刻愤怒的脸色,不止愤怒,还有悲哀和昏乱。杨子明赶了过来,急急地问:

"怎么?他说些什么?"

"你看!"雅筠把信笺抛在杨子明身上,"你看看!这像话吗?这像话吗?"一层泪雾忽然模糊了她的眼睛,她猛地整个崩溃了,用手蒙住了自己的嘴,她转身奔上了楼梯,啜泣着向卧室跑去。

"雅筠!雅筠!"杨子明喊着,握着信笺,他紧紧地跟在雅筠身后,追上楼去。这一幕使涵妮受惊了,站起身来,她惶恐地喊着:

"爸爸!什么事?什么事?"

"不关你的事,涵妮,"杨子明在楼梯顶上停顿了一下,回过头来说,"你该睡觉了!"说完,他转身就奔向了卧室。

客厅中只剩下涵妮和云楼了,他们两人面面相觑。云楼是略有所知,因此更觉得惶惶不安,父亲的脾气暴躁易怒,天知道他会在信中写些什么句子!想来是绝不会给人留余地的。涵妮却完全莫名其妙,只是睁大了眼睛,看着云楼,半天才说:"你想,这是怎么回事?"

"不知道,"云楼勉强地摇了摇头,"不关我们的事,你别操心吧!"他言不由衷地说,"可能是你父亲生意上的事!"

"不会,"涵妮不安地说,"父亲生意上的信件从不会寄到家里来的!"

"反正,我们操心也没用,是吗?"云楼问,"别去伤脑筋吧,大人有许多事是我们无法过问的。"

"我觉得——"涵妮担忧地望着他,"一定有什么不好的事……"

"别胡思乱想,"云楼打断她,耸了耸肩,"弹一支曲子给我听,涵妮。"

"你要听什么?"

"《印度之歌》。"

涵妮弹奏了起来,云楼沉坐在沙发里,他的心思并不在琴上,脑中风车似的转着几百种念头。他忽然发现在他和涵妮之间,竟横亘着怎样的汪洋大海,他们都在努力地游,努力地向彼此游去。但是,他们都已经快要力竭了,而隔着的距离仍然是那样遥远!他们能游到一起吗?游到一起之后呢?可有一只平安的小船来搭救他们,载送他们到一个安全的地方?还是两人一起沉向那黑暗的、深不可测的海底?

一曲既终,涵妮回过头来。

"还要听什么?"她问。

"不,涵妮。"他站起身来,"你刚刚病好,别累着,你该去睡了,我送你回房间去!"

她扬起睫毛来,瞅着他。

"你又要赶我走!"她噘着嘴说。

"我不要你像现在这样苍白,"云楼说,凝视着她,深深地,"我要你红润起来,为我红润起来!"

涵妮顺从地走上了楼梯,走进了卧室。

深夜,云楼确信涵妮已经熟睡了之后,他走到杨子明夫妇的卧室前面,轻轻地叩了叩房门。

"谁?"杨子明的声音。

"我,孟云楼。"

室内沉寂了一下,然后,杨子明的声音说:

"你进来吧!"

他推开门,走了进去。他几乎从未进过杨子明夫妇的卧室,这是间宽敞的大房间,除了床与梳妆台之外,还有张大书桌和一套三件套的小沙发,杨子明是经常留在这房间里看书与工作的。这时,雅筠正坐在床沿上,脸色沉重而凄凉,眼睛红肿着,显然是哭过了。杨子明坐在书桌前面的转椅里,深深地抽着烟,室内烟雾弥漫,有种说不出来的凝重的气氛。看到他走进来,雅筠抬起一对无神的眸子,看了他一眼,问:

"涵妮呢?"

"早就睡了。"

"把房门关好。"杨子明说,语气庄重而带点命令意味,"到这边沙发上来坐下!"

云楼听命关好了门,走过去坐了下来。他看出杨子明夫妇那庄严而郑重的神色。不安和恐慌的感觉在他心中越积越重,他看看雅筠又看看杨子明,忐忑地说:

"是我父亲写来的信?"

"是的。"杨子明喷出一口浓浓的烟雾,他不看云楼,只是瞪着那团烟雾扩散,语音冷而涩,"云楼,我对你很抱歉,你必须离开我们家了!"

云楼惊跳了起来。

"杨伯伯!"他惊喊。

"坐下!"杨子明说,再喷了一口烟,他的声音是庄重的、权威的,"当初我留你住在我家,就是一个错误,接着又一错再错地让你和涵妮恋爱,现在,我们不能继续错下去了,你必须走!"

"杨伯伯,"云楼锁着眉,凝视着杨子明,"您认为这样做就妥当了?您甚至不顾涵妮?"

杨子明迅速地掉过眼光来,盯着云楼,云楼第一次发现他的眼光是这样锐利而有神的,是这样能看穿一切、能洞察一切的。

"是的,我们一直顾虑着涵妮,就因为顾虑着涵妮,才会造成现在这个局面,到目前,我们无法再顾虑涵妮了,你一定得离开我们家。"

云楼迎视着杨子明的目光,他的背脊挺直了。

"您可以不顾虑涵妮,但是我不能不顾虑涵妮,杨伯伯!"他冷冷地说,"好,你们要我走,已经不是第一次,我如果不是为了涵妮,也早就走了!现在,我走!但是,我带涵妮一起走!"他站起身来。

"坐下!"杨子明再度说,"年轻人,你是多么鲁莽而不负责任的?你带涵妮去?你带她到哪儿去?"

"我可以租一间房子给她住,我可以跟她结婚,只要不实行夫妇生活,就不至于伤害她,我可以养活她……"

"哼!"杨子明冷笑了,"你拿什么养活她?涵妮每个月的医药费就要两三千,她不能工作,不能劳累,不能受刺激,她要人保护着、伺候着，甚至寸步不离……你怎样养活她？别寄望于你的父亲，他说了，你不回香港，他就断绝你的经济来源！年轻人，别说空洞而不负责任的话！别做鲁莽而不切实际的事！你要学习的太多了！"

云楼被打倒了，站在那儿，他瞪大了眼睛望着杨子明，忽然发现对面这个男人是那么坚定、那么高大，而自己却又渺小、又寒碜！他开始感到局促不安了、手足失措了，虽然是严寒的天气，他却额汗涔涔了。

"好了，用用思想吧，别太冲动。"杨子明缓和了下来，他的语气忽然又变得温和而带点鼓励性了，"你最好坐下来，听我把话说完！"

云楼凝视着杨子明，这个人是多么深邃、难测啊！但是，云楼觉得自己喜欢他，除了喜欢以外，对他还有一份敬服，这是他对自己的父亲都没有的情绪。他坐了下来，用一种被动而无奈的神色望着他。

杨子明同样在衡量着眼前这个年轻人，多鲁莽啊！多容易冲动，又多么不理智，正像自己年轻的时候，你无法责备他的。目前，他唯一能运用的东西，只是那份充沛的、发泄不尽的热情！而"热情"这样东西，往往却是成事不足、败事有余的。

"云楼，"他又吸了一口烟，深思地说，"如果你多运用一下思想，你就不必对我这样暴跳如雷了。想想看，你和涵妮的恋爱，我们一开始虽然反对过，但那完全是为了涵妮的健康问题，以及你未来的幸福问题，绝非我们不喜欢你，假若我不是那么喜欢你，我也不会向你父亲自告奋勇地要接你住在我家了！学校里有宿舍，你尽可以去住宿舍的，你想，是不是？"

云楼默默无语，杨子明的语气多么真挚，他觉得自己被撼动了。

"既然你和涵妮的恋爱发展到了今天这个地步，"杨子明继续说了下去，"我们做父母的还能怎样期望呢？只期望涵妮终有健康之一日，你们也能够达到有情人终成眷属的一天。涵妮自幼就被关在家里，从没有尝过恋爱滋味，对于你，她是痴情千缕，我想她这份感情，你比我们还清楚。如果你离开，很可能置涵妮于死地。涵妮是我们的独生女儿，你也明白她在我们心中的分量，我们难道愿意把她置于死地吗？云楼！你想想看！"

云楼瞪大了眼睛，在这一瞬间，忽然感到惶悚而无地自容了。杨子明的话是对的，自己只是个莽撞的傻瓜！

"今天我对你说，要你离开我们家，难道是我甘愿的吗？"子明紧盯着云楼的脸，"我之所以这么做，完全因为有不得已的苦衷，你应该猜到的，你的父亲在逼迫我们！这不是我们的意思，是你那不通情理的父亲！"他的声音抬高了，脸色突然因激动而发红了，云楼从未见过他如此不能克制自己，他额上的青筋在跳动着，握着香烟的手在颤抖。好一会儿，他才重新稳定了自己的情绪。大口大口地抽着烟，他望着虚空里的烟雾说："原谅我们，云楼，我们斗不过你的父亲，他一直是个强悍的人。回去吧！云楼，我们会尽全力来保护涵妮，等到你能娶她的那一天，也等到她能嫁你的那一天来临。"

"不，杨伯伯，"云楼紧紧地咬了一下牙，"我不能回去！坦白说，我离不开涵妮，涵妮也离不开我，我宁可对父亲抗命，不能让涵妮面临危险。涵妮上次不过听说我可能要走,就病倒了三四天,她脆弱得像一缕烟,风吹一吹就会散的。我必须留下来,杨伯伯,"他恳切地看着杨子明,"您一定要支持我,为了我,也为了涵妮!"

杨子明看着云楼那张痛苦的脸,他被这个孩子的热情与无奈感染了。抬起眼睛来,他看了看雅筠,雅筠坐在那儿,满脸的凄苦与无助,二十几年来,他第一次看到她这样凄惶,这使他的心脏痉挛了起来。

"云楼,"他沉吟地说,"我也希望我能支持你,不瞒你说,我曾经写过一封很恳切的长信给你的父亲,但你的父亲不能了解你这种感情,正如同他以前……"他把下面的话咽住了。半响,才又说:"你父亲是个执拗而顽固的人,虽然他是个留学生,他的思想却很守旧,他有几千种非常充分的理由来反对你和涵妮的恋爱,认为这是件荒谬之至的事情!你是你家唯一的男孩子,你负有传宗接代的责任,你的妻子必须宜子宜孙!"他苦笑了一下,"何况,涵妮根本不能结婚,这事就更荒谬了!他指责我们,认为我们当初接你来住是一个圈套,要给我们那'嫁不出去的女儿找一个傀儡丈夫',是要'夺人之子'。"他狠狠地喷出一口烟雾,"云楼,你了解了吧,你必须回去!否则,我们担当不起种种罪名!"

"不!"云楼坚决地看着杨子明,"爸爸不该这样说,他越是这样固执,我越是不能回去,如果我回去了,他就不会再放我到台湾来了!我绝不回去!"

"你必须回去!"杨子明说。

"绝不！绝不！"云楼斩钉截铁地说。

"你知道你父亲信里写了多少难听的话！"杨子明又激动了，"你知道……"忽然间，他住了口。他的眼睛紧紧地盯着云楼："好吧，这件事你迟早会知道的，我告诉你吧！你知道我和你父亲的关系吗？"

云楼诧异地看着他。

"你和爸爸是留德的同学。"他说。

"是的，是留德的同学。"杨子明抬头看看屋顶的吊灯，声音像是从一个很深远的地方透了过来，"我俩租了一个阁楼，两人同住在一间屋子里，饮食起居都在一起，情同兄弟。你父亲有一个未婚妻在国内，虽然是父母之命、媒妁之言订的婚姻，但因沾着一些亲戚关系，你父亲和她自幼就常在一起玩，所以并不像一般旧式婚姻那样隔阂和陌生。在德国时，他的未婚妻也时常来信，偶尔还寄一两张照片来。她长得很美，文笔流畅，你父亲深以为傲。接着，由于战争的关系，我提前回国，你父亲因学业未成，由德国转往美国，继续求学。我回国前，他郑重地将未婚妻托付给我，因为他那未婚妻本是母女相依，那时刚好丧母，孑然无依。再加上战乱，他很不放心，要我照顾她，好好地照顾她。我照顾了，"他停住了，看着云楼，苦笑了一下，"下面的故事不用讲了，那未婚妻就是雅筠。"

云楼惊愕地看着杨子明，又掉头看看雅筠，这是他从来没有听过的一个故事，是他做梦也想不到的一个故事。怪不得！怪不得父亲对杨家余恨重重。他呆呆地看着雅筠，她正显出一副凄然而庄重的表情来，那样子是令人感动的。

"现在你明白两家的恩怨了吧？"杨子明看着云楼，带着份苦涩的惘然，"刚开始，日子真难过，那时，你的祖母还没有去世，那是个严苛的老妇人，指着我们，她曾经咒骂过多少难听的话。然后，你父亲回国了，他很快就结了婚，有好几年，我们两家不相来往，直到你和你妹妹相继出世，我们也有了涵妮，大家才恢复了友谊。"望着云楼，他深刻地说，"那时我就和你现在一样，如疯如狂的，不顾一切阻力的，我和你杨伯母，度过了许多困厄和艰难。因此，我们能了解你这份感情，不是不能了解，真正不了解的，是你的父亲！他一生也没有了解过什么叫爱情！"

云楼深深地注视着杨子明，他很了解杨子明这句话，真的，父亲不是个很重感情的人，他刻板而严肃。望着雅筠，他忽然觉得她从父亲身边转向杨子明是一件很自然的事，他根本无法把雅筠和自己的父亲联想在一起，他们是完全不同的两种人物。而雅筠和杨子明，却是属于同一类型的。

"最近许多年来，"杨子明继续说，"我和你父亲都维持着很好的关系，往事已经过去太多年了，你父亲也不再介意了，直到你走入我们的家庭，和涵妮相恋，这一份友情又整个瓦解了。你父亲的信写得很刻薄、很冷酷，你懂吗？二十几年后再来提旧事是让人难堪的，你父亲指责我'既夺人妻，复夺人子'，咳，"他无法解嘲地苦笑了，"真不知从何说起！"既夺人妻，复夺人子？信中岂止这几句话？"涵妮是怎样的女孩，我虽不知，但凭她在半年之内，即能蛊惑人心，令云楼背父背母，其秉性可知！想必幼承母训，家学渊源矣！"诸如此类的句子，比比皆是，令人是可忍孰不可忍！二十几年前的旧账，现在似乎还要来一次总清算！他和雅筠，要还债还到哪一天为止？站起身来，他长叹了一声，在室内走了一圈，他停在云楼的面前。"现在，云楼，你明白了吧？你必须回去，否则我和你伯母，是罪孽深重、万劫不复了！云楼，我们甘愿冒涵妮死亡之险，不能再背负一层重担了。"

云楼坐在那儿，深锁着眉，他一时觉得心中纷纷乱乱，一点头绪都理不出来。好半天，他忽然想清楚了，想明白了！站起身来，他以一副坚决的神情，直视着杨子明和雅筠说：

"杨伯伯、杨伯母，我现在了解了很多事情，是我以前完全不了解的。你们的事，我不知谁是谁非，或者，爱情是很难定是非的！但是，我觉得，你们是世界上最相配的一对！关于我和涵妮，爸爸一开始就没有用公平的心来衡量过我们的爱情，他只是挟旧怨，盲目地反对，涵妮的病，又给了他最好的借口，事实上，涵妮不病，他恐怕也会一样地反对！所以，在这样的情况之下，我决定了，我绝不回去！假以时日，我想，爸爸会谅解我的。至于爸爸给你们的那封信，我可以想象它的内容，"他看了看杨子明，又看了看雅筠，"我想，你们即使重来一遍，依然会结合的，那么，你们该不会后悔二十几年前的决择。既然如此，现在，又何必在意这信中所说的呢？"

杨子明深深地看着面前这个男孩子，这是谁？孟振寰的儿子！孟振寰竟有这样一个儿子！他觉得自己对他的欣赏和喜爱正在扩大。他看看雅筠，他在雅筠的神色中看出同样的情绪。

"再有，"云楼接着说下去，"你们当初有勇气为了爱情而战斗，现在你们却要我不顾涵妮，就这样撤退了吗？你们还说你们了解爱情？我父亲的一封信，就足以让你们决定牺牲我和涵妮了,你们岂不太自私?"

"哦,住口!"沉默已久的雅筠突然跳了起来,命令地说,"你这个大胆的、让人烦恼的孩子!"她斥责地说着,但她那感动的眼神却说了相反的话。掉过头来,她看着杨子明说:"我们怎么办呢?"

"怎么办?"杨子明瞪着雅筠说,"你没有听到那个讨厌的孩子说,他怎么都不回去吗?他既然不肯回去,我们总不能把他抬回香港去呀!那么,还能怎么办呢?我们只有跟着这两个傻孩子一起下地狱吧!"

"哦,子明!"雅筠含愁、含颦,又含笑地看着杨子明,"只能这样办吗?"

"我看,只好这样了!"

云楼对那夫妇两个深深地注视着,然后,他觉得自己的眼眶里充满了泪水。对他们微微地弯了弯腰,他觉得没有一句言语能表达自己这一刹那的感觉和感触,转过身子,他无言地退出了房间。

第十六章

但是,事情并没完。

第二天黄昏,云楼收到一个来自香港的电报,电报中只有几个字:

母病危,速返。

父

握着这电报,云楼始而惊,再而悲,继而疑。背着涵妮,他拿这封电报和杨子明夫妇研究,他说:"如果妈真的病了,我是非回去不可了,但是,我怕这只是陷阱,为的是骗我回去。"

雅筠对着这电报,沉吟久之。然后,她注视着云楼,深思地说:"我看,目前这情况,不管你母亲是真病还是假病,你都必须回去一趟了。我们鼓励你为爱情而战斗,但是,不能鼓励你做个不孝的儿子!"

"我觉得,"云楼嗫嚅地说,"这事百分之八十是假的,一个人怎会好端端的就病危了呢?"

"你伯母的话是对的,云楼。"杨子明也郑重地说,"既然有这样一个电报,你还是回去一趟吧!假若是真的,你说什么也该回去,假若是假的,你可马上再飞回来!不管爱情是多么伟大,你别忘了还有人子的责任!"

"可是,涵妮怎么办呢?"

"涵妮——"雅筠愣住了,"我们或者可以想一个办法……或者,你偷偷地走,别给她知道,我们瞒她一阵,你再尽快地赶回来。"

"我觉得不妥当,"云楼说,"这是瞒不住的事情,越瞒她,她可能想象得越严重……"

"可是,绝不能告诉她,"雅筠急促地说,"别忘了上次的事情,前车之鉴,这事千万别莽撞。"

"我看,我还是先打个电报回家,问问情况再说。"云楼思索着,"我总觉得这里面还有问题。"

"这样也好,"杨子明说,"不过,你即使打电报去询问,也不会问出结果来的。假若他们是骗你的,他们一定会继续骗下去,假若是真的,你反正得回去。"

但,云楼犹豫不决,回去?不回去?他简直不知该怎么办才好,本来,他是坚决不愿回去的,但是,母亲病了,这事就当别论,他不能置母病于不顾!坐在杨家的客厅里,他坐立不安,尽管涵妮在钢琴前面一曲一曲地弹着,他却完全无心欣赏。就在这时,香港的第二通电报来了,这电报比先前的详细得多,是云霓

打来的,写着:

> 母为你和涵妮之事与父争执,血压骤升昏迷,现已病危,兄宜速返!
>
> 霓

接到这个电报,云楼才真的相信了,也真的昏乱了。母亲!母亲!那一生善良、相夫教子、永无怨言的母亲!为了他的事!他知道母亲是怎样疼他宠他的!她从来对父亲是一味地忍让,这次竟再三和父亲冲突,直至昏迷病危!噢,他是怎样地糊涂!怎样地不可原谅!怎样地不孝!怎样地可恶!竟怀疑先前那个电报是陷阱,是假的!否则,他说不定今晚已经在母亲病榻之前了!现在已快夜里十点,绝对没有飞机了,最快,他要明天才能赶回去!噢!母亲!母亲!他握着电报,冲上了楼,把自己关在卧室里。

雅筠立即跟上了楼,推开门,她看着云楼。云楼一语不发地把电报递给她,就沉坐在椅子里,用双手紧紧地蒙住了脸,痛苦地摇着头。

"我是个傻瓜!是个混蛋!"他自责着,沉痛而有力地啜泣起来。

"别急,我去帮你打听飞机班次,冷静一点,涵妮来了!"雅筠急急地说,握着电报奔下了楼梯。

这儿,涵妮恐慌而惊吓地跑了过来,一把抱住云楼的头,她嚷着说:

"怎么了？云楼？发生了什么事？"

云楼把脸埋进了她的衣服里，他用全力克制着自己的啜泣，却不能停止浑身的战栗。涵妮更慌了，她不住地喊着：

"云楼！云楼！你怎么了？你怎么了？你别吓我！"

"没什么，涵妮。"他努力控制着自己的声音，"我只是忽然间头痛，痛得不得了。"

"头痛！"涵妮惊喊，"你病了。"

"别紧张，我一会儿就好。"他抱紧了她，不敢把头从她的衣服里抬起来，"让我静一静，我过一会儿就好了。你让我静一静。"

"我打电话去请李大夫，好吗？"涵妮焦灼地说，用她那温暖的小手抚摸着他的后颈。

"不要，什么都不要。"

雅筠折回到楼上来了，涵妮抬起一对惊惶的眸子看着她的母亲。

"妈，你打电话请了医生吗？他病了，他在发抖。"

"涵妮，"雅筠说，"你到楼下倒杯温开水来，我们先给他吃一粒止痛药，医生说没有关系，休息一夜就好了。你去倒水吧！"

"好的！"涵妮迅速地放开云楼，转身走出房间，往楼下跑去。

看到涵妮退走了，雅筠立即走到云楼的身边，急急地说：

"最早的一班飞机是明天早上八点起飞，你杨伯伯已经去给你买机票了，你先别着急，这儿有粒镇静剂，等涵妮拿水来后，你把它吃下去。在涵妮前面，你一个字也不要提，明天你走的时候，她一定还没有起床，你悄悄地走，我会慢慢地告诉她。你如果现在对她说,她一定会受不了,假若她再发病,就更麻烦了。你不要牵挂涵妮,我会用全力来保护她的。你去了,如果情况不严重,你就尽快赶回来,万一你母亲……"她顿了顿,改口说,"万一你要耽搁一段时间,可打长途电话或电报到杨伯伯的公司里去,千万别……"

涵妮捧了水进来了,雅筠咽住了说了一半的话,拿出药丸,云楼吃了药,已经比先前镇定多了,也能运用思想来考虑当前的局面了。他知道事已至此,一切都只有按雅筠所安排的去做,他无法再顾虑涵妮了。抬头看了雅筠一眼,他用自己的眼神表达说不出口的、许许多多的感激。雅筠推推涵妮说:"涵妮,我们出去吧,让云楼早些睡。"

"我——"涵妮嗫嚅着说,"我在这儿陪他,他睡着了,我就走。"

"你在这儿他睡不好。"雅筠急于要打发开涵妮,"而且,你也该睡了。"

"我不吵他,"涵妮说,"我只是看着他,他病了,说不定会要水喝的。"

雅筠无语地看看云楼,对他悄悄地使了个眼色,说:

"那么,云楼,你就睡了吧。"

云楼只得躺在床上,盖上棉被。雅筠退出了房间,涵妮坐在床前的一张椅子里,洁儿躺在她的脚前。她就坐在那儿,静静地看着云楼。云楼也凝视着她,带着深深的凄苦。那张白皙的小脸那样沉静、那样温柔、那样细致……噢,涵妮!我能够马上再见到你吗?万一……万一母亲……噢,不会的!不会的!绝不会的！他猛烈地摇着他的头，涵妮立即受惊地俯了过来：

"还痛吗？我给你揉揉好吗？"

"不要，"云楼捉住了她的手，喉中哽着一个硬块，语音是模糊的，"我想听你唱歌，唱那支《我怎能离开你》。"

于是，她开始唱了，坐在床边，她低低地、温柔地、反复地唱着那支歌：

> 我怎能离开你，
> 我怎能将你弃，
> 你常在我心头，
> 信我莫疑。
> 愿今生长相守，
> 在一处永绸缪，
> 除了你还有谁，
> 和我为偶。
> ……

噢！涵妮，涵妮，他闭着眼睛，心里在呼喊着：这歌词是为我而写的，每一句话，都正是我要告诉你的！信任我！涵妮！等待我！涵妮！当明天你发现我走了之后，别哭啊！涵妮，别伤心啊！涵妮，别胡思乱想啊！涵妮，我会回来的，我必定会回来的！但愿母亲没事！但愿我很快就能回来！但愿再看到你的时候，你没有消瘦，没有苍白！但愿……哦，但愿！

我怎能离开你，

我怎能将你弃，

你常在我心头，

信我莫疑。

……

涵妮仍然在反复地低唱着，唱了又唱，唱了又唱，唱了又唱……然后，当她看到他合着眼睛，一动也不动，她以为他睡着了。她轻轻地站起身来，俯身看他，帮他掖了掖肩上的棉被，她在床前又站了好一会儿。然后，她俯下头来，在他额上轻轻地吻了一下，低声地说：

"好好睡啊！云楼！做一个甜甜的梦啊，云楼，明天头就不痛了，再见啊！云楼！"

她走了。他听着她细碎的脚步声移向门口，突然间，他觉得如同万箭穿心，心中掠过一阵剧痛，倒好像她这样一走，他就再也见不到她了似的。他用了极大的力量克制住自己要叫她回来的冲动。然后，他听到她在门外，细声细气地呼唤洁儿出去，再然后，她帮他熄灭了电灯，关上了门，一切都沉寂了。

他睁开眼睛来，瞪视着黑暗的夜空，他就这样躺着，好半天一动都不动，直到有人轻叩着房门，他才跳了起来。扭亮了电灯，开了门，杨子明夫妇正站在门口，杨子明立即递上了飞机票，说："你的机票，明天八点钟起飞，机位都给人预订了，好不容易才弄到这张机票，幸好我有熟人在航空公司。你的护照都在吧？"

他凄苦地点了点头，喑哑地说：

"谢谢你,杨伯伯,这么晚了,让你为我跑。"

"我路过邮政总局,已经代你拍了一份电报回去,告诉你家里明天的飞机班次,让你母亲也早点知道,假如她……"他把下面的话咽住了,他原想说假如她还有知觉的话,"你可以收拾一下你的东西,随身带几件衣服就可以了,大部分的东西就留在这儿吧,反正你还要回来的。"

"我知道,"云楼低低地说,"其实没什么可带的,衣服家里都还有。"抬起眼睛来,他哀苦不胜地凝望着杨氏夫妇,觉得有千言万语,却不知从何说起,半晌,才说:"杨伯伯、杨伯母,我这次回去,说实话,我自己也不知道会逗留多久,假如运气好,妈妈的病很快就能痊愈,我自然尽快赶回来,万一事与愿违,"他哽塞地说,"我就不知道会拖到哪一天……"

"别太悲观,云楼,"杨子明安慰地说,"吉人天相,你母亲的样子,不像是会遭遇不幸的,说不定你赶去已经没事了。"

"反正,我说不出我心里的感觉,"云楼昏乱地说,"一切来得太突然了。总之,我想你们了解,关于涵妮,我总觉得我不该这样不告而别,明天她发现我走了,不知要恐慌成什么样子……"

"现在,你先把涵妮搁在一边吧。"雅筠说,"我也明白,你走了之后的局面是很难办的,但是,我会慢慢地向她解释,明天你走之后,我预备守在她房里,等她醒来,就缓和地告诉她,你回去两三天就来,她一向很信任我的,或者不至于怎样。"

"为什么不能坦白告诉她呢?"云楼懊丧地说,"我该坦白告诉她的,她会了解我的不得已。"

"能不能了解是一回事,"雅筠深刻地说,"能不能接受又是另一回事,她能了解的,怕的是她脆弱的神经和身体不能接受这件事。而且,云楼,人生最苦的,莫过于离别前的那段时间。如果你坦白告诉她了,从今晚到明晨,你叫她如何挨过去。"

云楼垂下了头,他知道雅筠的深思熟虑是对的,他只是抛不开涵妮而已。抛不开这份牵挂,抛不开这份担忧,抛不开这份刻骨铭心的深情。

"好了,云楼,"杨子明说,"你大概收拾一下东西,也早点睡吧,多少总要睡一下的,明天之后恐怕会很忙碌。涵妮,你放心,交给我们吧,总是我们的女儿,我们不会不疼的。"

"我知道。"云楼苦涩地说。睡,今夜还能睡吗?一方面是对涵妮牵肠挂肚的离别之苦,一方面是母病垂危的切肤之痛。睡,怎能睡呢?

这是最漫长的一夜,这也是最短暂的一夜。云楼好几次打开房门,凝望着走廊里涵妮的房间,多少欲诉的言语,多少内心深处的叮咛,却只能这样偷偷地凝望!又有多少次,他伫立窗前。遥望云天,恨不得插翅飞回香港。"父母在,不远游。"他到这时才能体会这句话有多深刻的道理!十月怀胎,三年哺乳,母亲啊,母亲!

黎明终于来临了,一清早,雅筠就起身了,叮嘱厨房里给云楼准备早餐。云楼的随身行李,只有一个小旅行袋。他房内的东西完全没有动,那些画幅,依旧散乱地堆积着,大部分都是涵妮的画像,他最得意的那幅涵妮的油画像,早就挂在涵妮的卧室里了。在画桌上,他留了一张字条,上面轻松地写着:

涵妮，在我回来之前，请帮我把那些画整理一下，好吗？别让它积上灰尘啊！

我会日日夜夜时时刻刻分分秒秒想你！

楼

给涵妮一点工作做做，会让她稍减离别之苦，他想。把字条压在书桌上的镇尺底下，他下了楼。杨子明和雅筠都在楼下了，雅筠想勉强他吃一点东西，但是他面对着那份丰富的早餐，却一点食欲也没有。推开了饭碗，他站起身来，满眼含着泪水。

"杨伯伯、杨伯母……"他艰难地开了口。

"不用说了，我都了解，"雅筠说，"你多少吃一点吧！"

"我实在吃不下。"他抬头看了看楼上，"涵妮？"

"我刚刚去看了一下，她睡得很好，"雅筠说，"现在几点了？"

"七点十分。"

"那你也该走了，还要验关、检查行李呢！"

"我开车送你去，云楼。"杨子明说。

"不了，杨伯伯，我可以叫计程车。"

"我送你，云楼。"杨子明简短地说，"别忘了，你对我有半子之分呢，只怕涵妮没这福气。"

云楼再看了楼上一眼，咫尺天涯，竟无法飞渡，隔着这层楼板，千般离情，万般别苦，都无从倾诉！再见！涵妮，我必归来！再见！涵妮，再见！

"快一点吧，云楼，要迟到了，赶不上这班飞机就惨了，年底机位都没空，这班赶不上，就不知道要延迟多久才有飞机了。"

杨子明催促着。

"我知道。"云楼说，穿上了大衣，提起了旅行袋。他凄苦地看着雅筠："涵妮醒来，请告诉她，我不是安心要不告而别的，我本想给她留一封信，但是我心情太乱，写不出来，请告诉她，"他深深地看着雅筠，"我爱她。"

"是的，云楼，我会说的，你好好去吧！"

云楼不能再不走了，跟在杨子明的身后，他向大门口走去，雅筠目送着他们。就在这时，楼上发出一声尖锐的惨呼，使他们三个人都惊呆了，然后，云楼立即扔下了他的旅行袋，折回到房里来，下意识地向楼上奔去。可是，才奔到楼梯口，楼梯顶上传来一声强烈的呼喊："云楼！"

他抬起头，涵妮正站在楼梯顶上，脸色惨白如蜡，双目炯炯地紧盯着他，她手中紧握着一张纸，浑身如狂风中的落叶般战栗着。

"云楼！"她舞动着手里的字条，狂喊着说，"你瞒着我！你什么都瞒着我！你要走了！你——好——狠——心！"喊完，她的身子一软，就整个倒了下来。

云楼狂叫着：

"涵妮！"

他想奔上去扶住她，但，已经来不及了，她从楼梯顶骨碌碌地一直翻滚了下来，倒在云楼的脚前。云楼魂飞魄散，万念俱灰，一把抱起涵妮，他尖着喉咙急喊着：

"涵妮！涵妮！涵妮！"

雅筠赶了过来，她一度被涵妮的出现完全惊呆了，现在，她在半有意识半无意识的昏迷状态中喊：

"放下她，请医生！请医生！"

云楼昏乱地、被动地把涵妮放在沙发上，杨子明已经奔到电话机旁去打电话给李大夫，挂上电话，他跑到涵妮的身边来：

"李大夫说他在十分钟之内赶到，叫我们不要慌，保持她的温暖！"

一句话提醒了云楼，他脱下大衣裹住她，跪在沙发前面，他执着她那冷冷的小手，不住地摇着，喊着：

"涵妮！涵妮！涵妮！"

那张字条从她无力的手里落出来了，并不是云楼的留笺，却是一直被他们疏忽了的、云霓拍来的那份电报！杨子明站在涵妮面前，俯身仔细审视她，他是全家唯一还能保持冷静的人。涵妮的头无力地垂着，那样苍白，毫无生气。杨子明挺直了身子，忽然命令似的说：

"云楼！我叫车送你去飞机场！我不送你了！"

"现在？"云楼惊愕地抬起头来，"我不走了！这种情况下，我怎能走？"

"胡说！"杨子明几乎是愤怒的，"你母亲现在可能更需要你！是母亲对你比较重要还是涵妮对你比较重要？我从没见过像你这样毫无孝心的孩子！"

这几句话像鞭子一样抽在云楼的心上。涵妮、母亲，母亲、涵妮，他何去何从？就在他的昏乱和迷失中，杨子明打电话叫来的计程车已经到了，提起他的旅行袋，杨子明严厉地说：

"快走！你要赶不上飞机了！"

"我不能走,我不能走!"云楼痛苦地摇着他的头,绝望地看着涵妮,"我不能走!"

"走!"杨子明抓住他的肩膀,"像个男子汉!云楼!涵妮会度过她的危险的,这不是她第一次发病,每次她都能度过,这次还是能度过!你快走!你的母亲需要你,知道吗?云楼!"他厉声说,"你是个男子汉吗?你知道为人子的责任吗?快走呀!"

云楼额上冒着冷汗,在杨子明严厉的喊声中,他机械地站起身子来,茫然地、迷乱地、昏沉地,他被杨子明推向房门口,他完全丧失了思考的能力,几乎是麻木地迈出了大门,迎着室外的冷风,他打了个冷战,突然清醒了。掉过头来,他喊:

"杨伯伯!"

"去吧!"杨子明深深地望着他,眼光一直看透了他,看进他的灵魂深处去,"人活着,除了爱情以外,还有许多东西,是你需要的!你现在离开涵妮,没有人责备你薄情寡义,如果你不回家,你却是不孝不忠!"

云楼闭上了眼睛,咬紧了牙齿,他有些明白杨子明的意思了。一甩头,他毅然地坐进了车里,杨子明递上了他的行李和机票,迅速关照司机说:

"到飞机场!"

云楼扶着车窗,喊着说:

"给我电报,告诉我一切情形!"

"你放心!"杨子明说。

车子发动了,往前疾驰而去。

半小时后,云楼置身在飞往香港的飞机中了。

第十七章

云楼大踏步地走向云霓,将近一小时的飞行,并不能让他的脑筋清醒,他仍然是昏昏沉沉的。

"妈怎样了?"他急急地问。

"回家再说吧!"云霓支吾着,偷偷地看了他一眼,"哥哥,你的脸色好难看!"

"妈怎样了?"云楼大声说,一层不幸的阴影罩住了他。难道他已经回来晚了?"是不是——?"

"不,不,"云霓慌忙说,"已经好些了!回去再谈吧!"

云楼狐疑地看了云霓一眼,直觉感到她在隐瞒着他,情况一定很坏,所以云霓神色那样仓皇和不安。坐进了计程车,他一语不发,紧咬着牙,看着车窗外面。离家越近,他的心情越沉重、越畏惧。涵妮正生死未卜,难道母亲也……他掉头看着云霓,大声说:

"到底妈妈怎样了?"

云霓吓了一跳，她仓皇失措地瞪着他，从没有看到哥哥这种样子，像一只挣扎在笼子里的、濒临绝望的野兽。他的样子惊吓了她，她更不敢说话，乞求似的看了他一眼，她说：

"马上到家了，你就知道了！"

她的眼睛里有着泪光，云楼不再问了，他的心往下沉，往下沉，沉进了几千几万尺的深渊里。

终于到了家门口，他下了车，奔进了家门，一直冲进客厅里，迎头撞进一个人怀中，他抬起头，是满脸寒霜的父亲，他挺立在那儿，厉声地说：

"你总算回来了！你这个大逆不孝的儿子！"

"爸爸，"云楼哀恳地望着他，"妈呢？"

"妈？"父亲用一对怒目瞪着他，"你心里还有妈？你心里还有父母？"

"请原谅我，爸爸。"云楼痛苦地说，"但是，告诉我，妈妈在哪儿？"

忽然，他呆住了，他看到母亲了！她正从内室走出来，没有病容，没有消瘦，她正带着个一如往日的、慈祥的、温柔的，而略带哀愁的笑，对他伸过手来说：

"噢！云楼，你怎么又瘦又苍白，妈为你操了好多心哦！"

云楼简直不敢相信自己的眼睛，瞪视着母亲，他不相信地、疑问地、惊异地、讷讷地说：

"妈，你？是你？你的病……"

"噢，云楼，"母亲微笑着，急急地、安慰地说，"我没病，你看我不是好好的吗？那是你爸爸他们要哄你回来，故意骗你的呀！"

像是一个巨雷，轰然一声在云楼的面前爆炸了，震得他头晕目眩、摇摇欲坠。他瞪大了眼睛，扶着身边的桌子，喘息着，战栗着，轮流地望着父亲、母亲和云霓，不肯相信地说：

"你们……你们骗我的？这是骗我的？这是一个圈套？一个圈套？"眼泪冲进了他的眼眶，蒙住了他的视线，他狂喊着，"一个圈套？"

他的样子惊吓了母亲，她拉住了他的衣袖，惊慌失措地说：

"云楼，你怎样了？你怎样了？"

云楼挣开了母亲，忽然间，他掉转了头，向门外狂奔而去，嘴里爆发出一声裂人心弦的狂呼：

"涵妮！"

他并没有跑到房门口，一阵突发的晕眩把他击倒了。从昨天黄昏到现在，他没有吃，没有睡，却遭遇那么多猝然的变故，到这时候，他再也支撑不住了，双腿一软，他昏倒在房门口。

醒来的时候，他正躺在自己卧室的床上，母亲和云霓都围在床边，母亲正用一条冷手巾压在他的额上，看到他醒来，那善良的好母亲满眼含着泪水俯向他，颤颤抖抖地抚摸着他的面颊，说："哦，云楼，半年多没看到你，怎么一进家门就把我吓了这么一大跳！好一点了吗？云楼，哪儿不舒服？"

云楼望着母亲，他眼里盛满了深切的悲痛和无奈，好半天，他才虚弱地说：

"妈，你们不该骗我，真不该骗我！"掉转眼光，他责备地、痛苦地看着云霓，"你也加入一份，云霓，如果没有你的电报，我不会相信的！你们联合起来，"他摇摇头，咽了一口口水，"太狠了!"

"哥哥,"云霓急急地俯过来,"不是我!那电报是爸爸去发的,他说只有这样你才会回来!"

"可是,一个女孩子为了这个电报几乎死掉了!"云楼从床上坐起来,激动地叫着。然后,他突然拉住了云霓的手,迫切地说:"云霓,你去打电话问问飞机场,最快的一班飞机飞台北的是几点钟起飞?我要马上赶回台北去!"

"没有用,哥哥,"云霓的眼光是同情而歉疚的,"爸爸把你的护照和台湾的出入境证都拿走了。"

"云楼,"那好心肠的母亲急急地说,"既然都已经回来了,又何必急着走呢?瞧你,又瘦又苍白,我要好好地给你把身体补一补,等过了年,我再求你爸放你回台北,好吧?"

"妈!"云楼喊着,"那儿有一个女孩子因为我的走而病倒了,人事不知地躺着,说不定现在已经死掉了!你们还不放我吗?还不放我吗?"

"噢!云楼,你别急呀!"那个好母亲手足失措了,"都是你爸爸呀!"

"我要问爸爸去!"云楼翻身下了床,向外就走。

"哦,哦,云楼,加件衣服呀!别和你爸吵呀!有话慢慢谈呀!噢,云霓,你快去看看,待会儿别让这老牛和小牛斗起角来了!"母亲在后面一迭声地嚷着。

云楼冲进了孟振寰的书房,果然,孟振寰正坐在书桌前面写信。看到云楼,他放下了笔,直视着他,问:"有什么事?"

孟振寰的脸色是不怒而威的,云楼本能地收敛了自己的激动和怒气。从小,父亲就是家庭里的权威,他的言语和命令几乎是无人可以反驳的。

"爸爸,"他垂手而立,压抑地说,"请您让我回台北去吧!"

孟振寰紧盯着他,目光冷峻而严厉。

"儿子,"他慢吞吞地说,"你到家才一小时,嗯?你又要求离开了?你的翅膀是长成了,可以飞了。"

"爸爸!"云楼恳求而乞谅地说,"涵妮快要死了!"

"涵妮的力量比父母大,是吗?"孟振寰靠进椅子里,仔细地审视着他的儿子,"过来,在这边坐下!"他指指书桌对面的椅子。

云楼被动地坐下了,被动地看着父亲。孟振寰埋在浓眉下的眼睛是深邃的、莫测高深的。"涵妮不是你世界的全部,你懂吗?"

"爸爸!"云楼喊,痛苦地咬了咬牙,他说不出口,爸爸,是你不懂,涵妮正是我世界的全部呢!

"为什么你要自讨苦吃?"孟振寰问,"恋爱是最无稽的玩意儿,除了让你变得疯疯癫癫的之外,没有别的好处!假若你爱的是个正常的女孩子倒也罢了,偏偏去爱一个根本活不长的女孩子!你这不是自己往苦恼的深渊里跳?你以为我叫你回来是害你吗?我正是救你呢!"

"爸爸,你不了解,"云楼苦涩而艰难地说,"如果这是个苦恼的深渊,我已经跳进去了……"

"所以我要把你拉出来呀!"

"爸爸!"云楼爆发地喊,"你以为你是上帝吗?"

"啪"的一声,孟振寰猛拍了一下桌子,跳起来,怒吼着说:"我虽不是上帝,我却是你的父亲!"

"你虽是我的父亲!你却不是我的主宰!你无法控制我的心、我的意志、我的灵魂!"云楼也喊着,愤怒地喊着,激动地喊着,"你只是自私!偏激!因为你自己一生没有得到过爱情,所以你反对别人恋爱!因为杨伯母曾经背叛过你,所以你反对她的女儿……"

"住口!"孟振寰大叫,"你给我滚出去!你这个不知好歹的东西!你休想回台北!我永不许你再去台北!"

云楼的母亲急急地赶来了,拉住云楼的手,她含着眼泪说:

"你们这父子两人是怎样了?才见面就这样斗鸡似的!云楼,跟我来吧!跟我来!这么冷的天,你怎么弄了一头的汗呢!手又这样冰冰的,你要弄出大病来了!来吧!跟我来!"

死拖活拉地,她把云楼拉出了书房,云楼跟着她到了卧房里。忽然间,他崩溃了,往地下一跪,他抱住了母亲的腿,像个无助的孩子般啜泣起来。

"妈!你要帮助我!"他喊着,"你要帮助我,让我回台北去!"

"哦哦,云楼,你这是怎么了嘛?"那软心肠的母亲慌乱了,"你起来,你起来吧,我一定想办法帮你,好吗?我一定想办法!"

可是,这个母亲的力量并不大,许多天过去了,她依然一筹莫展。那个固执的父亲是无法说服的,那个痴心的儿子只是一天比一天消瘦,一天比一天焦躁。而台北方面,是一片沉寂,没有信来,没有电报,没有一点儿消息。云楼一连打了四五个电报到杨家,全如石沉大海。这使云楼更加恐慌和焦灼了。

"一定是涵妮出了问题,"他像个困兽般在室内走来走去,"一定是涵妮的情况很危险,否则,他们不会不给我电报的!"于是,他哀求地望着母亲,"帮帮我!妈!请你帮帮我吧!"

接着,旧历新年来了。这是云楼生命里最没有意义的一个春节,在一片鞭炮声中,他想着的只是涵妮。终于,在年初三的黄昏,那个好母亲总算偷到了云楼的护照和出入境证。握着儿子的手,她含着满眼的泪说:

"去吧!孩子,不过这样一去,等于跟你父亲断绝关系了,一切要靠自己了,可别忘了妈呀!"

像是几百个世纪过去了,像是地球经过了几千万年沉睡后又得到再生。云楼终于置身于飞往台北的飞机上了。屈指算来,他离开台北不过十一天!

计程车在街灯和雨雾交织的街道上向仁爱路疾驰着。云楼坐在车里,全心灵都在震颤。哦,涵妮!你好吗?你好吗?你好吗?你好吗?哦,涵妮!涵妮!再也没有力量可以把我们分开了!再也没有!再也没有!涵妮!涵妮!涵妮!不许瘦了,不许苍白了!不许用泪眼见我哦!涵妮!

车子停了,他丢下了车款,那样迫不及待地按着门铃,猛敲着门铃,猛击着门铃,等待了不知道多少个世纪。门开了,他推开了秀兰,冲进了客厅,大声喊着:

"涵妮!"

客厅中冷冷的、清清的、静静的……有什么不对了,他猛然缩住步子,愕然地站着。于是,他看到杨子明了,他正从沙发深处慢慢地站了起来,不信任似的看着云楼,犹疑地问:"你——

回来了？你妈怎样？"

"再谈吧，杨伯伯！"他急促地说，"涵妮呢？在她房里吗？我找她去！"他转身就向楼上跑。

"站住！云楼！"杨子明喊。

云楼站住了，诧异地看着杨子明。杨子明脸上有着什么东西，什么使人战栗的东西、使人恐慌的东西……他惊吓了，张大了嘴，他嗫嚅地说：

"杨伯伯？"

"涵妮，"杨子明慢慢地、清晰地说，"她死了！在你抱她起来，放在沙发上的时候，她已经死了！"

云楼呆愣愣地站着，似乎根本不知道自己听到的是什么，接着，他发出一声撕裂般的狂喊：

"不！涵妮！"

他奔上了楼，奔向涵妮的卧室，冲开了门，他叫着：

"涵妮！你在哪儿？你在哪儿？"

室内空空的，没有人，床帐、桌椅、陈设都和以前一样，云楼画的那张涵妮的油画像，也挂在墙上；涵妮带着幸福恬静的微笑，抱着洁儿，坐在窗前落日的余晖中。一切依旧，只是没有涵妮。他四面环顾，号叫着说：

"涵妮！你在哪儿？你出来！你别和我开玩笑！你别躲起来！涵妮！你出来！涵妮！涵妮！涵妮！"

他背后有窸窣的声音，他猛然车转身子，大叫：

"涵妮！"

那不是涵妮！挺立在那儿，显得无比庄严、无比沉痛的，是

雅筠。她用一只温柔的手,按在他的肩上,轻轻地说:

"孩子,她去了!"

"不!"云楼喊着,一把抓住了雅筠的肩膀,他摇着她,嚷着,"告诉我,杨伯母,你把她藏到哪儿去了?告诉我!告诉我!告诉我!你一直反对我,一定是你把她藏起来了!你告诉我!她在哪儿?"

"住手!云楼!"杨子明赶上楼来,拉开了云楼的手。他直望着他,一字一字地说:"接受真实,云楼,我们每个人都要接受真实。涵妮已经死了。"

"没有!"云楼大吼,"她没有死!她不会死!她答应过我!她陪我一辈子!她不会死!她不会!不会!"转过身子,他冲开了杨子明和雅筠,开始在每个房间中搜寻,一间屋子一间屋子地叫:"涵妮!你在哪儿?涵妮!你在哪儿?你出来!我求你!求你!"

没有人,没有涵妮。然后,他看到洁儿了,它从走廊的尽头对他连滚带爬地奔了过来,嘴里呜呜地叫着。他如获至宝,当洁儿扑上他身子的时候,他一把抱住了它,恳求地说:

"洁儿!你带我找涵妮去!你带我找她去!你不会告诉我她死掉了,走!我们找她去!走!"

"云楼!"杨子明抓住了他的手腕,坚定地喊,"面对现实吧!你这个傻孩子!我告诉你,她死了!葬在北投的山上,要我带你去看她的坟吗?"云楼定定地看着杨子明,他开始有些明白了,接着,他狂叫了一声,抛掉了洁儿,他转身奔下了楼,奔出了大门,奔上了街道,漫无目的地向雨雾迷蒙的街上跑去。

"追他去！子明！"雅筠说，拭去了颊上纵横的泪，"追他去！"

杨子明也奔出了大门，但是，云楼已经跑得无影无踪了。

不知跑了多久，云楼放慢了步子，在街上漫无目的地走着，雨丝飘坠在他的头发上、面颊上和衣服上。夜冷而湿，霓虹灯在寒空中闪烁。他走着，走着，走着……踩进了水潭，踩过了一条条湿湿的街道。车子在他身边穿梭，行人掠过了他的肩头，汽车在他身畔狂鸣……他浑然不觉，那被雨淋湿的面颊上毫无表情，咬紧了牙，他只是一个劲儿地向前走着，向前走着，向前走着……

第二部 小眉

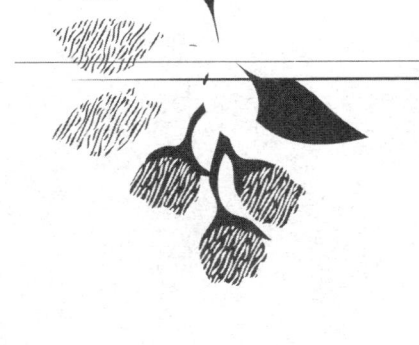

春情只到梨花薄,片片催零落。夕阳何事近黄昏,不道人间犹有未招魂。
银笺别梦当时句,密绾同心苣。为伊判作梦中人,索向画图清夜唤真真。

清·纳兰性德

第十八章

一年的日子无声无息地溜过去了，又到了细雨纷飞、寒风恻恻的季节。商店的橱窗里又挂出了琳琅满目的圣诞装饰品，街道上也涌满了一年一度置办冬装、购买礼物的人，霓虹灯闪烁着，街车穿梭着，被雨洗亮了的柏油路面上反映着灯光及人影，流动着喜悦的光彩，夜是活的，是充满了生气的。

唯一不受这些灯光和橱窗引诱的人是云楼，翻起了皮夹克的领子，肋下夹着他的设计图，他大踏步地在雨雾中走着。周遭的一切对他丝毫不发生作用，他沉浸在自己的思绪中，沉思地、沉默地、沉着地迈着步子。走过了大街，走过了小巷，从闹区一直走到了冷僻的住宅区，然后，他停在信义路一间简陋的房子前面，掏出钥匙，他打开了门。

一屋子的阴冷和黑暗迎接着他，扭亮了电灯，他把设计图抛在书桌上，在一张藤椅中沉坐下来。疲倦地呼出一口气，他抬起头，无意识地看着窗外的雨雾。然后，他站起身子，走到墙角的小茶几边,拿起热水瓶,他摇了摇,还有一点水,倒了杯水,他深深地啜了一口,再长长地叹息一声,握着茶杯,他慢吞吞地走到一个画架前面,抓起了画架上罩着的布,那是张未完工的油画像,他对画像举了举杯子,低低地说:

"涵妮,好长的一年!"

画像上的女郎无语地望着他。这是云楼最近画的,画得并不成功,一年来,他几乎没有画成功过一张画。这张是一半根据记忆、一半根据幻想,画中的女郎穿着一袭白衣,半隐半现地飘浮在一层浓雾里,那恬静而温柔的脸上,带着个超然的、若有若无的微笑。

"涵妮!"

他低低地唤着,凝视着那张画像。然后,他转过身子,环视四周,再度轻唤:

"涵妮!"

这是间大约八席大的房间,四面的墙上,几乎挂满了涵妮的画像,大的、小的、油画的、水彩的、铅笔的、粉蜡笔的,应有尽有。不止墙上,书桌上、小茶几上、窗台上,也都是涵妮的画像。从简单的、一两笔勾出来的速写,到精致的、费工的油画全有。只少了涵妮抱着洁儿坐在落日余晖中的那张。当云楼搬出杨家的时候,他把那张画像送给杨氏夫妇作纪念了。

搬出杨家!他还记得为了这个和杨氏夫妇起了多大的争执。雅筠含着泪,一再地喊:

"为什么?为什么你一定要搬走?难道你现在还对我记恨吗?你要知道,当初反对你和涵妮恋爱,我是不得已呀……"

为什么一定要搬走？他自己也弄不清楚，或者，他对雅筠也有份潜意识的反抗，当涵妮在的时候，她曾三番两次要赶走他，为了涵妮，他忍耐地住了下去，现在，涵妮去了，他没有理由再留在杨家了。又或者，是为了自尊的问题，自己决然地离港返台，和家里等于断绝了关系，父亲一怒之下，来信表示再也不管他的事，也再不供给他生活费。这样，他如果住在杨家，等于是依赖杨氏夫妇，他不愿做一个寄生虫。再或者，是逃避杨家那个熟悉的环境，室内的一桌一椅，院中的一草一木，都让他触景生情。于是，他坚决地搬出来了，租了这间屋子，虽然屋子小而简陋，且喜有独立的门户，和专用的卫生设备。

一年以来，他就住在这儿，不是他一个人，还有涵妮：画中的涵妮、他心里的涵妮、他精神上的伴侣——涵妮。他习惯于在空屋子里和涵妮说话，习惯于对着任何一张涵妮的画像倾诉。在他的潜意识里，他不承认涵妮死了，涵妮还活着，不知活在世界的哪一个角落里，或者，是"活在另外一个世界里"，反正，涵妮还"活"着。

这一年的生活是艰苦的、难熬的，谢绝了杨家的经济支援，卖掉了摩托车，经过杨子明的介绍，他在一家广告公司谋到一份设计的工作。幸好这工作是可以接回家里来做的，于是，一方面工作，一方面继续读书，他的生活相当忙碌和紧凑。但是，每当夜深人静，他能感到小屋子里盛满的寂寞，能感到涵妮是标标准准的"画中爱宠"，是虚无的、缥缈的、不实际的一个影子，于是，他想狂歌，想呐喊，甚至想哭泣。但是，他什么都没做，只是躺在床上，瞪视着天花板，回想着涵妮，她的人，她的琴，她的歌：

我怎能离开你，

我怎能将你弃……

你怎能，涵妮？他默默地问着，沉痛地问着，回答他的，只是空漠的夜和冷冷的空气。

就这样，送走了一年的日子。而现在，冬天又来了，云楼几乎不相信涵妮已死去一年，闭上眼睛，涵妮弹琴的样子如在眼前，还是那样娇柔地、那样顺从地、那样楚楚可怜地、带着那份强烈的痴情，对他说：

"记住，我活着是你的人，死了，变作鬼也跟着你！"

但是，她正"魂"飞何处呢？如果她能再出现，哪怕是鬼魂也好！可是，残忍啊！"悠悠生死别经年，魂魄不曾来入梦！"

"涵妮，"他摇摇头，对墙上的一张画像说，"你不守信用，你是残忍的！"

喝干了杯子里的水，他走到书桌前面，开亮了一盏可伸缩的、立地的工具灯，他铺开了设计图，开始研究起来。夜，冷而静，窗外，雨滴正单调地、细碎地打击着窗子，冷冷凄凄地，如泣如诉地。他埋着头，开始专心地工作起来。

不知工作了多久，窗外有一阵风掠过，雨滴变大了。忽然间，他听到有人在窗玻璃上轻叩了两下，他抬起头来，正好看到一个女人的影子一闪，站起身来，他打开了窗子，大声问：

"谁？"

扑面是一阵夹着雨丝的冷风，窗外是一片迷蒙的黑暗，空落落的什么人都没有。他摇摇头,叹息了一声,准是刚刚想着涵妮的缘故,看来他是有些神经质了,总不可能涵妮的魂真会跑来拜访的!关好了窗子,他刚刚坐下来,就又听到门上有剥啄之声,这次很清晰、很实在,他惊跳了起来,涵妮!难道她真的来了?难道一念之诚,可动天地!他冲到门边去,大声喊:

"涵妮!"

一把拉开了房门,门外果真亭亭玉立地站着一个少女,笑吟吟的。他一愣,接着就整个神经都松懈了下来。那不是涵妮,不是雨夜来访的幽灵,不是《聊斋》里的人物,而是个活生生的、真真实实的"人"——翠薇。

"哦,是你!"他说,多多少少带着点失望的味道。

"你以为是……"翠薇没有说完她的话。何必刺激他呢?这时代,居然还有像他这样痴、这样傻的男人!

"进来吧!"云楼说,"你淋湿了。走来的吗?"

"是的!"翠薇甩了甩头发,甩落了不少水珠。

"从你家里?"云楼诧异地问。

"不,从姨妈家,这两天我都住在姨妈家里。"

杨子明的家离这儿很近,只要穿过一条新生南路就到了。云楼看了翠薇一眼,那被雨洗过的、年轻而充满生气的脸庞是动人的,她眼睛黑而亮,脸颊红扑扑的,嘴里呵着气,鼻头被冻红了。云楼把藤椅推到她身边,说:

"是你姨妈叫你来的?"

"唔,"翠薇含混地哼了一声,"她问你在忙些什么。"看着他,她忽然说:"云楼,你忘恩负义!"

"嗯?"云楼皱了皱眉。

"你看,我姨妈待你可真不坏,就说当初反对你和涵妮的事,人家也不是出于恶意的,是没办法呀!再说你生病的时候,姨妈天天守在你床边,对亲生儿子也不过这样了,她是把对涵妮的一份感情全挪到你身上来了,而你呢,搬出来之后,十天半月都不去一下,你想想看,对还是不对?"

云楼愣了愣。生病的时候,那是在乍听到涵妮的噩耗之后,他曾昏倒在街头,被路人送进医院里。接着,就狠狠地大病了一场,发高热,昏迷不醒,那时,确实是雅筠衣不解带地守在病床前面。不只是雅筠,还有翠薇,每当他狂呼着涵妮的名字,从梦中惊醒过来,总有只温柔的手给他拭去额上的冷汗,那是翠薇。后来,当他出了院,住在杨家调养的时候,有个女孩一天到晚说着笑话,把青春的喜悦抖落在他的床前,那也是翠薇。忘恩负义!与其说他对雅筠忘恩负义,不如说他对翠薇负疚得更深。凝视着翠薇,那个穿着一身红衣服、冒雨来访的女孩!他忽然想起涵妮在海边对他说过的话了。当一个泡沫消失的时候,必有新的泡沫继之而起。她那时是否已预知自己即将消失,而暗示希望翠薇能替代自己?他想着,不禁对着翠薇呆住了。

"怎么了?"翠薇笑着问,"发什么呆?"

云楼醒悟了过来,不好意思地笑了笑,他说:

"我在想,你是对的。我该去看看杨伯伯杨伯母了,只是,那儿让我……"

"触景伤情?"翠薇坦率地接了口。

云楼苦笑了一下。

翠薇脱掉了大衣，在室内东张西望地走了一圈，然后停在画架前面，她对那画像凝视了好一会儿。然后，她来到书桌前面，俯身看着云楼的设计图，推开了设计图，在书桌的玻璃板底下，压着一张涵妮的铅笔画像，画得并不很真实，不很相像，显然是涵妮死后云楼凭记忆画的。在画像下面，云楼抄录了一阕纳兰词：

　　泪咽更无声，只向从前悔薄情，凭仗丹青重省识，盈盈，一片伤心画不成。
　　别语忒分明，午夜鹣鹣梦早醒，卿自早醒侬自梦，更更，泣尽风檐夜雨铃。

翠薇不太懂得诗词，但她懂得那份伤感，抬起头来，她凝视着云楼，率直而诚恳地说：

"别总是生活在过去里，云楼，过去的总是过去了，你再也找不回来了。"

云楼望着翠薇，一个好女孩！他想。如果当初不认识涵妮，恐怕一切都不同了。而现在，涵妮是那样深地嵌进了他的灵魂和生命，他只有在涵妮的影子里才能找得到自己。

"你不了解，翠薇。"他勉强地说。

"我了解，"翠薇很快地说，深深地看着他，"涵妮是让人难以忘怀的，是吗？不只是你，就是我，也常常不相信她已经死了，总觉得她还活着，还活在我们的身边。"她的眼睛里闪着光彩，有份令人感动的温柔，"你不知道她……她有多好！"

"我不知道？"云楼哑然失笑地问，用手拂去了翠薇额前的短发,然后他惊觉地说,"你的头发湿了,去擦擦干吧,当心受凉。"

"没关系,"翠薇满不在乎地说,"我倒是想要一杯开水。"

"开水?"云楼歉然地说,"我来烧一点吧!"

"算了,我来烧。"翠薇说,笑了笑,男人!天知道他是怎样生活的!她在室内找了半天,才在一堆颜料和画布中间找到了一个脏兮兮的电开水壶,壶盖上又是灰尘又是颜料。她拿去洗干净了,灌满水,拿到屋里的电插头上插了起来。环视着室内,她笑着说:"这么脏,这么乱,亏你能生活!"

出于本能,她开始整理起这间凌乱的房间来,床上堆满了脏衣服和棉被,她折叠着,清理着,把地上的废纸和破报纸都收集起来,丢进字纸篓。云楼看着她忙,又想起了涵妮,似乎所有女性的手,都有一个共同点,就是使男性安适。

"再过几天,就是圣诞节了。"翠薇一边收拾一边泛泛地说着。

"唔。"云楼应了一声。

"记得去年你帮我布置圣诞舞会的事吗?今年还有没有情绪?姨妈说,假若我们高兴,她可以把客厅借给我们,让我们好好地玩一玩。怎样?你可以请你学校里的同学,男的女的都可以,我也有一些朋友,每年都在我家疯的,拉了来,我们开一个盛大的舞会,好不好?"

云楼沉思着没有说话。

"怎样呢,云楼?姨妈说,因为涵妮的缘故,家里从没有听过年轻人热闹的玩乐声,她希望让家里的空气也变化一下。假若你同意,我们就到姨妈家去商量商量。"

云楼凝视着翠薇。

"这是你来的目的?"他问。

"噢,云楼!"翠薇抛掉了手中的扫帚,直视着云楼,突然被触怒了,她瞪着眼睛,率直地说,"是的,这是我来的目的!别以为姨妈真想听年轻人的笑声,她是为了你,千方百计地想为你安排,想让你振作,让你快乐起来!你不要一直阴阳怪气的,好像别人欠了你债!姨妈和姨父待你都没话可说了,姨妈爱屋及乌,涵妮既去,她愿意你重获快乐,世界上还有比姨妈更好的人吗?而你搬出来,躲着杨家,好像大家都对不起你似的!你想想看,你有道理没有?"

"翠薇,"云楼瞪着她,带着份苦恼的无奈,"别连珠炮似的说个没完,你不懂,你不懂我那份心情,我但愿我快乐得起来,我但愿我能和年轻人一起疯、一起玩、一起乐!可是,我不能!我……"他忽然住了口,环室四顾,他的神态是奇异的,眼睛里燃烧着炽烈的热情,"我宁愿待在这屋里,不是我一个人,是——和涵妮在一起。"

翠薇惊异地看着他,张大了嘴,半天说不出一句话来。好一会儿,她才错愕地说:

"你何必自己骗自己呢?这屋里只有涵妮的画像而已!你不能永远伴着涵妮的画像生活呀!"

"不只是画像!还有涵妮本人!"云楼鲁莽地喊,带着几分怒气,"她还活着,别说她死了,她活着,最起码,她活在我的心里,活在我的四周,刚刚你来以前,我还看见她站在我的窗外。"

"你疯了!"翠薇嚷着说,"那是我呀!我怕你不在家,在窗口看了看,还敲了你的窗子,什么涵妮?你不要永远拒绝接受涵妮死亡的事实,我看,你简直要去看看心理科医生了!"

"你少管我吧!"云楼不快地说,"让我过我自己的日子,我高兴怎么想就怎么想!"

翠薇结舌了,半晌,她才走到云楼身边,热心地望着他,急切地说:

"可是,你在逃避现实呀!你这样会把自己弄出神经病来的!何苦呢?涵妮已经死了,你为什么要陪葬呢?理智一点吧,云楼,接受姨妈和姨父的好意,我们来过一个热热闹闹的圣诞节,说不定,你在圣诞节里会有什么奇遇呢!"

"哼!"云楼冷笑了一声,"奇遇?除非是涵妮复活了!"他突然怔了一下,瞪着翠薇说:"是吗?或者涵妮根本没死,你姨妈把她藏起来了,现在,想要给我一个意外的惊喜,让她重新出现在我眼前,是吗?"

"你真正是疯了!"翠薇颓然地叫。

"那么,还可能有什么奇遇呢?"云楼无精打采地说。看到翠薇那满脸失望的、难过的神情,他已有些于心不忍了。振作了一下,他凝视着翠薇,用郑重的、严肃的、诚恳的语气说:"我告诉你,翠薇,并不是我不识好歹,也不是我执迷不悟,只是……只是因为我忘不了涵妮,我实在忘不了她。我也用过种种办法,我酗酒,我玩乐,但是我还是忘不了涵妮。舞会啦,圣诞节啦,对我都是没有意义的,除了涵妮,而涵妮死了。"他深吸了一口气,眼睛模糊而朦胧,"不要劝我,不要说服我,翠薇。说不定有一天我自己会从这茧里解脱出来,说不定会有那么一天,但,不是现在。你回去告诉杨伯伯杨伯母,我明天晚上去看他们,让他们不要为我操心,也不要为我安排什么,我是——"他顿了顿,眼里有一层雾气,声音是沉痛而令人感动的,"我是曾经沧海难为水,除却巫山不是云。"

翠薇注视着他,他的神态、他的语气、他的眼光……都使她感动了,深深地感动了,她感到自己的眼眶发热而湿润,这男孩何等令人心折!涵妮,能获得这样一份感情,你死而何恨?于是,她想起涵妮常为云楼所唱的那支歌中的几句:

　　……
　　遭猎网将我捕,
　　宁可死傍你足,
　　纵然是恨难消,
　　我亦无苦。

涵妮,你应该无苦了,只是,别人却如何承受这一份苦呢!死者已矣,生者何堪!

"云楼,"她酸涩地微笑着,"我懂你了,我会去告诉姨妈,但愿……"她停了停,但愿什么呢?"但愿涵妮能为你而复活!"

"但愿!"云楼也微笑了,笑得更酸涩、更凄苦、更无奈。然后,他惊跳了起来,嚷着说:"开水都要烧干了!"

真的,那电壶里的水正不住地从壶盖及壶嘴里冲出来,发出嗤嗤的响声。翠薇惊喊了一声,跑过去拔掉插头,壶里的水已经所剩无几了。她掉过头来看看云楼,两人都莫名所以地微笑了。

第十九章

　　云楼在热闹的衡阳路走着，不住地打量着身边那些五花八门的橱窗，今晚答应去杨家，好久没去了，总应该买一点东西带去。可是，那些商店橱窗看得他眼花缭乱，买什么呢？吃的？穿的？用的？对了，还是买两罐咖啡吧，许久没有尝过雅筠煮的咖啡了。

　　走进一家大的食品店，店中挤满了人，几个店员手忙脚乱地应付着顾客，真不知道台北怎么有这样多的人。他站在店中，好半天也没有店员来理他，他不耐烦地喊着：

　　"喂喂！两罐咖啡！"

　　"就来，就来！"一个店员匆忙地应着，从他身边掠过去，给另外一个女顾客拿了一盒巧克力糖。

　　他烦躁地东张西望着，买东西是他最不耐烦的事。前面那个买巧克力糖的女顾客正背对着他站着，穿着件黑丝绒的旗袍，同色的小外套，头发盘在头顶上，梳成蛮好看的发髻，露出修长的后颈。云楼下意识地打量着她的背影，以一种艺术家的眼光衡量着那苗条的、纤秾合度的身材，模糊地想着，她的面容不知是不是和身段同样的美好。

"我要送人的，你给我包得漂亮一点！"前面那女人说着，声音清脆悦耳。

"好的，小姐。"

店员把包好的巧克力糖递给了那个女郎，同时，那女郎回过身子来，无意识地浏览着架子上的罐头食品，云楼猛地一怔，好熟悉的一张脸！接着，他就像着了魔似的，一动也不能动了！呆站在那儿，他张大了嘴，瞪大了眼睛望着前面。那女郎已握着包好的巧克力糖，走出去了。店员对他走过来：

"先生，你要什么？"

他仍然呆愣愣地站着，在这一瞬间，他没有思想，没有意识，也没有感觉，仿佛整个人都化成了虚无，整个世界都已消失，整个宇宙都已变色。

"喂喂！先生，你到底要什么？"那店员不耐烦地喊，诧异地望着他。

云楼猛地醒悟了过来，立即，像箭一般，他推开了店员，对门外直射了出去，跑到大街上，他左右看着，那穿黑衣服的女郎正向成都路的方向走去，她那华丽的服装和优美的身段在人群中是醒目的。他奔过去，忘形地、慌张地、战栗地喊：

"涵妮！涵妮！涵妮！"

他喊得那样响，那样带着灵魂深处的战栗，许多行人都回过头来，诧异地望着他。那女郎也回过头来了。他瞪视着，觉得自己的呼吸停止，整个胸腔都收缩了起来，手脚冰冷，而身子摇摇欲坠。他怕自己会昏倒，在这一刻，他绝不能昏倒，但是，他的心跳得那么猛烈，猛烈得仿佛马上就会跳出胸腔来，他喘不过气来，他拼命想喊，但是喉咙仿佛被压缩着、扼紧着，他一点声音也发不出来了。

一个路人扶住了他，热心地问：

"先生，你怎么了？"

那黑衣服的女郎带着股好奇，却带着更多的漠然看了他一眼，就重新转过身子，自顾自地走向成都路去了。云楼浑身一震，感到心上有阵尖锐的刺痛，痛得他直跳了起来，摆脱那个扶住他的路人，他对前面直冲过去，沙哑地、用力地喊：

"涵妮！"

那女人没有回头，只是向前面一个劲儿地走着，动作是从容不迫的，袅袅娜娜的。云楼觉得冷汗已经湿透了自己的内衣，那是涵妮！那绝对是涵妮！虽然是不同的服饰，虽然是不同的装扮，但，那是涵妮！百分之百是涵妮！世界上尽管有相像的人，但不可能有同样的两张面貌！那是涵妮！他追上去，推开了路人，带翻了路边书摊的书籍，他追过去，一把抓住了那女人的手臂，喘息着喊：

"涵妮！"

那女人猛吃了一惊，回过头来，她愕然地瞪视着云楼，那清亮的眼睛，那小巧的鼻子和嘴，那白皙的皮肤……涵妮！毫无疑问是涵妮！脂粉无法改变一个人的相貌，她在适度的装扮下，比以前更美了。云楼大大地吸了一口气，他剧烈地颤抖着、喘息着,在巨大的激动和惊喜下几乎丧失了说话的能力,涵妮,我早知道你还活着,我早知道!他瞪视着她,眼睛里蓄满了泪。那女人受惊了,她挣扎着要把手臂从他的掌握里抽出来,一面嚷着说:

"你干吗?"

"涵妮!"他喊着,带着惊喜,带着乞求,带着战栗,"我是云楼呀!你的云楼呀!"

"我不认识你!"那女人抽出手来,惊异说,"我不知道你在说些什么!"转过身子,她又准备走。

"等一等,"他慌忙地拦住了她,哀恳地瞪着她,"涵妮,我知道你是涵妮,你再改变装束,你还是涵妮,我一眼就能认出你,你别逃避我,涵妮,告诉我,这一切是怎么回事?"

"我还要你告诉我是怎么回事呢!"那女人不耐烦而带点怒容地说,"我不是什么涵什么妮的,你认错了人!让开!让我走!"

"不,涵妮,"云楼仍然拦在她前面,"我已经认出来了,你不要再掩饰了,我们找地方谈谈,好吗?"

那女郎瞪视着他,憔悴而不失清秀的面容,挺秀的眉毛下有对燃烧着痛苦的眼睛,那神态不像是开玩笑,也并不轻浮,服装虽不考究,也不褴褛,有种书卷味儿,年纪很轻,像个大学生。她是见过形形色色的男人的,但是很少遇到这一种,她遭遇过种种追求她或结识她的方式,但也没有遇到过这样奇怪的。这使她感到几分兴味和好奇了。注视着他,她说:

"好了,别对我玩花样了,你听过我唱歌,是吗?"

"唱歌?"云楼一怔,接着,喜悦飞上了他的眉梢,"当然,涵妮,我记得每一支歌。"

那女郎微笑了,原来如此!这些奇异的大学生啊!

"那么,别拦住我,"她微笑地说,"你知道我要迟到了,明晚你到青云来好了,我看能不能匀出点时间来跟你谈谈。"

"青云?"云楼又怔了一下,"青云是什么地方?"

那女郎怫然变色了,简直胡闹!她冷笑了一声说:

"你是在跟我开什么玩笑?"

转过身子,她迅速地向街边跑去,招手叫了一辆计程车,云楼惊慌地追过去,喊着说:

"涵妮!你等一等!涵妮!涵妮!涵妮!"

但是,那女郎已经钻进了车子,他奔过去,车子已绝尘而去了。剩下他呆呆地站在街边,如同经历了一场大梦。好半天,他就呆愣愣地木立在街头,望着那辆计程车消失的方向。这一切是真?是梦?是幻?他不知道。他的心神那样恍惚、那样痴迷、那样凄惶。涵妮?那明明是涵妮,绝没有疑问是涵妮,可是,她为什么不认他?杨家为什么说她死了?为什么?为什么?为什么?或者,那真的并不是涵妮?不,不,世界上绝不可能有这样凑巧的事,竟有两张一模一样的脸庞!而且,年龄也是符合的,刚刚这女郎也不过是二十岁的样子!一切绝无疑问,那是涵妮!但是……这是怎么回事呢?这之间有什么问题?有什么神秘?

一辆计程车缓缓地开到他身边来,司机猛按着喇叭,把头伸出车窗,兜揽生意地问:

"要车吗?"

一句话提醒了他,问杨家去!是的,问杨家去!钻进了车子,他说:

"到仁爱路，快！"

车子停在杨子明住宅的门口，他付了钱，下了车，急急地按着门铃，秀兰来开了门。他跑进去，一下子冲进了客厅。杨子明夫妇和翠薇都在客厅里，看到了他，雅筠高兴地从沙发里站了起来说：

"总算来了，云楼，正等你呢！特别给你煮了咖啡，快来喝吧。外面冷吗？"

云楼站在房子中间，挺立着，像一尊石像，满脸敌意的、质问的神情。他直视着雅筠，面色是苍白的，眼睛里喷着火，嘴唇颤抖着。

"告诉我，杨伯母，"他冷冷地说，"涵妮在哪儿？"

雅筠惊愕得浑身一震，瞪视着云楼，她不相信地说：

"你在说些什么？"

"涵——妮。"云楼咬着牙，一字一字地说，"我知道她没死，她在哪儿？"

"你疯了！"说话的是杨子明，他走过来，诧异地看着云楼，"你是怎么回事？"

"别对我玩花样了！别欺骗我了！"云楼大声说，"涵妮！她在哪儿？"

翠薇走过去，揽住了雅筠的手，低低地说：

"你看！姨妈，我告诉你的吧，他的神经真的有问题了！应该请医生给他看看。"

云楼望着雅筠、杨子明和翠薇，他们都用一种悲哀的、怜悯的和同情的眼光注视他，仿佛他是个病入膏肓的人，这使他更加

愤怒,更加难以忍受。眯着眼睛,他从睫毛下狠狠地盯着杨子明和雅筠,喑哑地说:

"我今天在街上看到涵妮了。"

雅筠深深地吸了口气,然后,她对他走了过来,温柔而关怀地说:"好了,云楼,你先坐下休息休息吧!喝杯咖啡,嗯?刚煮好,还很热呢!"

她的声调像是在哄孩子,云楼愤然地看看雅筠,再看看杨子明,大声地说:

"我不要喝咖啡!我只要知道你们在玩什么花样!告诉你们!我没有疯,我的神志非常清楚,我的精神完全正常,我知道我自己在说什么。今晚,就是半小时之前,我看到了涵妮,我们还谈过话,真真实实!"

"你看到了涵妮?"杨子明把香烟从嘴里拿出来,仔细地盯着他问,"你确信没有看错?"

"不可能!难道我连涵妮都不认识吗?虽然她化了妆,穿上了旗袍,但是,她仍然是涵妮!"

"她承认她是涵妮吗?"杨子明问。

"当然她不会承认!你们串通好了的!她趁我不备就溜走了,如果给我时间,我会逼她承认的!现在,你们告诉我,到底你们在搞什么鬼?"

"我们什么鬼都没有搞,"雅筠无力而凄凉地说,"涵妮确实死了!"

"确实没死!"云楼大叫着说,"我亲眼看到了她!梳着发髻,穿着旗袍,我亲眼看到了!"

"你一定看错了！"翠薇插进来说，"涵妮从来不穿旗袍，也从来不梳发髻！"

"你们改变了她！"云楼喘息着说，"你们故意给她穿上旗袍，梳起发髻，抹上脂粉，故意要让人认不出她来！故意把她藏起来！"

"目的何在呢？"杨子明问。

"我就是要问你们目的何在！"云楼几乎是在吼叫着，感到热血往脑子里冲，而头痛欲裂。

"你看到的女人和涵妮完全一模一样吗？"杨子明问。

"除了装束之外，完全一模一样！"

"高矮肥瘦也都一模一样？"

"高矮肥瘦？"云楼有些恍惚，"她可能比涵妮丰满，比涵妮胖，但是，一年了，涵妮可以长胖呀！"

"口音呢？"杨子明冷静地追问，"也一模一样？"

"口音？"云楼更恍惚了，是的，那是完全不同的两种口音，他想起来了，涵妮的声音娇柔细嫩，那女郎的却是清脆响亮的。可是……可是……人的声音也可能变的！他用手扶住额，觉得一阵晕眩，头痛得更厉害了。他呻吟着说："口音……虽然不像，但是……但是……"

"好了，云楼，"杨子明打断了他，温和地说，"你坐下吧，别那么激动。"扶他坐进了沙发里，杨子明对雅筠说："给他倒杯热咖啡来吧，翠薇，你把火盆给移近一点儿，外面冷，让他暖和一下。"

雅筠递了咖啡过来，云楼无可奈何地接到手中，咖啡的香气绕鼻而来，带来一份属于家庭的温暖。翠薇把火盆移近了，带着个安慰的微笑说：

"烤烤火，云楼，好好地休息休息，你最近工作得太累了。"

在这种殷勤之下，要再发脾气是不可能的。而且，云楼开始对自己的信心有些动摇了，再加上那剧烈的头痛，使他丧失思考的能力。他啜了一口咖啡，觉得眼睛前面朦朦胧胧的。望着炉火，他依稀想起和涵妮围炉相对的那份情趣，一种软弱和无力的感觉征服了他，他的眼睛潮湿了。

"涵妮，"他痛苦地，低低地说，"我确实看到她了，我不知道这是怎么回事。"

"云楼，"雅筠坐到他身边来，把一只手放在他宽阔的肩膀上，诚恳而真挚地说，"你知道我多爱涵妮，但是我也必须接受她死亡的事实，云楼，你也接受了吧。我以我的生命和名誉向你发誓，涵妮确确实实是死了。她像她所愿望的，死在你的脚下，当你抱她到沙发上的时候，她已经死了。也就是因为看出她已经死了，你杨伯伯才逼你回去，一来要成全你的孝心，二来要让你避开那份惨痛的局面，你了解了吗？"

云楼抬起眼睛来，看着杨子明，杨子明的神情是和雅筠同样真挚而诚恳的。云楼无力地垂下了头去，颓然地对着炉火，喃喃地说：

"可是，我看到的是谁呢？"

"你可能是精神恍惚了，这种现象每个人都会有的，"雅筠温柔地说，"我一直到现在，还经常听到涵妮在叫妈妈，午夜醒来，也常常觉得听到了琴声，等到跑到楼下一看，才知道什么都是空的。"雅筠叹了口气,"答应我,云楼,你搬回来住吧!看你把自己折腾成什么样子了,你需要有人照顾。我们……自从涵妮走了之后,也……真寂寞。你——就搬回来吧!"

云楼慢慢地摇了摇头。

"不,我也需要学习一下独立了。"

"无论如何,今晚住在这儿吧,"雅筠说,"你的房间还为你留着呢!"

云楼没有再说话了,住在这儿也好,他有份虚弱的、无力的感觉,在炉火及温情的包围之下,想到自己的那间小屋,就觉得太冷了。

深夜,躺在床上,云楼睡得很不安稳。这间熟悉的房间,这间一度充满了涵妮的笑语歌声的房间,而今,显得如此空漠。涵妮,你在哪里?辗转反侧,他一直呻吟地呼唤着涵妮,然后,他睡着了。

他几乎立即就梦到了涵妮,穿着白衣服,飘飘荡荡地浮在云雾里,她在唱着歌,并不是她经常唱的那支《我怎能离开你》,却是另一支,另一支他不熟悉的歌,歌词却唱得非常清晰:

> 夜幕初张,天光翳翳,
> 眼中景物尚依稀,
> 阴影飘浮,忽东忽西,
> 往还轻悄无声息,
> 风吹袅漾,越树穿枝,
> 若有幽怨泣唏嘘,

你我情深，山盟海誓，
奈何却有别离时！
苦忆当初，耳鬓厮磨，
别时容易聚无多！
怜你寂寞，怕你折磨，
奇缘再续勿蹉跎！
相思似捣，望隔山河，
悲怆往事去如梭，
今生已矣，愿君珍重，
忍泪吞声为君歌。

唱完，云雾遮盖了过来，她的身子和石雾糅合在一起，幻化成一朵彩色的云，向虚渺的穹苍中飘走了，飞走了。他惊惶地挣扎着，大声地喊着：

"别走！涵妮！别离开我！涵妮！"

于是，他醒了，室内一屋子空荡荡的冷寂，曙色已经照亮了窗子，透进来一片迷迷蒙蒙的灰白。他从床上坐了起来，脑子里昏昏沉沉的，真实和梦境糅合在一起，他一时竟无法把它们分开来。奇怪的是，涵妮在梦中唱的那支歌竟非常清晰地一再在他脑中回响，每一个字都那么清楚，这歌声盖过了涵妮的容貌，盖过了许许多多的东西，在室内各处回荡着，回荡着，回荡着……

他就这样坐在床上，坐了好久好久，直到门上有响声，他才惊醒过来，望着门口，他问：

"谁？"

没有回答，门上继续响着扑打的声音，谁？难道是涵妮？他跳下床，奔到门边去打开了房门，一个毛茸茸的东西一下子扑了过来，扑进了云楼的怀里，是洁儿！云楼一把抱住了它，把头靠在它毛茸茸的背脊上，他才骤然感到一阵说不出来的凄楚。喃喃地，他说："原来是你，洁儿。"抚摸着洁儿的毛，他望着洁儿，不禁深深地叹息了一声。"洁儿，"他说，"我想，涵妮可能真的是离我们而去了。"

第二十章

云楼站在那幢大建筑前面,抬头看着那高悬在三楼上的霓虹灯"青云歌厅"四个大字,就是这个地方吗?他不敢肯定,今天,当他询问广告公司里的同事时,答复有好几种:

"青云?是的,有个青云酒家。"

"青云吗?谁不知道?青云歌厅呀!"

"好像有家青云咖啡馆,我可不知道在哪条街。"

"青云舞厅,在和义路的地下室。"

这么多不同的"青云",而他独独地选择了青云歌厅,他自己也不知道为什么。或者,因为那女郎的一句:"你听过我唱歌,是吗?"也或者,因为这儿离广告公司最近,吃了晚饭,很容易地就按图索骥地摸到这儿来了。但是,现在,当他仰望着"青云歌厅"那几个霓虹灯字在夜空中明明灭灭地闪烁时,他突然失去探索的勇气了!他来这儿找寻什么呢?涵妮的影子?他是无论如何没有办法把涵妮和歌厅联想在一起的。就为了那个酷似涵妮的女人说了一句"青云",自己就摸索到这儿来,也未免有点太傻气了!但是,"酷似"?岂止是酷似而已?他回忆着昨日那乍然的相逢,那是涵妮,那明明是涵妮!他必须要弄弄清楚,必须要再见到她,问个明白!否则,自己是怎么样也不能甘心的,怎么样也不肯放弃的!

走到售票口,他犹疑着要不要买票,生平他没有进过什么歌厅,而且有一大堆的工作正等着自己去做,放下正经的工作不做,到歌厅来听歌,多少有点儿荒谬!何况,那女郎所说的"青云",又不见得是指的这个青云!还是算了吧!他正举棋不定,却一眼看到售票口的橱窗里,悬挂了一大排驻唱歌星的照片和名字,他下意识地打量着这些照片,并没有安心想在这些照片里找寻什么。可是,一刹那,他被那些照片中的一张吸引了、震动了、惊愕了!

那是涵妮,他心中的那尊神祇:涵妮!同样的眼睛,同样的眉毛,同样的鼻子和嘴,所不同的,是装束,是表情。当然,照这张照片之前,她是经过了浓妆的,画了很重的眼线,夸张了嘴唇的弧度,高梳的发髻上,簪着亮亮的发饰,耳朵上垂着两串长长的耳坠。这样的打扮,衬着那张清秀的脸庞,看来是并不谐调的,难怪她脸上要带着那份倨傲的、自我解嘲似的微笑了。他抽了口气,涵妮,这是你吗?这不是你吗?是你,为什么不像你?不是你,又为什么像你?他呆呆地瞪着这张照片,然后,他看到照片底下的介绍了:"本歌厅驻唱歌星——玉女歌星唐小眉小姐。"

唐小眉!那么,不是涵妮了!却生就一副和涵妮一模一样的脸庞,岂不滑稽!世界上会有这样的巧合,写到小说里别人都会嘲笑你杜撰得荒谬！那么，唯一的解释是：这就是涵妮！

他不再犹疑了，到了售票口，那儿已排着一长排人，比电影院门口还要拥挤，没有料到竟有那么多爱好"音乐"的人！好不容易，他才买到了一张票，看看开始的时间已经差不多了，他走上了楼梯。

他走进一间光线幽暗的大厅里，像电影院一样排着一列列的椅子，椅子前面有放食品及茶杯的小台子。他被带票员带到一个很旁边的位子上，他四面看看，三四百个位子几乎全满，"音乐"的魔力不小！

他坐着，不知为什么，有种强烈的、如坐针毡的感觉，侍应的小姐送来了一杯茶，他轻轻地啜了一口，茶是浓浓的、苦苦的，有一股烟味。他望着前面，那儿有一个伸出来的舞台，垂着厚厚的帘幔。

然后，表演开始了，室内的光线更暗了，有一道强烈的、玫瑰红色的灯光一直打到台子上。从帘幔后面走出来一个化妆得十分浓艳的、身材丰满的报幕小姐，穿着件红色袒胸的晚礼服，在红色灯光的照射下，显得更红了，像一团燃烧着的火焰。在一段简短的报告和介绍之后，她隐了进去，换了一个穿绿衣服的歌女出来，她高高的个子，冶艳的长相，一出场就赢得了一片爆发似的掌声。

她开始唱了，一面唱，一面摇摆着腰肢，跟随着韵律扭动，她的歌喉哑哑的，蛮有磁性，唱的时候眉毛眼睛都会动，满场的听众都受她的影响，一曲既终，掌声如狂。她一连唱了三支歌，然后，由于不断的掌声，她又唱了一支，接着，再唱了一支，她退下去了。

第二个歌女登场了，云楼不耐烦地伸长了他的脚，碰到了前面的椅子，他觉得自己的脚没有地方放，浑身都有局促的感觉。这第二个歌女是个身材瘦小的女孩子，年纪很轻，歌喉还很稚嫩，看样子不超过十八岁，打扮得却十分妖艳。她唱了几支"扭扭"，很卖力地扭动着自己那瘦小的腰肢，但，听众的反应并不热烈，只在一个角落中，有几个太保兮兮的男孩子吹了几声响亮的口哨。

然后，是一段舞蹈节目，一个披挂了一身羽毛的女孩子随着击鼓声抖动着出来了，观众的情绪非常激动，云楼身边的一位绅士挺直了背脊，伸长了脖子在看。于是，云楼发现了，这是夜总会中都不易见的节目，那女孩不是在"舞"，而是在"脱"，怪不得这歌厅的生意如此好呢！这是另一个世界。

舞蹈节目之后，又有好几个歌女陆续出来唱了歌，接着，又是一段舞蹈。云楼相当地不耐烦了，感到自己坐在这儿完全是"谋杀时间"，他几乎想站起身来走了，可是，帘幔一掀，唐小眉出来了！

唐小眉！她的名字是唐小眉吗？她穿了件浅蓝色轻纱的洋装，脖子上挂了一串闪亮的项链，头发仍然盘在头顶上，梳成挺好看的发髻，耳朵上有两个蓝宝石的耳坠。她缓步走上前来，从容不迫地弯腰行礼，气质的高贵，台风的优雅，使人精神一振。涵妮！这不是涵妮吗？只有涵妮能有这份高贵的气质、这份大家闺秀的仪态！他坐直了身子，目不转睛地盯着台上，屏息着，等待着她的歌声。

她停在麦克风前面，带着个浅浅的微笑，先对台下的观众静静地扫视了一圈，然后，她说话了，声音轻而柔：

"我是唐小眉，让我为你们唱一支新歌，歌名是'在这静静的晚上'。"

于是，她开始唱了，歌喉是圆润动人而中气充足的，一听就可听出来，她一定受过良好的声乐训练。那是一支很美的歌、一支格调很高的歌：

> 在这静静的晚上，
> 让我俩共度一段安闲的时光，
> 别说，别动，别想！
> 就这样静静地、静静地，
> 把世界都遗忘！
> 在这静静的晚上，
> 树荫里筛落了梦似的月光，
> 别说，别动，别想，
> 就这样静静地、静静地，
> 相对着凝望！
> ……

她唱得很美很美，她的表情跟她的歌词一样，像个梦，不过，听众的反应并不热烈，掌声是疏疏落落的。云楼觉得满心的迷惘和困惑，这不是涵妮的歌声，涵妮无法把声调提得那么高，也无法唱得这样响亮和力量充沛。涵妮的歌是甜甜的、低而柔

的。他目不转睛地紧盯着唐小眉,她开始唱第二支了,那可能是支老歌:

> 心儿冷静,夜儿凄清,
> 魂儿不定,灯儿半明,
> 欲哭无泪,欲诉无声,
> 茫茫人海,何处知音?
> ……

她唱得很苍凉,云楼几乎可以感觉出来,她确有那份"茫茫人海,何处知音"的感慨。她的歌声里充满了一种真挚的感情,这是他在其他歌女身上找不到的。可是,奇怪的是她并不太受欢迎,没有热烈的掌声,没有叫好声,也没有喊"安可"的声音。大概因为她并不扭动,不满场飞着媚眼。她浑身上下,几乎找不出一丝一毫的风尘味,她不是一个卖唱的歌女,倒像个演唱的女声乐家,这大概就是她不受欢迎的主要原因。对四周的听众打量了一番,云楼心底涌上了无限的感慨。

"涵妮,"他在心里自语着,"你的歌不该在这种场合里来唱的!"

涵妮?这是涵妮吗?不,涵妮已经死了。这是唐小眉,一个离奇的、长着一张涵妮的脸孔的女人!他望着舞台上,那罩在蓝色灯光下的女人,不!这是涵妮!这明明是涵妮!他用手支着头,感到一阵迷糊的晕眩。

唱了三支歌,唐小眉微微鞠躬,在那些零落的掌声中退了下去。云楼惊跳了起来,这儿没有什么值得留恋的了。他走出边门,向后台的方向走去,他必须找着唐小眉,和她谈一谈。在后台门口,他被一个服务生模样的女孩拦住了。

"你找谁?对不起,后台不能进去。"

他急忙从口袋里摸出了纸笔,说:

"你能帮我转一张字条给唐小眉小姐吗?"

"好的。"

他把字条压在墙上,匆匆忙忙地写:

唐小姐:

  急欲一见,万请勿却!

    昨日和你在街上一度相遇的人 孟云楼

那服务生拿着字条进去了,一会儿,她重新拿着这字条走了出来,抱歉地说:

"对不起,唐小姐已经走了!"

这是托词!云楼立即明白了,换言之,唐小眉不愿意见他!撕碎了那张字条,他走出了后台旁的一道边门,默默地靠在门边,这儿是一条走廊,幽幽暗暗的。他站着,微扬着头,无意识地看着对面墙上的一盏壁灯。为什么呢?为什么她不愿见他?以为他是个当街追逐女孩子的太保?还是……还是不愿重拾一段已经埋葬的记忆?他站着,满怀充塞着凄凉与落寞,一层孤独的、怅惘的、抑郁的情绪抓住了他,涵妮,他想着,不管那唐小眉和你是不是同一个人,你都是已经死了!确确实实地死了!

站直了身子,他想离开了。可是,一阵高跟鞋的声音传来,接着,唐小眉从边门走了出来,他下意识地回头,和唐小眉正好打了个照面。唐小眉似乎吃了一惊,禁不住地"哦"了一声,云楼却又感到那种心灵深处的震动。

"涵妮!"他脱口而出地呼唤着。

"你——你要干吗?"唐小眉仿佛有些惊恐。

"哦,"云楼醒悟了过来,不能再莽撞行事了,不能再惊走了她。他盯着她,嗫嚅地说:"唐——唐小姐,我能跟你谈谈吗?"看到她有退避的意思,他乞求地加了一句:"请你!请求你!"

唐小眉望着眼前这年轻人,这人是怎么回事?是个轻浮的登徒子,还是个神经病?为什么对她这样纠缠不休?但是,那种诚恳的神情却是让人难以抗拒的。

"你为什么选择了我?"她带着种嘲弄的意味说,"你弄错了,我不是那种女人。"

"我知道,唐小姐,我很知道!"云楼急促地说,"我没有恶意,我只是要跟你谈谈。"

"可是我还要去金声唱一场,这儿九点钟还有一场。要不然,你送我去金声。"

"金声是什么地方?"他率直地问。

"你——"唐小眉锁起了眉头,瞪视着他,"你装什么糊涂?"

"真的,我不是装糊涂,我跟你发誓,今天到青云来,是我第一次走进歌厅。"

"哦?"唐小眉诧异地望着他,那坦白的神态不像是在装假,这是个多么奇异的怪人!"可是,昨天你说你听过我唱歌!"

"是——的，是——"云楼望着她，在浓厚的舞台化妆之下，她仿佛距离涵妮又很远了。"我——以为你是另外一个人。"

"是吗？"唐小眉扬起眉毛，对他看了一眼，"这是个笨拙的解释。"

云楼苦笑了一下。是的，这是个笨拙的解释！假若她与涵妮完全无关，自己才真笨得厉害呢！到底，自己是在找寻什么呢？下了楼，唐小眉看了看手表。

"这样吧，离我金声的表演还有五十分钟，我们就在这楼下的咖啡座里坐坐吧！"

他们走了进去。那是个布置得很雅致的咖啡馆，名叫"雅憩"，听这名字，也知道是个不俗的所在了。顶上垂着的吊灯是玲珑的，墙上的壁画是颇有水准的。他们选了一个靠墙的位子坐下来。唐小眉要了一杯果汁，云楼叫了杯咖啡。

他们静静地相对坐着，好一会儿，云楼都不知该说些什么好。唐小眉握着杯子，带着种研究的神情，注视着云楼。她自己也有些恍惚，为什么接受了这男孩子的邀请呢？她曾经拒绝过那么多的追求者。

"怎样？你不是要'谈谈'吗？"她说，轻轻地旋转着手里的杯子。

"哦，是的，"云楼一怔，注视着她，他猝然地说，"你认识一个人叫杨子明的吗？"

"杨子明？"小眉歪了歪头，想了想，"不认识，我应该认识这个人吗？"

"不，"云楼怅然若失，"你住在哪里？"

"广州街。"

"最近搬去的？"

"住了快十年了。"

"你一个人住吗？"

"跟我爸爸。"

"你爸爸叫什么名字？"

小眉放下了杯子，她的眼睛颇不友善地盯着云楼。

"你要干什么？家庭访问？户口调查？我从没有碰到过像你这样的人，再下去，你该要我背祖宗八代的名字了！"

"哦，"云楼有些失措，"对不起，我只是……随便问问。"垂下头，他看着自己手里的咖啡杯，感到自己的心情比这咖啡还苦涩。涵妮，世界上竟会有一个长得和你一模一样的人，你相信吗？涵妮！抬起头来，他看着小眉，觉得自己的眼睛里有雾气。"为什么要出来唱歌？"他不由自主地又问了一句。

"生活呀！"小眉说，自我解嘲地笑了笑，"生存的方式有许许多多种，这是其中的一种。"

"歌是唱给能欣赏的人听的。"云楼自语似的说，"所有的歌都是美的、好的、富于感情的。但是，那个环境里没有歌，根本没有歌。"

小眉震动了一下，她迅速地盯着云楼，深深地望着他，这个奇异的男孩子是谁？这是从他的嘴里吐出来的句子吗？是的，就是这几句话！从到青云以来，这也是自己所感到的、所痛苦的、所迷惘的。青云并非第一流的歌厅，作风一向都不高级，自己早就厌倦了，而他，竟这样轻轻地吐出来了，吐出她的心声来了！

这岂不奇妙？

"你说在今晚以前，你从没进过歌厅？"她问。

"是的。"

"那么，今晚又为什么要来呢？"

"为了你。"他轻声地说，近乎苦涩地。

"你把我弄糊涂了。"小眉困惑地摇了摇头。

"我也同样糊涂，"云楼说，恍惚地望着小眉，"给我点时间，我有个故事说给你听。"

"我该听你的故事吗？"小眉眩惑地问。

"我也不知道。"

小眉凝视着云楼，那深沉的眸子里盛载着多少的痛苦、多少的热情啊！她被他撼动了，被他身上那种特殊的气质撼动了，被一种自己也不了解的因素所撼动了。她深吸了口气："好吧！明天下午三点钟，我们还在这儿见面，你告诉我你的故事。"

"我会准时到。"云楼说，"你也别失信。"

"我不会失信，"小眉说，望着他，"不过，你难道不该先告诉我，你到底是谁吗？"

"孟云楼，师大艺术系二年级的学生，你——从没听过我的名字吗？"

"没有。我该知道你的名字吗？"

云楼失意地苦笑了。

"你很喜欢问：我该怎样怎样吗？"他说。

小眉笑了，她的笑容甜而温柔，淡淡的，带点羞涩，这笑容使云楼迷失，这是涵妮的笑。

"我的脾气很坏,动作也僵硬,唱得也不够味儿,这是他们说的,所以我红不起来。"她说,自己也不明白,为什么要说这些,尤其在一个陌生的男孩子面前。

"你干这一行干了多久了?"

"只有三个月。"

"三个月,够长了!"云楼望着她,像是在凝视着一块坠落在泥沼里的宝石,"那些人,何尝真的是要听歌呢?他们的生活里,何尝有歌呢?歌厅!"他叹息了一声,"这是个奇怪的世界!"

"你有点愤世嫉俗,"小眉说,看了看手表,"我,我该走了!"

"我送你去!"云楼站起来。

"不必了,"小眉很快地说,"我们明天见吧!"

"不要失信!"

"不会的!再见!"

"再见!"

云楼跟到了门口,目送她跳上一辆计程车,计程车很快地开走了,扬起了一股灰尘。他茫然地站在那儿,好长的一段时间,他都精神恍惚,神志迷茫。小眉,这是怎样一个女孩?第二个涵妮?可能吗?仰首望着天,他奇怪着,这冥冥之中,有什么神奇的力量,在操纵着人间许多奇异的遇合,造成许多不可思议的故事?

天空广漠地伸展着,璀璨着无数闪烁的星光。冥冥中那位操纵者,居住在什么地方?

第二十一章

离下午三点钟还很远，云楼已经坐在"雅憩"那个老位子了，他深深地靠在高背的沙发椅中，手里紧握着一大卷画束，注视着面前的咖啡杯子。咖啡不断地冒着热气，那热气像一缕缕的轻烟，升腾着，扩散着，消失着，直至咖啡变得冰冷。他沉坐着，神志和意识似乎都陷在一种虚无的状态里，像是在专心地想着什么，又像是什么都不想。他的面色憔悴而苍白，眼睛周围有着明显的黑圈，显然，他严重地缺乏睡眠。

不知什么时候起，唱机里的爵士乐换成了一张钢琴独奏曲的唱片，一曲《印度之歌》清脆悠扬地播送开来。云楼仿佛震动了一下。把头靠在沙发靠背上，他近乎痛苦地闭上了眼睛，聆听着那熟悉的钢琴曲子。那每一下琴键的叮咚声，都像是一根铁锤在敲击着他的心脏，那样沉重地、痛楚地，敲击下来，敲击得他浑身软弱而无力。

"涵妮，"他闭紧了眼睛，无声地低唤着，他的头疲乏地在靠背上摇动,"天啊!慈悲一点吧!"他在心中呼喊着,一股热气从他心里升起,升进他的头脑,升进他的眼睛。在这一刻,他不再感到自己的坚强,也早已失去了往日的自信,他茫然,他失措,他迷失,他是只漂荡在黑暗的大海中的小船,脆弱而单薄。

有高跟鞋的声音走进来,停在他的身边,他吸了口气,慢慢地张开眼睛来。于是,他浑身通过了一阵剧烈的战栗,他迅速地再闭上眼睛,怕自己看到的只是一个幻象,那琴键声仍然在室内回荡,啊,涵妮,别捉弄我!别让我在死亡的心灵中再开出希望的花朵来!啊,涵妮,别捉弄我!我会受不了,我没有那样强韧的神经,来支持一次又一次的绝望!啊,涵妮!

"喂!你怎么了?"

他身边响起了清脆的声浪,他一惊,被迫地张开了眼睛,摇摇头,他勇敢地面对着旁边的女郎。不再是盘在头顶的发髻,不再浓妆艳抹,不再挂满了闪亮的装饰品,他身边亭亭玉立着的,是个长发垂肩、淡妆素服的少女,一件浅蓝色的洋装,披了件白色的大衣,束了条湖色的发带。她站着,柔和的脸上挂着宁静的微笑,盈盈的大眼中闪耀着一种特殊的光芒。涵妮!他紧咬着自己的嘴唇,阻止自己要冲出口来的那声灵魂深处的呼唤。这是涵妮,这一定是涵妮!洗去铅华之后,这是张不折不扣的涵妮的脸孔,每一分,每一厘,每一寸!

"怎么?你不请我坐?"小眉诧异地问,望着云楼那张憔悴的、奇异的、被某种强烈的痛苦折磨着的脸。

"哦,"云楼吐出一口长气,用手指压着自己疼痛欲裂的额角。"原谅我的失态,"他的声音低沉而苦楚,"我该怎样称呼你?"

"你昨天叫我唐小姐,如果你愿意喊我小眉,我也不反对。"小眉坐了下来,叫了杯咖啡,微笑着说,"你这个人多奇怪!每句谈话都叫人摸不着头脑。"

"小眉,"云楼苦涩地重复了一遍这个名字,"你坚持你的名字叫小眉,没有第二个名字吗?"

"你是什么意思?我该有第二个名字吗?"小眉诧异地问。

"该的,你该有。"云楼固执而苦恼地盯着她。

"为什么?"

"你该有另外一个名字,另外一个姓!"

"荒谬!"小眉说,"你怎么了?你完全语无伦次!"

"我很清楚,"云楼继续盯着她,他的眼睛是燃烧着的,"你不叫唐小眉,你的真名是杨涵妮!"

"滑稽!"小眉叫着说,"我看你这人神经有问题,我真后悔跟你在这儿浪费时间,好了,假如你没有故事讲给我听,我要走了!"

"噢,别走!"云楼紧张地扑过去,忘形地一把抓住了她的手,"请求你别再逃开!"

"你——?"小眉吃惊地把自己的手抽出来,"你吓住我了,孟先生。"她怔忡地说,真的受了惊吓。

"哦,对不起,"云楼慌忙说,"请原谅我。"他望着她,她那受惊的样子和涵妮更像了,他摇了摇头,"我是真的被你弄糊涂了。"

"我才被你弄糊涂了呢!"小眉叫,"你不是说有故事要讲给我听吗?"

"是的。"

"那么讲吧!"

云楼无语地,用一种痛楚的、深思的、炽烈的眸子,痴痴地望着她。

"怎么了?你到底讲不讲呢?"小眉皱起了眉头。

"是的,我要讲,只是不知从何讲起,"云楼说,揉着额角,觉得整个头部像要迸裂似的疼痛着,"或者,你愿意先看一些东西!"他拿起带来的那一束画,递过去给小眉,"打开它,看一看!"

小眉诧异地接过了那厚厚的一卷东西,奇怪地看了云楼一眼。然后,她铺开了那束画,立即,她像被催眠似的呆住了。这是一卷画像,大约有十几张,包括水彩、素描和油画,画中全是同一个女孩子,一个长发垂肩,有张恬静的、脱俗的、楚楚动人的面孔的少女。画的笔触那样生动、那样传神、那样细腻,这是出于一个画家的手啊。她不能抑制自己胸中涌上的一股惊佩与敬服。她一张一张看过去,越来越困惑,越来越惊愕,越来越迷惘。然后,她抬起眼睛来,满面惊疑地说:

"你画的?"

云楼点点头。

"你画的是我吗?"她问,瞪大了眼睛,"你什么时候画的?我怎么不知道?"

"我画过一百多张,大的、小的都有,这十几张是比较写实的作品。"云楼说,深深地望着她,"你认为这画的是你吗?"

"很像,"小眉说,不解地凝视着他,"这是怎么回事呢?"

"这画里的女孩子名叫涵妮,"云楼深沉地说,他的眸子一瞬也不瞬地紧盯着她,"这能唤醒你的记忆吗?"

"我的记忆?"小眉困惑地摇了摇头,"你是什么意思?"

"你记得半夜里弹琴、我坐在楼梯上听的事吗?你记得你常为我唱的那支《我怎能离开你》的歌吗?你记得我带你到海边去,在潭水边许愿的事吗?你记得我们共有的许许多多的黄昏、夜晚和清晨吗?你记得你发誓永不离开我,说活着是我的人、死了变鬼也跟着我的话吗?你记得为我弹《梦幻曲》一遍一遍又一遍的事吗?你记得……"

"哦!我明白了!"小眉愕然地瞪着他,打断了他那一长串急促的语声,"我明白了。"

"你明白了,是不?"云楼惊喜地盯着她,"你想起来了,是不?你就是涵妮!是不?"

"不,不,"小眉摇着头,"我不是涵妮!我不是!可能我长得像你那个涵妮,但我不是的,你认错人了,孟先生!"

"我不可能认错人!"云楼喊着,热烈地抓住她的手,徒劳地想捉回一个消失了的影子,"想想看,涵妮,你可能在一次大病之后丧失了记忆,这种事情并不是没有,至于你怎么会变成唐小眉的,我们慢慢探索,总会找出原因来的!你想想看,你用心想想看,难道对以前的事一点都不记得吗?涵妮……"

"孟先生!"小眉冷静地望着他,清楚地说,"我不是什么涵妮!绝对不是!我从没有丧失过我的记忆,我记得我从四岁以来的每件大事。我也没生过什么大病,从小,我的身体就健康得连伤风感冒都很少有的。我的父亲也不姓杨,他名叫唐文谦,是个很不得意的作曲家。你懂了吗？孟先生，别再把我当作你那个涵妮了，这是我生平碰到的最荒谬的一件事！"她把那些画像卷好，放回到云楼的面前，她脸上的神情是抑郁而不快的，"好了，孟先生，这事就这样结束了，希望你别再来纠缠我。"

"等一下！涵——唐小姐！"云楼嚷着，满脸的哀恳和乞求，"再谈一谈，好不好？"

小眉靠回到沙发里，研究地看着云楼。这整个的事件让她感到荒唐，感到可笑，感到滑稽和不耐。但是，云楼那种恳切的、痛苦的、乞求的神情却使她不忍遽去。端起了咖啡，她轻轻地啜了一口，叹口气说：

"你还有什么问题吗？"

"是的，"云楼说，固执地盯着她，"你会不会弹钢琴？"

"会的，会一点点！"云楼的眼睛里闪出了光彩。

"瞧！你也会弹钢琴！"他喊着。

"这并不稀奇呀，"小眉说，"那还是我在学校读书的时候学的，我家里太穷，买不起钢琴，本来还有一架破破烂烂的，也给爸爸卖掉了，我在学校学，一直学了四五年，利用下课的时间去弹。但是，我弹得并不好，钢琴是需要长时间练习的。自己没有琴，学起来太苦了。"

"你以前念什么学校？"

"女中，高中毕业，我毕业只有两年，假若你对我的身世还有问题，很可以去学校打听一下，我在那学校念了六年，名字一向都叫唐小眉。或者，你的女朋友也在那学校念过书？"

"不，"云楼眼里的阳光消失了，颓然地垂下头去，他无力地说,"她没有。"

"你看!"小眉笑了笑,"我绝不可能是你的女朋友了!我奇怪你怎么会有这样荒唐的误会。"

"你长得和她一模一样。"云楼说,凝视着她,"简直一模一样。"

"世界上不可能会有两个完全一模一样的人,"小眉说,"你可能是想念太深,所以发生错觉了。"望着他,她感到一股恻然的情绪,一种属于女性的怜悯和同情,"她怎样了?"

"谁?"

"你的女朋友,她离开你了吗?"

"是的,离开我了。"云楼仰靠进沙发里,望着天花板,那上面裱着深红带金点的壁布,嵌着许多彩色的小灯,像黑夜天空中璀璨的星光。

"到什么地方去了呢?你找不到她了吗?"

"找不到了。"云楼闭上了眼睛,声音低而沉,"他们告诉我她死了。"

"哦!"小眉的脸色变了,这男孩子身上有种固执的热情,令人感动,令人怆恻,"这就是你的故事?"她温柔地问。

他的眼睛睁开了,静静地看着她,那种激动的情绪已经平息了,他开始接受了目前的真实,这是小眉,不是涵妮!这只是上帝创造的一个巧妙的偶合!同一张脸谱竟错误地用了两次!他看着她,凄凉而失意地微笑了。

"是的,这就是我的故事,"他揉了揉额角,"一个很简单的故事,但是,我常常希望这故事不会完结,希望一些奇迹出现,把这故事再继续下去……"

"于是，你发现了我，"小眉说，"你以为是奇迹出现了。"

云楼苦笑了一下。

"人在绝望的时候往往会祈祷奇迹，至今我仍然对于你的存在觉得是个谜。"他叹口气，"正像你说的，世界上不会有两张一模一样的脸孔，何况你们没有丝毫血缘关系，这是不可解的！"

"你看走眼了。"小眉笑着。

"你愿意跟我去见见涵妮的母亲吗？看看是我神志错乱，还是你真像涵妮。"

"哦，不，"小眉的笑容收敛了，"这事到目前已经可以告一段落了，我不想卷进你的故事里去。你别再把我和你的女友缠在一起，记住我是唐小眉，一个歌女！一个社会的装饰品！不是你心目里的那个女神！涵妮，她必定出身于一个良好的家庭吧？"

"是的。"

"而我呢？你知道我出生在什么环境里吗？我母亲是在生我的时候难产去世的。我父亲是音乐家，他自封的音乐家，没有人欣赏的音乐家，他给了我一份对音乐的狂热，和对生活的认识。我七八岁的时候，就做全部的家务，侍候一个永远在酒醉状态下的父亲……"她笑了，凄凉而带点嘲讽的，"你看！我不是你的涵妮！看她的画像我就知道了，她该是那种玻璃屋子里培植出来的名贵花朵，我呢？我只是暴风雨里的一棵小草，从小就知道我的命运，是被人践踏的！你看，我不是你的涵妮，我不知道你怎么可能发生这样的错误！"

云楼注视着她，深深地注视着她，是的，这不是涵妮，这完全不是涵妮！从她那坦白的叙述里，从她那坚定的眼神里，他看出她是如何在生活的煎熬下，挣扎着长大的。她和涵妮完全不同，涵妮柔弱纤细，她却是坚强茁壮的！他坐正了身子，点了点头，说："当然，如果你不愿意去，我不会勉强你！"

"那么，这事就这样结束了。既然已经证实了我不是涵妮，我希望你也别再来打扰我，好吗？"

云楼凝视着她，没有说话。

"好吗？"她再问。

"我尊重你的意见。"云楼低沉地说，"如果我使你厌烦，我不会去打扰你的。"

小眉笑了笑。

"并不是厌烦，"她宁静地说，"只是没有意义，我不习惯让人在我身上去找别人的影子。"

云楼了解了，一种激赏的情绪从他心头升了起来，这是个倔强的灵魂啊！尽管生活在那种半沉沦的状态里，她却还竭力维持着她的自尊。

"我明白，"他点点头，郑重地说，"我答应你，我不会让你感到任何不快。"

小眉看着他，她立即听出他的言外之意，这个男人了解她！她想，他了解的不止她嘴里所说的，还有她心里所想的，甚至于她那份埋藏在心底的自卑。她握着咖啡杯子，深深地啜了一口，突然，她有些懊悔了，懊悔刚刚对他说得那么绝情。她勉强地笑了笑，掩饰什么似的说：

"那种地方你也不该常去，如同你说的，真正的歌不在那儿。"

"你却在那儿唱啊!"云楼叹息地说。

"人生有的是无可奈何!是不?"小眉怅惘地笑笑,"我也曾经一度幻想自己会成为一个声乐家,我练过好几年的唱,每晚闭上眼睛,梦想自己的歌声会到达世界的每个角落里。现在,我站在台上唱了。"她放下杯子,叹口长气,"现实总是残忍的!是不?好了,孟先生,我该走了。晚上还要唱三场呢!"

云楼看着她。

"在你离去以前,我还有几句话要说。"他说,"因为你不愿我打扰你,所以,我以后可能不会再去找你,但是,我必须告诉你,关于涵妮,"他困难地咽了一口口水,"那是一个我用生命来热爱着的女孩,我可以牺牲一切来换得她的一个微笑、一个眼光,或一句轻言细语。可是,她死了。你呢?你有一张和她相像到极点的脸孔,虽然我们素昧平生,我却不能不觉得,你像我的一个深知的朋友……"他顿住了,觉得很难措辞。

"怎样呢?"她动容地问。

"我说了,你不要觉得我交浅言深,"他诚挚地望着她,"当你唱的时候,用你的心灵去唱吧!不要怕没有人欣赏,不要屈服于那个环境,还有……不要低估了你自己!你的歌像你的人,真挚而高贵。"

小眉的睫毛垂了下去,她必须遮掩住自己那突然潮湿了的眼珠,好一会儿,她才重新扬起睫毛来,她的眼睛是晶莹的,是清亮的,是水盈盈的。

"谢谢你。"她喉咙喑哑地说,匆匆地站起来,她一定要赶快离去,因为她的心已被一种酸楚的激情所胀满了,"我走了,别送我。"

他真的没有送她,坐在那儿,他目送她匆忙地离去。他的眼睛是朦胧的,里面凝聚着一团雾气。

第二十二章

"这种生活是让人厌倦的!"唐小眉低低地、诅咒地说,把眉笔掷在梳妆台上,注视着镜子里的自己。她刚刚换上登台的服装,一件自己设计的,紫罗兰色的软缎晚礼服,腰上缀着一圈闪亮的小银片,从镜子里看来,她是纤秾合度的,那些银片强调了她那纤细的腰肢,使她看起来有些弱不胜衣。她抚摸了一下自己的面颊,献唱的几个月来,她实在是瘦了不少。"这根本不是人过的生活,"她继续嘀咕着,用小刷子刷匀脸上的脂粉,"我唱,生活里却没有诗也没有歌。"她不知不觉地引用了云楼的话,虽然,她自从在"雅憩"和他分手后,就再也没有见到过他,但,这男孩给她的一些印象,却是不容易忘记的。

"你在叽里咕噜些什么?"刚下场的一个名叫安琪的歌女问,"还不赶快准备上场。马上就轮到你了。"

"好没意思!"小眉说。

"你知道他们要些什么,"安琪说,她出来唱歌已经好几年了，和小眉比起来，她是老大姐，"你多扭几下，他们就高兴了，看看吧，场内的听众，百分之八十都是男性，他们要的不是歌，是人！"

"更没意思了。"

"你要学得圆一点，"安琪一面卸着妆，一面说，"像昨晚邢经理请你去吃宵夜，你就该接受，他在商业界是很有点势力的，你这样一天到晚得罪人，怎么可能唱红呢？别总是天真地把这儿当学校里的歌唱比赛，以为仅仅凭唱得好，就可以博得掌声。那些人花钱是来买享受的，不是来欣赏艺术的！"

"可悲！"小眉低声说。

"这是生活呀！谁叫我们走上这条路呢！不过，你又怎么知道别一行就比我们这行好呢？反正，干哪行都得应酬，都得圆滑！虽然也有不少根本不肯应酬而唱红了的歌女，但她们的本钱一定比我们好，我们都不是绝世美人呀，是不？"

小眉淡淡地笑了。

负责节目安排的小李敲了敲门，在外面叫着说：

"小眉，该你了！"

"来了！"小眉提起了衣角，走出化妆室。到了前台的帘幔后面，报幕的刘小姐正掀起了帘幔的一角，对外面张望着，台上，一个新来的歌女正唱到了尾声。看到小眉过来，刘小姐轻轻地拉了拉她的衣服，低声说：

"你注意到了没有？最近有个很奇怪的男孩子，每到你唱的时候就来了，你一唱完他就走了！现在，他又来了。花一张票价听你一个人唱，他是你的男朋友吗？"

"是吗？"小眉的心脏猛跳了两下，自己也不明白为什么呼吸忽然急促了，"在哪儿？"

"你看！第三排最旁边那个位子。"

小眉从帘幔后面窥探过去，由于灯光集中打到台上，台下的观众是很难看清楚的，尤其他又坐在靠边的位置。她无法辨清那人的面貌，但是，一种直觉，一种第六感，使她猜到了那是谁。

"我看不清楚。"她含糊地说，"不会只听我一个人唱，恐怕你弄错了。"

"才不会呢！我本来也没注意到他，只因为他总是中途进场，又中途出场，怪特别的，所以我就留心了。你不信，唱完你别走，在这帘幔后面看着他，他一定是在你唱完后就走。"

"他天天都来吗？"小眉迟疑地问。

"并不是天天，不过，最近是经常来的，你不认得他吗？"

"不——不知道。"小眉说，"我看不清，我想，没这么荒谬的事！"

"我见多了，"刘小姐微笑着说，"怎么样荒谬的事都有！"顿了顿，她说："好了，该你了。"

台上的那位歌星退了下来，于是，小眉出场了。

灯光对她集中地射了过来，那么强烈，刺得她看不清任何东西，但她知道台下的人却能看清楚自己的每一个表情、每一个动作。她不能随便，她不能疏忽，每夜，她站在这儿，接受着考验。在一段例行的自我介绍之后，她开始唱了，她唱了一支《回想曲》。

一曲既终，掌声并不热烈。掌声，这曾经是她努力想争取的东西。世界上最悦耳的音乐是歌吗？是钢琴吗？是小提琴？小喇叭？鼓？或任何一种乐器吗？不！都不是！世界上最悦耳的音乐是掌声，人人爱听的，人人需要的，它能把人送入云端，制造出最大的愉悦和满足。但是，几个月的献唱生涯，使她知道了，在这儿博取掌声是困难的，永远重复唱那几支歌也是令人厌倦的，可是，听众喜欢听他们熟悉的歌。于是，她唱，每晚唱，唱了又唱，她疲倦了，她不再希冀在这儿获得掌声了。每次唱完之后，她对自己说：

"我孤独，我寂寞，我不属于这个世界，这个世界也不属于我。"

这是自我解嘲，还是自我安慰？她无法分析，也不想分析，却在这种心情下，送走了每一个"歌唱"着的夜。但是，今晚不同了，她感到有种不寻常的、热烈的情绪，流动在自己的血管中，激荡在自己的胸腔里，她忽然想唱了，真正地想唱了，想好好地唱、高声地唱，唱出一些埋藏在自己心灵深处的东西。

于是，当《回想曲》唱完之后，她临时更改了预定的歌，和乐队取得了联系，她改唱了另外一支：

> 我是一片流云，
> 终日飘浮不定，
> 也曾祈望停驻，
> 何处是我归程？
> 风来吹我流荡，
> 风去吹我飘扬，

也曾祈望停驻，
　　何处是我家乡？
　　飘过海角天涯，
　　看尽人世浮华，
　　多少贪欲痴妄，
　　多少虚虚假假！
　　飘过山海江河，
　　看尽人世坎坷，
　　多少凄凉寂寞，
　　多少无可奈何！
　　我是一片流云，
　　终日飘浮不定，
　　也曾祈望停驻，
　　何处是我归程？

　　她唱得非常用心，贯注了自己全部真实的感情。她自认从踏进歌厅以来，从没有这样唱过。这支歌是从她心灵深处唱出来的，有她的感叹，有她的迷惘，有她的凄凉，有她的无助和落寞。但是，掌声依然是零落的，这不是听众喜欢听的那种歌。她不由自主地对第三排最旁边的位子看过去，灯光闪烁着，阻挡了她的视线。她忍不住心头涌上一股怆恻之情，茫茫人海，是不是真能找到一个知音？停顿了一下，她开始唱第三支歌：

　　我最爱唱的一支歌，

是你的诗,说的是我……

唱完了三支歌,她的这场演唱算结束了,微微地弯了弯腰,她再度对那个位子投去很快的一瞥,转过身子,她退到帘幔后面去了。到了后面,刘小姐很快地说:

"瞧!那个人走了!"

她看过去,真的,那位子上的一个年轻人正站起身来,走出去了。她心底掠过了一声不明所以的叹息,感到有份难以描述的感觉,把她给抓住了。这个人,是为她的歌而来,还是仍然在找寻他女友的影子?回到化妆室,她慢吞吞地走到镜子前面,呆呆地审视着自己,镜中的那张脸孔是茫然若失的。

安琪还没有走,坐在那儿,她正在抽烟,一面等待着她的男朋友来接她。看到小眉,她说:"你不该唱那两支歌,你应该唱《午夜香吻》,或者是《家家有本难念的经》,要不然,唱《桃花江》或者是《月下情歌》都好些。"

小眉怅惘地笑了笑,坐下来,她一句话也没有说,开始慢慢地摘下耳环和项链。安琪仍然在发表着她的看法和意见,给了小眉无数的忠告和指导。小眉始终带着她那个迷惘的微笑,不置可否地听着。收好了项链和耳环,她到屏风后面去换了衣服。几个表演歌舞的女孩进来了,嘻嘻哈哈地喧闹着,匆匆忙忙地换着衣服,彼此打闹,夹杂着一些轻浮的取笑。小眉看着这一切,心底的迷惘在扩大,在弥漫。到底,这世界需要些什么?

有人敲着化妆室的门,一位侍应小姐嚷着说:

"唐小姐,有你的信!"

小眉打开了门,那侍应小姐递上了一张折叠着的纸,说:

"有位先生要我把这个给你!"

"哦!"小眉狐疑地接过了字条,心里在嘀咕着,别是那个邢经理才好!打开字条,她不禁呆住了!那张纸上没有任何一句话,只用画图铅笔,随便地画着一枝莲花,含苞欲放的、亭亭玉立的,虽然只是简单的几笔,却画得栩栩如生。在纸张的右下角,签着"云楼"两个字,除此以外,没有其他的东西了。小眉愕然地望着这朵莲花,诧异地问:

"那个人呢?"

"走了。"侍应小姐说,"他叫我交给你,他就走了。"

"哦!"小眉有些失望,却有更多的困惑。退回屋里,她对这张字条反复研究,什么意思呢?孟云楼,他真是个奇怪的男孩子!把纸张铺在梳妆台上,她心神恍惚地望着那朵莲花。忽然,她脑子里灵光一闪,猛地想起在学校里读过的一篇课文,周敦颐所著的《爱莲说》中仿佛有这么几句话:

> 世人甚爱牡丹,予独爱莲之出淤泥而不染,濯清涟而不妖,中通外直,不蔓不枝,香远益清,亭亭净植,可远观而不可亵玩焉。

是这样的意思吗?他是这个意思吗?她瞪视着那张纸,只觉得心里涌满了一种特殊的激情,竟让她眼眶发热,鼻中酸楚。好半天,她才叠起了那张画,收进了皮包里。站起身来,她走出去了,脚步是轻飘飘的,好像是踏着一团云彩。

接着的日子里,小眉发现自己竟期待着青云演唱的那一刻了,而且热心地计划着第二天要演唱的歌。她踏上唱台的脚步不再滞重,心情不再抑郁,歌声不再晦涩。她忽然觉得自己的歌有了意义、有了生命、有了价值。每晚,当她走上台去的时候,她总习惯性地要问问刘小姐了:

"那个人又来了吗?"

当答案是肯定的时候,她的歌声就特别地柔润、特别地悠扬,她的眼睛特别地亮、特别地有神,她的心情也特别地欢愉、特别地喜悦。她唱,热烈地唱,她的心和她的嘴一起唱着。当答案是否定的时候,她的歌声就变得那么凄凉而无奈了,大厅里也黯然无光了,她的心也闭塞了。她唱,机械地唱,不再用她的心灵,仅仅用她的嘴和喉咙。

日子就这样流过去了。在歌声里,小眉送走了一个又一个的夜,冬天消逝,春天来了。小眉也感染了那份春的喜悦和这种崭新的、温暖的季节带来的一份希望。她正年轻,她正拥有着让人欣羡的年龄,她发现自己常常幻想了。幻想离开歌厅,幻想她的歌不再在那种大庭广众里被机械地献唱,她愿意她的歌是属于某一个人的。某一个人!谁呢?她没有一定的概念,只是,她觉得自己像一朵沐浴在春风里的花,每一个花瓣都绽放着,欣然地渴求着雨露和阳光,但是,雨露和阳光在哪儿呢?

每晚,她唱完了最后一场,在深夜的寒风中回到她那简陋的、小小的家里。家,这是让许多人感到舒适和安慰的所在,让许多人在工作之余消除疲劳和得到温暖的所在。可是,对小眉而言,这个"家"里有什么呢?三间简简单单的日式的房子,原来是榻榻米和纸门的，小眉在一年前雇工人把它改装成地板和木板门了，这样，最起码可以整洁一些，也免得父亲在醉酒之后拿纸门来出气，撕成一条一条或打出无数的大窟窿。三间屋子，小眉和父亲各住一间，另一间是客厅——很少有客人来，它最大的功用是让父女二人相聚片刻，或者是让父亲在那儿独斟独酌以及发发酒疯。父亲，这个和她相依为命的亲人，这个确实非常疼爱女儿，也确实很想振作的男人，给予她的却是无尽的忧愁、凄苦和负担。唐文谦在不喝酒的时候、脑筋清楚的时候，自己也很明白这一点，他会握着小眉的手，痛心疾首地说：

"女儿，我告诉你，我会戒酒的，我要好好地振作起来，好好地工作赚钱，让你能过一份正常的、幸福的生活！女儿，我允诺你！从明天起，我再也不喝酒，我要从头开始！"

小眉凄然地望着他，一句话也不说，她知道，这种允诺是维持不了几分钟的。果然，没多久，他就会拎着酒瓶，唱着歌从外面回来，一面打着酒嗝，一面拉着她的衣袖，高声地喊着说：

"小眉，你瞧你爸爸，他是个大……大……大音乐家！你——你看，多少人在演奏他的曲子，交响乐、奏鸣曲，小——小夜曲……你，你听哪！"

于是，他开始演奏了起来，自己一会儿是鼓手，一会儿是钢琴师，一会儿又拉小提琴……忙得不亦乐乎，用嘴模仿着各种乐器的声音，演奏他自己的"名曲"，直至酒意和疲倦征服了他，倒头入睡为止。

他就这样生活在梦境里，和酒精造成的自我陶醉之中。酒醒了，他懊恼，他难过，他惭愧，他痛苦。他会捶打自己的头，抱着小眉痛哭流涕，说自己是个一无用处的废物，说小眉不该投生做他的女儿，跟着他受苦，又自怨自艾他的遭时不遇，又埋怨着小眉的母亲死得太早，说小眉怎么这样可怜，从小没有母亲疼、母亲爱，又碰着这样不争气的父亲，直闹到小眉也伤心起来，和父亲相对抱头痛哭才算完了。

　　这样的家里有慰藉吗？有温暖吗？是个良好的休憩所在吗？每晚小眉回到家里，有时父亲已经在酒后入睡了，有时正在家里发着酒疯，有时根本在外喝酒没有回家。不管怎样的情形，小眉总是"逃避"地躲进自己的小房间里，关上房门，企图把家里的混乱或是寂寞都关在门外，但是，关在门里的，却是无边的凄苦，和说不出来的一份无可奈何。

　　春天来了，窗前的一株栀子花开了，充塞在屋里的香味是小眉家中唯一的"春"的气息。小眉喜欢在静静的深夜里，倚窗站着，深深地呼吸着夜空中那缕绕鼻而来的栀子花香。她会沉醉地把头倚在窗棂上，闭上眼睛，让夜风轻拂着自己的面颊，享受着那一瞬间包围住她的，"春"的气氛。同时，幻想一些虚无缥缈的事情，那些虚无缥缈的烟雾之中，总是隐隐约约浮着一张脸孔，一张年轻的、男性的、有对热烈而愁苦的眸子的脸孔，和这脸孔同时存在的，仿佛是一些画、一些画像，和一株亭亭玉立的莲花。

　　这种幻想和沉醉总是结束得很快的，然后，睁开眼睛来，屋里那份寂寞和无奈就又从四面八方涌来了，那些虚无缥缈的事情全被吞噬了。她会发现，她手中掌握着的，只是一些拼不拢的、破碎的梦，和一些压迫她的、残酷的现实。于是，她叹息一声，

轻轻地唱了:

　　　　心儿冷静,夜儿凄清,
　　　　魂儿不定,灯儿半明,
　　　　欲哭无泪,欲诉无声,
　　　　茫茫人海,何处知音?

第二十三章

好几天没有去过青云了。云楼曾经一再告诉自己，他去青云是没有意义的事情，那儿找不到他所寻觅的东西。但是，他仍然很难抵制青云对他的一种神秘的吸引力。尤其，夜晚常常是那样冷清、那样寂寞、那样孤苦和漫长。于是，他一次又一次地去了青云，算准了小眉歌唱的时间，去聆听她的几支歌。小眉，这女孩在他心中的地位是微妙的，他自己也说不出来对她是怎样的一种感觉，看着她在那儿唱，他有时恍惚地把她当作涵妮，感到一份自欺的安慰，有时他清楚地知道她不是涵妮，只是小眉，却觉得她的歌对他有种神奇的力量，它撼动他，她的人也撼动他。看着她每次挺直了背脊，贯注了全部的精神和感情，唱着"我是一片流云，终日飘浮不定，也曾祈望停驻，何处是我归程？"他就觉得心里酸酸楚楚地涌满了某种感动的情绪，他可以看出她那份倔强、她那份刚直，和她那份感怀自伤的无奈。尤其，他以前常把涵妮看成一朵小小的云彩，如今，这朵云彩是飞走了，却另有一个女孩唱着"我是一片流云"出现了,这片灿烂的、美丽的、旖旎的彩云也会飞吗?将飞向何处呢?于是,他会想起纳兰词中的两句"惆怅彩云飞,碧落知何许"而感到一份难言的怆恻。又于是,他会有种奇异的感觉,觉得他和小眉之间是沟通的,觉得小眉知道他在这儿,而在唱给他听。就在这种吸引力之下,整个寒假,他几乎天天去青云,直到春天来了。

新的学期开始了,生活骤然忙碌了起来,与忙碌一起来临的,是经济的拮据。他几乎忽略了每次去歌厅的二十五元票价并不是一个小数字。开学后,需要添置大量的油彩、画笔和画布,他才明白自己在寒假里浪费了太多的金钱。"青云是不能再去了。"他再度告诉自己,这次是郑重而坚决的。于是,好多天过去了,他真的没有再去青云。

可是,他有种怅然若失的感觉,每晚,躺在床上,他瞪视着满房间涵妮的画像,开始强烈地觉得孤独,那些画像栩栩如生地凝视着他,他竟往往把那些画像看成小眉了。只为了涵妮已经死了,而小眉是活生生的。那些画像是涵妮,也是小眉,他潜意识里仍然无法把这两个人分开来。

一天又一天,他迷失在自己抑郁的情绪中。每天去广告公司之后,他必须和自己做一番斗争,去青云,还是不去青云?他常常幻觉听到小眉在唱歌,这歌声一会儿就幻变成了涵妮的,再一会儿又变成小眉的,再一会儿又是涵妮的……他无法摆脱开这两个影子,强烈地想抓住其中的一个,涵妮已经抓不回来了,而小眉呢?小眉呢?他挣扎着:不,不,不能再去青云了,小眉毕竟不是涵妮哦!

这晚，他离开广告公司，吃了晚餐之后，他不想回家，在街上，他漫无目的地流连着。天气很好，白天出了一整天的太阳，晚上空气中仍然留着白昼的暖意，不很冷，夜风是和缓的、轻柔的。天上有星星，疏疏落落的，把一片黑暗而广漠的穹苍点缀得华丽高雅，像一块黑丝绒上缀着的小亮片，像——小眉的衣服。小眉的衣服？这天空和小眉的衣服有什么相干？他自嘲地微笑了一下，摇了摇头。不自禁地又想起涵妮，曾经有许多个晚上，他也曾和涵妮在这种夜色中散步，听涵妮在他耳边低唱："我怎能离开你，我怎能将你弃……"伊人已杳！他再摇了摇头，这次摇得很猛烈。抬起头来，他发现自己正停在一家电影院的门口，买票的人寥寥无几，正要放映七点钟的一场。

他沉吟了一下，与其去青云，不如看场电影。他买了票。这是部文艺旧片，他根本没看片名，也不知道是谁主演，但是，一看之下，却很被那故事吸引。电影是黑白片，可能是二十年前的老片子，演技却精湛而动人，叙述一段烽火中的爱情，演员是亨弗莱·鲍嘉和英格丽·褒曼。他几乎一开始就沉迷地陷进男女主角那份无奈而强烈的爱情里去了，片中有个黑人，常为男女主角而唱一支歌，每当他唱的时候，云楼就觉得自己热泪盈眶。看完电影出来，云楼才注意到片名是《卡萨布兰卡》。

看完这场电影，云楼更不想回自己那寂寞的小屋里去了。他觉得满胸腔充塞着某种激动的、酸楚的感情。这是他每次看到任何令人感动的事物时都会有的现象，一幅好画、一首好诗、一本好书、一部好电影、一支好歌曲……都会让他满怀激动。他觉得有些热，敞开了胸前夹克的拉链，他把双手插在口袋里，沿着街道，漫无目的地向前走去。

他一定走了很久，因为，最后，他发现很多商店的板门都拉上了，灯光都熄灭了。而且，自己的腿也隐隐地感到酸痛。他停了下来，四面打量着，好熟悉的地方！然后，他惊奇地发现，自己正站在青云的门口。

青云那块高高的霓虹灯还亮着，显然，最后一场还没散场，可是，售票口早就关闭了。现在还能进场吗？一定不行了，何况他并不知道小眉晚场献唱的时间，说不定她的表演早就结束了。他把双手插在口袋中，斜靠在人行道的柱子上，开始无意识地凝视着橱窗里悬挂着的小眉的照片。

他注视了多少时间？他不知道。直到有高跟鞋的声音惊动了他，他回过头来，一眼看到小眉，正从青云的出口处走出来。她正像他所想的，穿了件黑丝绒的旗袍，襟上别了个亮晶晶的别针，闪烁得像天上的星星。

她立即看到了他，似乎受了大大的震动，她的脸色顿时变得苍白，呆呆地望着他，她停在那儿一动也不动。

他也没有动，保持着原有的姿势，他斜靠在柱子上，静静地看着她。他们两人相对凝视，好半天，谁也没有说话。然后，她醒悟了过来，用舌尖润了润嘴唇，她轻轻地说：

"我以为，你再也不会到青云来了。"

"是吗？"他问，仍然没有动，眼睛深深地望着她。

"为什么这么久不来？"她走向他，眸子是燃烧着的，是灼热的，是激动的。

"有那么多人在听你唱，不够吗？"他问。

"没有,"她摇摇头,眼睛清亮如水,"没有很多人听我唱,只有你一个,你不来,就连一个也没有了。"

"小眉!"他低低地呼唤了一声,这一声里有发自内心深处的怜恤及关怀。他从没有这样称呼过她,但他喊得那样自然,那样温柔,竟使她忽然间热泪盈眶了。

"你在这儿干吗?"好半天,她才稳定了自己,低声地问。

"我也不知道,"他说,仍然深深地注视着她,"看到了你,我才想,大概是在等你。"

"是吗?"她瞅着他,眸子里有一些期盼,有一些感动,还有一些不信任,"来多久了?"

他摇摇头。

"不知道。"他说。

"从哪儿来?"

他再摇摇头。

"不知道,我在街上走过很久。"

"现在呢?要到哪儿去?"

"不知道。"他第三次说,望着她,"要看你。"

"到'雅憩'坐坐,好吗?"她问,轻轻地扬起了眉梢。

"好的。"他说,站直了身子,挽住了她。

于是,他们走进了"雅憩",在靠角落的一个僻静的座位里坐了下来,两人都要了咖啡。这儿是可以吃宵夜的,所以生意通常都要做到深夜一两点钟。在他们的座位旁边,有一棵棕榈样的植物,大大的绿叶如伞般伸展着,成为一个绿色的屏风,把他们隔绝在一个小小的天地里。唱机中在播放着古典的轻音乐,正放着《胡桃夹子组曲》。音乐声柔和而轻快地流泻在静幽幽的夜色里。

咖啡送来了。云楼代小眉倒了牛奶，又放了三块方糖，小眉看了他一眼，问：

"为什么放三块糖？"

"我想你会怕苦。"

"怎么见得？"

"因为我怕苦。"

小眉笑了。凝视着他，多么武断的男孩子！拿起小匙，她搅动着咖啡，搅出了无数的回旋。他们顶上垂着一串彩色的小灯，灯光在咖啡杯里反射出一些小光点，像寒夜中的星光。她注视着咖啡杯，然后慢慢地抬起头来，她接触到了他的眼光，那样专注地、深邃地停驻在她的脸上。她不由自主地震颤了一下，这眼光是可以诱人灵魂的啊！

"为什么好久不来了？"她问。

"开学了，很忙。"他说，啜了一口咖啡，坦率地望着她，"而且，我并不富有。"

她立即了解了他的意思。

"你跟父母住一起吗？"她问，这时才骤然想起，他们之间原是如此陌生的。

"不，我的家在香港，我一个人在台湾读书。"

"哦。"她望着他，那年轻的脸上刻画着风霜及疲惫的痕迹，那眼神里有着深刻的寥落及孤独。这勾起了她一种属于母性的柔情。"你家境不好吗？"她关怀地说。

"不，很好。"他落寞地笑了笑，"我和父亲不和，所以，我没有用家里的钱。"

"和父亲不和？怎么会呢？"

他再度苦笑了一下，握着咖啡杯，他望着那里面褐色的液体，又想起了涵妮。好半天，他才扬起眼睛来，他的眼里浮动着雾气，小眉的脸庞在雾中飘动，他心中一阵绞痛，不自禁地抽了口冷气，低低地说：

"别问了，好吗？"

她有些惶惑，他的眉梢眼底，有多么深重的愁苦和痛楚！这男孩子到底遭遇过一些什么呢？她不敢再问下去了，靠在沙发中，她说：

"既然如此，以后别再到青云来了，花二十五块钱听三支歌，岂不太冤？"

"不，你错了，小眉。"他说，语音是不轻不重的、从从容容的，却有着极大的分量，"你低估了自己，你的歌是无价的，二十五元，太委屈你了！"

她盯着他，那样诚恳的眸子里是不会有虚伪的，那样真挚的神情中也没有阿谀的成分。她心里掠过一阵奇妙的痉挛，脸色就变得苍白了。

"你在说应酬话。"她低语。

他摇了摇头，凝视着她。

"如果我是恭维你，你会看得出来，你并不麻木，你的感应力那么强，观察力那么敏锐。"

她的心情激荡得那么厉害，她必须垂下眼帘，以免自己的眸子泄露了心底的秘密，好一会儿，她才说：

"如果你真的觉得我的歌是无价的，那么，别再到廉价市场去购买它了。随时随地，我可以为你唱，不在歌厅里，在歌厅以外的地方。"

"是吗？"他问，眼光定定地停驻在她的脸上，"你不再怕我'打扰'你吗？"

她的脸红了。

"唔，"她含糊地说，"我不懂你的意思。"

"我怕我会养成一种嗜好，有一天，我会离不开你的歌了。"

"你真的那么喜欢我的歌？"

"不只是歌，"他说，"还有你其他的一些东西。"

"什么呢？"她又垂下了睫毛。

"你的倔强、你的挣扎、你的无可奈何，和——你那份骄傲。"

"骄傲？"她愣了愣。

"你怎么知道我骄傲？"

"你是骄傲的，"他说，"你有一身的傲骨，这在你唱歌的时候就看得出来，你是不屑于现在的环境的，所以你在挣扎，在骄傲与自卑中挣扎。"

她震动了一下，端起咖啡杯，她掩饰什么似的啜了一大口。她的眸子里有点儿惊慌，有点儿失措，也有点儿烦恼。很快地扫了云楼一眼，她有种急欲遮掩自己的感觉，这男人！他是大胆的，他是放肆的，他凭什么去扯开别人的外衣？她本能地挺起了背脊，武装了自己，她的表情严肃了、冷漠了。她的语气僵硬而嘲讽：

"你是很会自作聪明的啊。"

他深深地靠在椅子中,没有被她突然的冷淡所击倒。扶着咖啡杯子,他仍然用他那深沉而热烈的眸子看着她。

"如果我说错了,我抱歉。"他静静地说,微微地蹙了一下眉,"但是,别板起脸孔来,这使我觉得很陌生,很——不认识你。"

"我们本来就是陌生的,不是吗?"她说,带着几分自己也不明白的怒气,"你根本就不认识我,你也不想'认识'我!"

"我认识你,小眉。"他说,"我不会对有你这样一张脸孔的人感到陌生。"

"为什么?"她加重语气地问,"因为我长了一张和涵妮相似的脸孔吗?"

他的眉峰迅速地虬结了起来,那层平静的外衣被硬给剥掉了。他挺直了身子,脸上的线条拉直了。

"别提涵妮,"他沙哑地说,"你才是自作聪明的!是的,你长了一张和涵妮相同的脸,但是,诱使我每晚走入青云的并不仅仅是这张脸!你应该明白的!为什么一定要说些残忍的话去破坏原有的气氛,我不懂!"

"但是,"小眉紧逼着说,"如果我长得和涵妮丝毫没有相似的地方,你也会每晚去青云听我唱歌吗?"

"这……"云楼被打倒了,深锁着眉,他看着小眉那张倔强的脸,一时竟答不出话来了。半晌,他才说:"你也明白的,我认识你,是因为你和涵妮相像。"

"是的,你去青云,也是为了找涵妮!"她冷冷地接着说。

"你不该这样说!"他恼怒而烦躁。

"这却是事实!"她的声音坚定而生硬。

他不说话了,瞪着她,他的脸色是苍白的,眼神是愤怒的。原来在他们之间那种心灵相会的默契完全消失了,取而代之的,是冷漠,是生疏,是懊恼和怒气。好一会儿,空气僵着,他们谁也不说话,只是用防备和冷淡的眼光彼此看着。夜,越来越深,他们的咖啡冷了。

"好吧!"终于,他说话了,推开了咖啡杯,他直视着她,"你是对的,我们根本就是陌生的,我不认识你。"他摇了摇头,"抱歉我没有守信用,'打扰'了你,我保证以后不会再有这种事了,我不会再来'打扰'你了。你放心吧。"

她呆呆地坐着,听着他那冷冰冰的言语。她心底掠过了一阵刺痛,很尖锐,很鲜明。有一股热浪从她胸腔中往上冲,冲进了头脑里,冲进了眼眶中,她看不清楚面前的咖啡杯了。这是何苦呢?她模糊地想着,为什么会这样呢?而她,曾经那样期盼着他的,那样强烈地期盼着他的!每晚,在帘幔后面偷看他是不是来了,是不是走了。他一连数日不来,她精神恍惚,怅然若失,什么歌唱的情绪都没有了。而现在,他们相对坐着,讲的却是这样冷淡绝情的言语。为什么会这样呢?为什么?为什么?他们原来不是谈得蛮投机的吗?怎么会变成这种局面的呢?怎么会呢?

"好了,"他冷冷的声音在继续着,"时间不早了,我送你回去吧!"

她抬起头来,勇敢地直视着他。"不,不必了,"她发现自己的声音比他还冷淡,"我自己回去。"

"我应该送你，"他站起身来，拿起桌上的账单，"夜很深，你又是个单身女子。"

"这是礼貌？"她嘲讽地问。

"是的，是礼貌！"他皱着眉说，语气重浊。

"你倒是礼节周到！"她嘲讽的成分更重了，"只是，我向来不喜欢这些多余的礼貌，我经常在深夜一个人回家，也从来没有迷过路！"

"那么，随便你！"他简单地说。

于是，一切都结束了。小眉惊愕而痛楚地发现，再也没有时间和余地来弥补他们之间那道鸿沟了，再也没有了。付了账，他们机械地走出了"雅憩"，迎面而来的，是春天夜晚轻轻柔柔的微风，和那种带着夜露的凉凉的空气，他们站定在街边上，两人相对而视，心底都有份难言的痛楚，和怅然若失的凄苦。但是，两人的表情却都是冷静的、淡漠的、满不在乎的。

一辆计程车戛然一声停在他们的前面。云楼代小眉打开了车门。

"再见。"他低低地说。

"再见。"小眉钻进了车子。

车门砰然一声合上了，接着，车子绝尘而去。云楼目送那车子消失了。把双手插在裤子的口袋里，他开始向自己住的方向走去，一步一步地，他缓慢地走着。街灯把他的影子投在地下，好瘦，好长，好孤独。

第二十四章

一连串苍白的日子。

小眉每天按时去歌厅唱歌，按时回家，生活单调而刻板。尽管许多同行的女孩生活都是多彩多姿的，她却在岁月中找不到丝毫的乐趣。歌，对她已经失去了意义，她觉得自己像一张唱片，每天，每天，她播放一次。机械地，重复地，不带感情地。她获得的掌声越来越零落，她的心情也越来越萧索。

云楼是真的不再出现了，她每晚也多少还期待一些奇迹，可是，刘小姐再也没有情报给她了，那个神秘出现又神秘离开的男孩子已经失踪，他也将她忘怀了。不能忘怀的是小眉。她无法克制自己对云楼的那种奇异的思念，真的不来了吗？她有些不相信，每晚站在台上，她耳边就响起云楼说过的话：

"当你唱的时候，用你的心灵去唱吧！不要怕没有人欣赏，不要屈服于那个环境，还有……不要低估了你自己！你的歌像你的人，真挚而高贵。"

人的一生，能得到几次如此真挚的欣赏？能得到几句这样发自肺腑的赞美？可是，那个男孩子不来了！只为了她的倔强！她几乎懊悔于在"雅憩"和他产生的摩擦。何苦呢，小眉？她对自己说，你为什么对一切事物都要那么认真？糊涂一点，随和一点，你不是就可以握住你手中的幸福了吗？但是，你让那幸福溜走了，那可能来到的幸福！如今，握在手里的却只有空虚与寂寞！

来吧！孟云楼！她在内心深处，轻轻地呼唤着。你将不再被拒绝，不再被拒绝了。来吧！孟云楼，我将不羞愧地承认我对你的期盼。来吧。孟云楼，我要为你歌唱，为你打开那一向封锁着的心灵。来吧，孟云楼。

可是，日子一天天地过去了。孟云楼始终不再出现。小眉在自己孤寂与期盼的情绪中消瘦了，与消瘦同时而来的，是脾气的暴躁和不稳定。她那么烦躁，那么不安，那么件件事情都不对劲。她自己也无法分析自己是怎么了，但是，她迅速地消瘦和苍白，这苍白连她那终日醉醺醺的父亲都注意到了。一天晚上，那喝了很多酒的父亲睁着一对醉眼，凝视着女儿说：

"你怎么了？小眉？"

"什么怎么了？"

"你很不开心吗？小眉？有人欺侮你了吗？"

"没有，什么都没有。"小眉烦躁地说。

"呃，女儿！"唐文谦打了个酒嗝，把手压在小眉的肩上，"你要快乐一点，女儿！去寻些快乐去！不要太认真了，人生就这么回事，要——要——及时行乐！呃！"他又打了个酒嗝，"你那么年轻，不要——不要这么愁眉苦脸，要——要及时行乐！

呃，来来，喝点酒，陪老爸爸喝点酒，酒……酒会让你的脸颊红润起来！来，来！"

她真的喝了，喝得很多。夜里，她吐了，哭了，不知为什么而哭，哭得好伤心好伤心。第二天她去青云的时候，突然强烈地渴望云楼会来，那渴望的强烈，使她自己都感到惊奇和不解，她渴望，说不出来地渴望。她觉得有许多话想对他说，许多心灵深处的言语，许多从未对人倾吐过的哀愁……她想他！

但是，他没有来。

唱完了最后一支歌，她退回到化妆室里，一种近乎痛苦的绝望把她击倒了。生命有什么意义呢？每晚站在台上，像个被人玩弄的洋娃娃，肚子里装着音乐的齿轮，开动了发条，她就在台上唱……啊，她多么厌倦！多么厌倦！多么厌倦！

有人敲门，小李的头伸了进来，满脸的笑。

"唐小姐！你有客人。"

"谁？"她一惊，心脏不明所以地猛跳了两下，脸色立即在期盼中变得苍白。

"邢经理。"小李笑容可掬。

"哦！"小眉长长地吐出一口气来，闭了闭眼睛，浑身的肌肉都松懈了。正想让小李去打发掉他，耳边却猛然响起父亲的醉语：

"女儿，你那么年轻，要——要及时行乐！"

及时行乐！对了，及时行乐！认什么真？做什么淑女？这世界上没有人在乎她，没有人关怀她！她有种和谁怄气似的情绪，有种自暴自弃的心理，望着小李，她很快地说：

"好的，请他等一等，我马上就好！"

于是，这天晚上，她和邢经理去了中央酒店。她跳了很多支舞，吃了很多的东西，发出了很多的笑。她仿佛很开心，她尽量要让自己开心，她甚至尝试着抽了一支邢经理的"黑猫"，呛得大咳了一阵，咳完了，她拼命地笑，说不出地高兴。

这是一个开始，接着，她就常常跟邢经理一起出游了。邢经理是个很奇特的人，年轻的时候他的环境很不好，他吃过许多苦，才创下了一番事业，现在，他是好多家公司的实际负责人，家财万贯。他的年龄已经将近五十，儿女都已成人，在儿女未成年以前，他很少涉猎声色场所，儿女既已长成，他就开始充分地享受起自己的生活来。他不是个庸俗的人，他幽默，他风趣，他也懂得生活，懂得享受，再加上他有充足的金钱，所以，他是个最好的游伴。不过，对于女孩子，他有他的选择和眼光，他去歌厅，他也去舞厅，却专门邀请那些不该属于声色场所的女孩子，他常对她们一掷千金，却不想换取什么。他带她们玩，逗她们笑，和她们共度一段闲暇的时光，他就觉得很高兴了。他也不会对女孩子纠缠不清，拒绝他的邀请，他也不生气，他的哲学是："要玩，就要彼此都觉得快乐，这不是交易，也不该勉强。"

小眉在和他出游之前，并不了解他，和他去了一次中央酒店之后，才惊讶于他的风趣，和他对她那份尊重。她常常跟他一起出去了，他们跳舞，吃宵夜，谈天，吃饭。他喜欢她那种特殊的雅致和清丽，更喜欢她那份飘逸。他常用自己的车子接她去歌厅，也常送她回家，因此，他也知道一点她家庭的情况，当他想接济她一点金钱的时候，她却很严肃地拒绝了。

"别让我看轻了自己。"她说,"跟你一起玩,是我高兴,我不出卖我的时间。"

他欣赏她的倔强,对她更加尊重了,他们来往得更密切,小眉对于和他的出游,不再看成一种堕落边缘的麻醉,反而是一种心灵的休憩。他像个父亲般照顾她,也像个挚友般关怀她。有时,他问她:

"你没有要好的男朋友吗?"

她想起了云楼,凄苦地笑了笑。

"没有。"

"我要帮你留意,给你物色一个好青年,你值得最好的青年来爱你。"

这就是她和邢经理之间的情形。但是,尽管他们之间没有丝毫不可告人的事,青云里的人却都盛传她找到"大老板"了。甚至说她和邢经理"同居"了,歌场舞榭,这种绯闻是层出不穷的。她也听到了这些闲言闲语,却只是置之一笑说:

"管他呢!人为自己而活着!不是吗?"

她继续和邢经理交游,然后,那天晚上来临了。

那晚,她和邢经理又到了中央酒店。

他们去得已经很晚了,因为小眉唱完了晚场的歌才去的。那晚的客人并不多,他们在靠舞池不远的一张桌子坐了下来。叫了一些吃的,小眉就和邢经理跳起舞来。

邢经理的舞跳得很好,小眉跳得也不错。那是一支扭扭,小眉尽情地跳着,跳得很起劲、很开心。接着,是支华尔兹,她一向喜欢圆舞曲,她轻快地旋转着,像只小蛱蝶。跳完了两支舞，折回到座位上，邢经理不知道讲了一句什么笑话，小眉笑了起来，笑得上气不接下气。笑完了，邢经理看着不远处的一张桌子说：

"那边桌上的一个年轻人，你认识吗？从我们进来，他就一直盯着你看。"

"是吗？"小眉好奇地说，跟着邢经理的眼光看过去，立即，她呆住了，笑容冻结在她的唇上，她的心脏猛地一沉，脸色就变得好苍白、好苍白。那儿，坐在那儿直盯着她的是云楼，是她从未忘怀过的那个男孩子——孟云楼！而他，不是一个人来的，也不是很多人来的，是两个人！他身边另有一个衣饰艳丽的女孩子！

她和云楼的眼光接触了几秒钟，在那暗淡的灯光下，她看不清楚他脸上的表情，但她知道他已经明白她发现他了。他没有点头，也没有打招呼，可是，她却能感觉出来他的目光的锐利和冷酷。接着，他站起身来了，一时间，她以为他是要向她走来，但是，她错了。他只是弯下身子去请他的女伴跳舞，于是，他们走入舞池去了。

那是支慢四步，乐队的奏乐柔和而旖旎。小眉不由自主地用眼光跟踪着他们，云楼紧搂着他的舞伴，那女孩的头倚着他的面颊，轻柔地滑着步子，两人显得无比亲昵。小眉痉挛了一下，垂下头去，她很快地啜了一口茶，怪不得！怪不得他真的不来了，他并不寂寞啊！

"怎么，认得吗？"邢经理问，深深地看着小眉。

"是的，"她仓促地回答，"见过一两面，他常来听我的歌。"

她不愿再谈下去了，站起身来，她挑起了眉梢，用夸张的轻快的语气说："我们为什么不去跳舞？"

他们也滑入了舞池，不知道出于怎样一种心理，她一反平日"保持距离"的作风，而紧倚在邢经理的肩头。她笑着，说着，嘴里哼着歌，没有片刻的宁静，像一只善鸣的小金丝雀。

好几次，她和云楼擦身而过，好几次，他们的目光相遇而又分开，云楼紧闭着嘴，脸上毫无表情，就在他们目光相遇的时候，他脸上的肌肉也不牵动一下，仿佛他根本不认识她。倚在他怀里的那个少女有对灵慧的大眼睛，有两道挺而俏的眉毛，和一张蛮好看的嘴。虽然不算怎么美丽，却是很亮、很引人、很出色的。

一曲既终，云楼和那少女退回到位子上了。小眉和邢经理又接跳了下面的一支恰恰。小眉的身子灵活而有韵律地动着，舞动得美妙而自然，她似乎全心融化在那音乐的旋律里，跳得又专心、又美好、又高兴。

云楼截住了在场中走来走去的女侍，买了一包香烟。

"你抽烟？"他的舞伴诧异地问，那是翠薇。

"唔，"云楼鼻子里模糊地应了一声，目光继续追逐着在场中活跃舞动着的小眉。

"那女孩长得很像涵妮，"翠薇静静地说，"猛一看，几乎可以弄错，当作就是涵妮呢！"

"涵妮可不会对一个老头子做出那副妖里妖气的样子来！"云楼愤愤地说，燃起烟，抽了一大口，引起了一串咳嗽。

翠薇注视着他，说："不会抽烟，何苦去抽呢？烟又不是酒，可以用来浇愁的！"

云楼瞪了翠薇一眼。"你不知道在说些什么，我干吗要浇愁？"他再抽了一口烟，这次，他没有咳，但是脸色变得非常苍白。他握着香烟的手是颤抖的。

"你认识她吗？"翠薇问。

"认识谁？"

"那个像涵妮的女孩子！"

"我干吗要认识她？"云楼没好气地说。

"哦，你今天的火气可大得很，"翠薇说，"早知道拖你出来玩，反而把你的情绪弄得更坏，我就不拉你出来了。"

云楼深抽了口气，突然对翠薇感到一份歉意。

"对不起，"他低低地说，"我不知道怎么了。"

"我知道，"翠薇说，看了看在场中跳舞的小眉，"我没看过这么像涵妮的人，或者，她就是你在街上碰到过的那个女孩子？"

"或者。"云楼打鼻子里说，紧盯着小眉。小眉正退回座位来，她的身子几乎倚在邢经理的怀里。"哼！"云楼哼了一声。

"别弄错了，云楼，"翠薇说，"那又不是涵妮！"

"管她是谁！"云楼深锁着眉说，开亮了桌上那盏叫人的红灯。

"你要干吗？"翠薇问。

"叫他们算账，我们回去了。"

"不跳舞了？"

"不跳了！"

翠薇看了云楼一眼，没有说话。云楼从口袋里摸出了一本

记事册,在上面匆匆地涂了一些什么,撕下来,他交给了那来算账的侍者,对他指了指小眉。付了账,他拉着翠薇的手腕,简单地说:

"我们走吧!"

翠薇沉默地站起身来,跟着云楼走出了中央酒店,一直来到街道上,翠薇才长长地叹了一口气。

"怎么?为什么叹气?"云楼心不在焉地问。

"为你。"

"为我?"

翠薇看着前面,这是暮春时节,几枝晚开的杜鹃,在安全岛上绽放着,月光下,颜色娇艳欲滴。翠薇再叹了口气,低低地说:

"春心莫与花争发,一寸相思一寸灰!"

云楼呆住了,看着月光下的花朵,他一句话也说不出来了。心绪缥缈而凌乱,许许多多的影像在他脑海中交叠,有涵妮,有小眉,每个影像都带来一阵心灵的刺痛,他悼念涵妮的早逝,他痛心小眉的沉沦。咬住牙,他的满腔郁愤都化为一片心酸了。

这儿,小眉目送云楼和翠薇的离去,忽然间,她觉得像个泄了气的皮球,再也振作不起来了。邢经理一连和她说了两句话,她都没有听清楚,坐在那儿,她茫然地看着表演台上的一个歌女,那歌女正唱着《不了情》。她闭了闭眼睛,心里恍惚而迷惘。然后,一个侍者走到她身边来,递上了云楼那张字条。

她的心猛然狂跳,出于第六感,她立即知道是谁写的条子了。打开来,上面只有寥寥数字:

何堪比作青莲性,

原是杨花处处飞!

她一把揉皱了字条,苍白的脸色在一刹那涨红了,咬紧了牙齿,她浑身掠过了一阵战栗。孟云楼,我恨你!她在心里喊着,我恨你!恨你!恨你!你侮辱吧,你轻视吧!你这个自命清高、扮演痴情的伪君子!

"什么事,小眉?"邢经理问。

"没有!"小眉咬着牙说,语气生硬,甩了一下头,她一把抓住邢经理的手,她的手心是冰冷的,"我们再去跳舞!"

"不。"邢经理拉住了她,"我们离开这儿吧,你需要休息了。"

"我不休息,"小眉说,"我们今天去玩一个通宵!我不想回家!"

邢经理深深地注视她,静静地问:

"那是你的男朋友,是吧?"

"他?"小眉的声调高亢,"去他的男朋友!我才不要他这样的男朋友呢!"望着邢经理,她的两颊因激怒而红晕,眼光是烦恼而痛楚的:"我想喝一点酒。"

"起来,小眉,"邢经理说,"我送你回家!"

"怎么,你不愿跟我一起玩?"小眉挑战似的扬起了眉梢。

"小眉,"邢经理拍了拍她的手背,"理智一些,你年纪太轻,还不了解男人,世界上的男人都不足以信任,包括我在内。"他笑笑,笑得沉着而真挚,"但是,我不想占你便宜,尤其在你心情不好的时候。回去吧,小眉,你是个很好很好的女孩子,千万别做出错事来!"

小眉垂下了头,好半天,她一语不发,等她再抬起头来的时候,她满眼都含着泪水,轻轻地、哽咽地,她说:

"我懂了,请送我回去。"

于是,他们走出了中央酒店,到了邢经理的车子里。邢经理一面开车,一面安静而镇定地问:

"你爱他?"

爱?这是小眉从没想过的一个字,她思念过他,她关怀过他,她同情过他,她恨过他!但是,她不知道她爱不爱他。

"我不知道,"她迷惘地说,喃喃地说。接着,她又愤然地接了一句:"我恨他!我讨厌他!"

邢经理嘴边飘过一个难以觉察的微笑,回过头来,他看了看小眉,语重心长地说:

"多少年轻人,是多情反被多情误!小眉,你要收敛一点傲气才好!"

小眉怔住了。看着车窗外的街道,她心底充塞着一片凄苦与迷茫。接着,她突然用手蒙住脸,哭起来了。她自己也不明白为什么要哭,只觉得满腹酸楚、委屈和难言的悲痛,她哭得好伤心好伤心。邢经理迅速地把车子停在街边,用手揽住她,急急地问:

"怎么了?小眉?怎么了?"

于是,小眉一面哭,一面述说了她与孟云楼相识的经过及一切。夹带着泪,夹带着呜咽,夹带着咒骂,她叙述出了一份无奈的、多波折的、懵懵懂懂的爱情。

第二十五章

从中央酒店回到家里，云楼彻夜无眠，躺在床上，他瞪视着那悬挂在墙上的涵妮的画像，心里像一锅煮沸了的水，那样起伏不定地、沸腾地、煎熬地烧灼着。在床上翻腾又翻腾，他摆脱不掉中央酒店里所看到的那一幕。小眉，她毕竟不是涵妮，她毕竟只是欢场中的一个女子！那样不知羞地倚在那个中年男子的怀中，那样地不知羞！他焦躁地掀开了棉被，燥热地把面颊倚在冰凉的床沿上。拿起床头柜上的一个涵妮画像的镜框，他凝视着，固执而热烈地凝视着，画像中的女孩在他眼中扩大了，扩大了，模糊了，模糊了，她隐隐约约地浮在一层浓雾里，脸上带着飘逸的、倔强的、孤傲的笑。云楼把镜框扣在胸前，嘴里喃喃地呼唤着：

"小眉！小眉！"

这名字一旦脱口而出，他就吃惊地愣住了。为什么他喊的是小眉呢？他想着的应该是涵妮啊！把镜框放回到床头柜上，他又翻了一个身,对涵妮感到一份不忠的、抱歉的情绪,涵妮,涵妮,你尸骨未寒,我呼唤的已经是另一个女孩的名字了!涵妮,涵妮!卿本多情,郎何薄幸!闭上眼睛,他的情绪更加混乱了。

就这样折腾着,一直到了黎明,他才朦朦胧胧地进入了神思恍惚的状态中,似乎是睡着了,又似乎根本没有睡着。就在这种恍惚里,他又看到了小眉,不,不是小眉,是涵妮。她静静地瞅着他,眉目间一片怜恤的深情,她的嘴唇嚅动着,正在唱一支歌,一支他以前在梦里也曾听她唱过的歌,里面有这样的句子:

> 苦忆当初,耳鬓厮磨,
> 别时容易聚无多!
> 怜你寂寞,怕你折磨,
> 奇缘再续勿蹉跎!

她唱得婉转低回,歌声中似乎大有深意,那瞅着他的眼神无限哀怜。云楼挣扎着,涵妮!他想呼唤,却喊不出丝毫的声音,胸部像有重物压着。涵妮!他想对她奔过去,却无法移动自己的身子。涵妮!涵妮!涵妮!他在心底辗转地呼喊,紧紧地盯着她。她继续唱着,那眉目间的神情逐渐有了变化,他仔细一看,原来不是涵妮,却是小眉,她带着一脸的寥落和孤傲,在反复唱着:

> 我是一片流云,
> 终日飘浮不定,

也曾祈望停驻，

何处是我归程？

她唱得那样萧索，那样充满了内心深处的凄惶，使云楼浑身每根纤维都被她绞痛了。他对她伸出手去。小眉，他喊着，腾云驾雾似的向她走去，但她立即幻变成一朵彩色的云，飘走了，飘走了，眼看就要失去她的踪迹，他急了，大声喊：

"小眉！"

他喊得那么响，把他自己喊醒了，睁开眼睛来，在他怔忡的眼光里，他看到的是一屋子的阳光，天已经大亮了。

从床上坐起来，他用双手抱住膝，好半天不知身之所在。然后，他下了床，迷离恍惚地去梳洗过了。今天有一整天的课，他整理了上课要用的画板画笔，精神一直在恍惚不安的情况中。离开了小屋，他慢吞吞地走去搭公共汽车，脑子里全是夜里梦中的影像，涵妮的歌、小眉的歌、涵妮的凄楚、小眉的寥落……他的心脏酸楚地收缩着、痉挛着，满胸怀充塞着难言的苦涩。

一整天的课程都不知道怎样度过的，他的头昏昏然、沉沉然。下午上完了课，他去了广告公司，仍然是心神恍惚的。公司几个同事在大谈"泡舞厅"的经验，一个同事高谈阔论地说：

"别看轻了那些女孩子，她们好多都出身上等家庭，只为了一些不得已的原因才走入欢场中。许多人都认为她们的私生活一定很随便，其实，洁身自好的大有人在！"

云楼呆了呆，不由自主地想起了小眉，洁身自好！她何尝洁身自好呢？中央酒店的一幕又出现在他眼前了，他感到一阵烦躁。收好了设计的资料,他走出了广告公司,望着街车纵横的街道,去哪儿呢?

到沅陵街吃了一碗牛肉面,算是晚餐。他该回去工作了,可是,他不想回去。漫无目的地在街上逛着,他逗留在每一个橱窗外面,看到的却都不是橱窗里的东西,而是一张脸,小眉的脸!他闭眼睛,他甩头,他挣扎,但他躲不开小眉的脸,他忽然有个强烈的欲望,想抓过小眉来,好好地责备她一顿,你为什么不自爱?你为什么自甘堕落?可是,他有什么资格责备她呢?他有什么资格?

走过一条街,又走过一条街,他走了好久好久,然后,他忽然站住了,惊愕地发现自己正走向青云。不,不,你绝不能去青云,他对自己说。你再去,就太没有骨气了!你是个男子汉,你提得起,放得下,向后转吧,回家去!但是,他停在那儿,没有移动,向后转吗?他的脚仿佛有一千斤重,重得提不起来,他无法向后转,他浑身每个细胞都在背叛他,拒绝向后转的命令,他心底有个小声音低低地说:

"也罢!就再去听她唱一次吧!最后一次!"

于是,他又糊里糊涂地买了票,糊里糊涂地走进青云了。这是九点钟的一场,他进场得比较早,还没有轮到小眉唱。用手支着额,他闷闷地看着台上,一面在跟自己生着气。为什么要进来呢?难道经过了昨晚的局面,还不能忘怀小眉吗?孟云楼,你没出息!

可是,小眉出场了!所有反抗的意识,都离开他的身子飞走了。小眉!她今天穿着一件纯白的晚礼服,没有戴任何饰品,头发也没有梳上去，而是自然地披垂着。轻盈袅娜地走向台前，她对台下微微弯腰，态度大方而高贵，像个飘在云层中的仙子！她今晚竟一反往常，根本没经过舞台化妆，只淡淡地施了一些脂粉，显得有些憔悴，有些消瘦，却比往日更觉动人。站在台前，她握着麦克风，眼波盈盈地望着台下，轻声地说：

"我是唐小眉。今晚，是我在青云献唱的最后一晚，我愿为各位来宾唱两支我心爱的歌，算是和各位告别，并谢谢各位对我的爱护。"

云楼的血液猛地加速了运行，心脏也狂跳了两下。最后一晚，为什么？

小眉开始唱了，是那支《我是一片流云》。正像云楼梦中所见的，她带着满脸的寥落和孤高。她那神态、她那歌声、她那气质，如此深地撼动了云楼，他觉得胸腔立即被某种强烈的、迫切的、渴求的感情胀满了。小眉萧索地唱着：

……
飘过海角天涯，
看尽人世浮华，
多少贪欲痴妄，
多少虚虚假假！
飘过山海江河，
看尽人世坎坷，
多少凄凉寂寞，
多少无可奈何！
……

哦，小眉！云楼在心底呼唤着，这是你的自喻吗？他觉得眼眶润湿了。哦，小眉！我不该对你挑剔的，我也没有权利责备你！置身于欢场中，你有多少的无可奈何啊！他咬住了嘴唇，热烈地看着小眉。我错了。他想着，我不该写那张字条给你，我不该侮辱你！那张字条是残忍而愚蠢的！

小眉唱完了第一支歌，场中竟掌声雷动。云楼惊奇地听着那些掌声，人类是多么奇怪啊，永远惋惜着即将失去的东西！小眉又接着唱第二支了，是那支《心儿冷静》，唱完，她退了下去。而场中却极度热烈，掌声一直不断，于是，小眉又出来了，她的眼眶中有着泪。噙着泪，她唱了第三支歌，唱的是《珍重再见》。然后，她进去了，尽管掌声依然热烈，她却不再出来。

云楼低低地叹息了一声。站起身来，他走出了歌厅的边门。在这一刻，他心里已没有争执和矛盾了，他一直走向了后台的化妆室门口，站在那儿，他没有让人传讯，也没有写字条进去，只是站在那儿静静地等待着。

然后，小眉出来了，她已经换上了一件朴素的、蓝色的旗袍，头发用一个大发夹束在脑后，露出整个匀净而白皙的脸庞，她瘦了，几乎没有施脂粉的脸庞显得有三分憔悴，却有七分落寞。跨出了化妆室的门，她一看到云楼就呆住了，血色离开了她的嘴唇，她乌黑的眼睛睁得大大的，瞪视着云楼。

云楼的心跳得狂猛而迅速，他觉得有许多话想说，却一句也说不出来，他想表达他心中激动的感情，他想乞求原谅，但他只是愣愣地看着她，半天也没有开口。于是，他发现她的脸色变了，变得生硬而冷漠，她的眼光敌意地停在他的脸上。

"哦，是你，"她嘲弄地说，"你来干什么？"

"等你！"云楼低声地说，声调有些苦涩。

"等我？"她冷笑了，那笑容使她的脸充满了揶揄和冷酷，"等我干吗？"

"小眉，"他低唤了一声，她的神态使他的心绞痛了，使他的意志退缩了，使他的热情冰冷了，"我能不能和你谈一谈？"

"谈一谈？"小眉嗤之以鼻，"我为什么要和你谈？你这个上流社会的君子！你不知道我只是个欢场中的歌女吗？和我谈一谈？你不怕辱没了你高贵的身份？"

云楼像挨了当头一棒，顿时觉得浑身痛楚。尽管有千言万语，这时却一句也说不出口了。凝视着小眉，他沉重地呼吸着，胸部剧烈地起伏。小眉却不再顾及他了，坚决地一甩头，她向楼梯口走去，云楼一怔，大声喊：

"小眉！"

小眉站住了，回过头来，她高高地挑着眉梢。

"你还有什么事？"她冷冰冰地问。

"小眉，你这是何苦？"云楼急促地说，语气已经不再平静，走到她面前，他拦在楼梯前面，"我只请你给我几分钟好不好？"

"几分钟？我没有。"小眉摇了摇头，多日的等待、期盼，以及昨晚所受的屈辱、轻视，和一夜的辗转无眠，在心中堆积的悲痛和愤怒，全化为一股怨气，从她嘴中冲出来了，"对不起，我没时间陪你，孟先生。虽然我们这种女孩子像杨花一样不值钱，但是还不见得会飞到你那儿去呢！"

"你这样说岂不残忍？"云楼咽下了一股酸楚，忍耐地说，"我道歉，好吗？"

"犯不着，"小眉挺直了背脊，高高地昂着头，一脸无法解冻的寒霜，"请你让开，楼下还有人在等我，我没时间跟你在这儿交涉。"

"那个老头子吗？"云楼脱口而出，无法按捺自己了，怒气和痛楚同时在他胸腔里爆炸，震得他自己头昏眼花。他的脸涨红了，青筋在额上跳动，咬着牙，他从齿缝里说："他有钱，是吗？你的每小时要卖多少钱？不见得我就买不起，你开价吧！"

小眉战栗了一下，脸色顿时变得雪白雪白，她大睁着眼睛，直视着云楼，她的脸色那样难看，以至于云楼吓了一跳，以为她会昏过去。但是，她没有昏，只是呼吸异常地沉重。她那带着受伤的神情的眼光像两把冰冷的刀，直刺进他的心脏里去。他不自禁地心头一凛，立刻发现自己犯了多大错误。仓促间，他想解释，他想收回这几句话，可是，来不及了。小眉的睫毛垂了下去，看着脚下的楼梯，她自语似的，轻轻地说：

"人类是世界上最残忍的动物！"

她不再看云楼，自顾自地向楼下走去。云楼急切之间，又拦在她前面，他站在低两级的楼梯上，乞求似的仰望着她，急迫地说了一句：

"小眉，再听我两句话！"

"让开！"她的声音低而无力，却比刚刚的冷漠尖刻更让人难以抗拒，"你说得还不够吗，孟云楼？要怎样你才能满意？你放手吧！我下贱，我是出卖色相的女人，我水性杨花……随你怎么讲，我可并没有要高攀上你呀！凭什么我该在这儿受你侮辱呢？你让开吧！够了，孟云楼！已经够了！"

云楼咽了一口口水，心里又痛又急又懊恼。她这篇话说得缓慢而清晰，带着浓重的感怀和自伤，这比她的发脾气或争吵都更使他难受。看着她那苍白的脸色，看着她那受了伤而仍然倔强的眼神，他心底的痛楚就更扩大了。他抓着楼梯的扶手，额上在冒着汗珠，他的声音是从内心深处绞出来的：

"小眉，请不要这样说，我今天来，不是想来跟你吵架的，是想对你道歉。我们不要再彼此伤害了，好不好？我承认我愚蠢而鲁莽……"

"别说了。"小眉打断了他，她的脸色依然苍白而冷淡，"我说过我没时间了，有人在楼下等我。"

她想向楼下走，但是，云楼猛然抓住了她的手腕。

"别去！"他厉声说。

小眉吓了一跳，惊讶地说：

"你这是干吗？"

"不要去！"云楼的脸涨红了，他的声音是命令性的，"尊重你自己吧！你不许去！"

"不许去？"小眉挑高了眉毛，"你有什么资格命令我不许去？你算什么人？"撇了撇嘴角，她冷笑了，"尊重我自己！不陪别人，陪你，是不是？你就比别人高一级啊！你放手吧，这是公共场所，别惹我叫起来！"

"好吧！你去！"云楼愤然地松了手，咬牙切齿地说，"你告别歌坛，是因为他准备金屋藏娇吗？他到底给了你多少钱？你非应酬他不可?"

小眉看着云楼,她浑身战栗。

"你滚开!"她沙哑地说,"希望我这一生一世再也不要看到你!"

"我也同样希望!"云楼也愤怒地喊,转过身子,他不再回顾,大踏步地,他从楼梯上一直冲了下去,像旋风般卷到楼下,在楼下的出口处,他和一个人几乎撞了个满怀。他收住了步子,抬起头来,却正是中央酒店的那个中年男人!血往他的脑子里冲,一时间,他很想揍这个男人一拳,他自己也不明白为什么对这个男人仇视得如此厉害。那男人却对他很含蓄地一笑,说:

"你来找小眉的吗?"

他一愣,鲁莽地说:

"你管我找谁!"

那男人耸了耸肩,满不在乎地笑了笑。好可恶的笑!云楼想,你认为你是胜利者吗?他从鼻子里哼了一声,正要走开,那男人拦住了他。

"等一等,孟先生。"

云楼又一愣,他怎么会知道他姓孟?他站住了,瞪视着那个男人。

"别和小眉怄气。"那男人收起了笑,满脸严肃而诚恳的表情,他的声音是沉着、稳重,而能够深入人心的,"不要辜负了她,孟先生。她很爱你。"

云楼愕然了,深深地望着这男人,他问:

"你是谁?"

"我是小眉的朋友，我像父亲般关心她。你很难碰到像她这样的女孩，这样一心向上、不肯屈服于恶劣的环境、纯洁而又好强的女孩。错过了她，你会后悔！"

云楼的呼吸急促了，血液在他体内迅速地奔窜，他觉得自己的心像蚌的壳一般张开了，急于要容纳许许多多的东西。他张大了眼睛，注视着面前这个男人。你是上帝派来的使者，他想。人，是多么容易被自己的偏见所欺骗啊！深吸了口气，他问："你为什么要——告诉我这些？"

"君子有成人之美！"邢经理说，他又笑了，转过身子，他说，"你愿意代我转告小眉吗？我有事，不等她了，我要先走一步。"

他真的转身走了，云楼追过去问：

"喂！您贵姓？"

"我姓邢。"邢经理微笑地转过头来，"一个爱管闲事的老头子。三天后，你会谢我。"

"不要三天后，"云楼诚挚地说，"我现在就谢谢你。"

邢经理笑了，没有再说话，他转身大踏步地走了。

这儿，云楼目送他的离去，然后他站在楼梯出口的外面，斜靠着墙，怀着满腔热烈的、期待的情绪，等着小眉出来。在这一刻，他的心绪是复杂的、忐忑、忧喜参半的。对小眉，他有歉疚，有惭愧，还有更多激动的感情。又怕小眉不会轻易地再接受他，她原有那样一个倔强的灵魂，何况他们已经把情况弄得那么僵！他就这样站着，情绪起伏不定，目光定定地停在楼梯的出口处。

好一会儿,他才听到高跟鞋走下楼梯的声音,他屏住呼吸,心脏狂跳,可是,出来的不是小眉,是另一个歌女。再一会儿,小眉出来了。她一直走到街边上,因为云楼靠墙站着,她没有看见云楼。她显然哭过了,眼睛还是红红的,虽然她又重匀了脂粉,但是却掩饰不住她脸上的泪痕。这使云楼重新感到那种内心深处的绞痛和愧悔。她站在那儿,眼光搜寻地四顾着。于是,云楼跨上了一步,停在她的面前。

"这一生一世已经过去了,现在是第二生第二世了。"他低声地说,带着满脸抱歉的、乞谅的神情,嘴边有个恳求的笑容。

"你?"小眉又吃了一惊,接着,暴怒的神色就飞进了她的眼底,"你到底要干什么?为什么这样阴魂不散地跟着我?难道你对我的侮辱还不够吗?你还要做什么?你要纠缠我到什么时候为止?"

"如果你允许,这纠缠将无休无止。"云楼低而沉地说,拉住了她的手臂,他的眼睛热烈地盯着她,他的语音里有股让人不能抗拒的力量,那么诚挚,那么迫切,"让我们去'雅憩'坐坐。"

"我不!"小眉甩开了他,往街边上走,找寻着邢经理。

"邢先生已经走了。"云楼说。

"你让他走的?"小眉怒气冲冲地回过头来,直视着云楼,"你凭什么让他走?"

"他自己走的,他要我帮他问候你。"云楼说着,深深地望着她,"小眉,收起你的敌意好不好?"

"哦,你们谈过了!"小眉的怒气更重,觉得被邢经理出卖了,一种微妙的、自尊受伤的感觉使她更加武装了自己,狠狠地瞪了云楼一眼,她嚷着说,"好了!请你不要再来烦我!你让开!"

云楼拦在她的前面,他的目光坚定不移地停在她的脸上。

"我永远都不会让开!"他低而有力地说。

"你……"小眉惊愕而愤怒地抬起头来,一瞬间,她愣住了,她接触到一对男性热烈而痴狂的眸子,那眼神是坚定的、果决的、狂热的、完全让人不能抗拒的。她在这目光下瑟缩了,融解了,一层无力的、软弱的感觉像浪潮一样对她涌了过来,把她深深地淹没了。敌意从她的脸上消失,愤怒从她的心底隐没。她听到自己的声音,在那儿好无力好无力地说:"你——你要干什么呢?"

"我要你跟我一起走。"他说。

"到哪儿去?"她软弱地问。

"走到哪儿算哪儿。"

"现在吗?"

"是的!"

她无法抗拒,完全无法抗拒,望着他,她的眼里有着一份可怜的、被动的、楚楚动人的柔顺。她的嘴唇轻轻地嚅动着,语音像一声难以辨识的叹息。

"那么,我们走吧。"

他立即挽住了她。他们走向了中正路,又转向了中山北路,两人都不说话,只默默地向前走着。她的手指接触到了他那光滑的夹克,一阵温暖的、奇妙的感觉忽然贯穿了她的全身。奇怪,仅仅半小时以前,她还怨恨着他,诅咒着他,责骂着他,恨不得他死掉！可是，现在呢？她那朦朦胧胧的心境里为何有那样震颤的欢乐，和窒息般的狂喜？为何仿佛等待了他几百几千几万个世纪？为何？为何呢？

沿着中山北路，他们一直走了下去，忘记了这条路有多么长，忘记了疲倦和时间。他们走着，走着，走着。他们满心充塞着激动的、热烈的狂喜。她是陷在恍惚如梦的、迷离的境界，他们竟一直走到了圆山。

过了桥，他们走向了圆山忠烈祠，从那条上山的路拾级而上，两人仍然是默默无语，包围着他们的是一片静幽幽的夜、一缕缕柔和的夜风，和那一株株耸立在夜色里的树木。远处松涛阵阵，天边闪烁着几点寒星。有只不知名的鸟儿，在林中深处低低地鸣叫。

他们停在一棵大树下面。

他用双手扶住她的手臂，把她的身子转过来，让她面对着自己。深深地，他凝视着她，眼光是那样专注的带着痛楚的激情。她悸动了一下，浑身酥软，心神如醉。

"小眉。"他轻轻地喊，喉咙沙哑。

她静静地望着他。

"你能原谅我吗，能吗？"他问，他嘴中热热的气息吹在她的脸上，"如果我曾经有地方伤害过你，我愿用一生的时间来弥补那些过失，你给我机会吗，给我吗？"

她不语，仍然静静地看着他，但是，逐渐地，那乌黑的大眼珠被泪水浸透了，被泪水浸亮了，被泪水浸没了，那薄薄的小嘴唇微微地颤动着，像两瓣在风中摇曳的花瓣。

"我早就想对你说一句话，只是，我不信任我自己，"他喃喃地，低低地说，"我一度以为我的感情已经死亡了、埋葬了，永远不可能再复活了。可是，认识你以后……哦，小眉！"他说不下去，千般思绪，万般言语，只化为一声心灵深处的呼唤，"我要你！小眉！"

他的手臂圈住了她的身子，他那男性的胳膊在她身上强而有力地紧压着，他凝视她，那炙热的、深邃的眸子可以融化整个世界，吞噬整个世界。她完全瘫痪了，迷惘了，眩惑了。她的心飘向了云端，飘向那高高的天空，一直飘到星星上面去了。于是，他的头对她俯了下来，他的嘴唇一下子捉住了她的。她呻吟了一声，没有挣扎，她无力于挣扎，也无心于挣扎。她浑身软绵绵的，轻飘飘的，腾云驾雾一般的。他的吻细腻而温存，辗转而缠绵。她的头昏昏然，整个神志都陷进了一种虚无的境界里。她忘记了对他曾有过的怀恨，忘记了曾诅咒他、责骂他，她只觉得自己满心怀充满了狂喜和感激的情绪。她需要，她渴求，她热爱着眼前所来临的事物。

好一会儿，他抬起头来了，仍然紧紧地抱着她，他痴痴地望着她的脸。她的睫毛也轻轻地、慢慢地扬了起来，在那昏暗的街灯下，她那对乌黑的眼珠放射着梦似的光彩，使她整个脸庞都焕发出异样的美丽。他看着她，一瞬也不瞬地看着她，接着，他就又埋下头来，吻住她了。这次，他的吻是猛烈的、炙热的、狂暴的，如骤雨急风，如骄阳烈日，那样带着灵魂深处的饥渴及需求。她喘息，呻吟，整个身子贴住了他，双手紧紧地揽住了他的脖子。

"还恨我吗?"他一面吻着一面问。

"不。"她被催眠似的回答。

"原谅我了?"

"唔。"

"可有一些些喜欢我?"他不敢看她的脸。

她不语。他的心停顿了。

"有一些吗?有吗?"他追问,抬起头来,他怀疑地、不安地搜寻着她的眼睛,那对眼睛是迷蒙的、雾样的、恍恍惚惚的。

"小眉!"他喊,抚摸她的面颊,"答复我,别折磨我!"

"你明知道的。"她轻轻地说。

"知道什么?"

"不是一些些,是全部!"她几乎是喊出来的,她的眸子里燃烧着火焰,透过了那层迷蒙的雾气,直射在他脸上,"整个的人,全部的心!"

"哦,小眉!"他喊了一声,热烈地抱住了她,他的头又俯了下来,辗转地吻着她的嘴唇、面颊和颈项。

夜,很深很深了。夜风拂着他们,沐浴着他们,这样的夜是属于情人们的,月亮隐进云层里去了。

第二十六章

云楼惊奇地发现，这一段崭新的爱情竟比旧有的那段带着更深的感动和激情。第二天早上，他睁开眼睛，第一件想起的就是小眉。望着墙上涵妮的画像，他奇怪自己对涵妮并没有抱歉的情绪，相反，他觉得很自然、很安慰。站在涵妮的一幅巨幅画像的前面，他对她喃喃地说：

"是你的安排吗？涵妮？这一切是你的安排吗？"

于是，他又想起梦里涵妮唱的歌：

怜你寂寞，怕你折磨，
奇缘再续勿蹉跎！

是的，这是涵妮的安排！他固执地相信这一点，忘了自己的无神论。本来，他和小眉的相遇及相爱，都带着那么浓重的传奇意味，那样包含着不可置信的神秘。涵妮死了，竟会有个长得和涵妮一模一样的女孩突然出现,再和他相恋。"奇缘再续勿蹉跎!"这是怎样的奇缘!举首向天,他以狂喜的、感激的情绪望着那高不可测的云端。他服了!向那冥冥中的万物之神敬服了!

整天,他都是轻飘飘的,上课的时候都不自禁地吹着口哨。这天只有上午有课,他迫不及待地等着下课的时间。上完了最后一节课,他立即搭上公共汽车,直赴广州街,他等不及地要见小眉。

昨晚他曾送小眉回家,分手不过十几小时,可是,在他的感觉里,这十几小时已漫长得让人难以忍耐,再有,他对昨晚的一切,还有点模模糊糊地不敢相信,他必须再见到小眉,证实昨晚的一切是事实,并不是一个梦。

找到了小眉的家,那简陋的、油漆剥落的大门,那矮矮的短篱,都和昨晚街灯下所见到的相同,这加深了他的信心。小眉总不会是《聊斋》里的人物了。可是……可是……假若他按了门铃,出来的不是小眉,是个老态龙钟的老太婆,张开缺牙的嘴,对他说:

"唐小眉?什么唐小眉?这是一幢空屋子,空了几十年了,我是看房子的,这房里从没住过什么唐小眉!"

那么,他将怎么办呢?他胡乱地想着,一面伸手按着门铃,心里不自禁地涌起一阵忐忑不安的情绪。他听到门铃在里面响,半天都没有人来开门,他的不安加强了,再连连地按了几下门铃,他紧张地等待着,怎么了?别真的根本没有一个唐小眉!那他会发疯,会发狂,会死掉!

他正想着,吱呀一声,门开了,云楼吓了一跳,悚然而惊。

门里，真的不是小眉，正是个老态龙钟的老太婆，用一块布包着疏落的头发。她对云楼露出了残缺不全的牙齿，口齿不清地问：

"你找啥郎？"

云楼张大了嘴，喃喃地、结舌地说："请——请问，有一位唐——唐小姐，是不是住在这里？"

那老太婆瞪着云楼，她似乎和云楼同样地惊讶，叽里咕噜地，她用闽南话说了一大串，云楼一个字也没有听清楚，他更加不安了，正想和那老太婆再解释一下他的意思，屋子里传来一声清脆的呼唤：

"阿巴桑，是谁来了？"

接着，一阵脚步声，小眉出现了，看见了云楼，她欢呼地跑了过来，高兴地嚷着说：

"云楼！是你！快进来，阿巴桑耳朵不好，别跟她说了，快进来吧！"

云楼走进了院子（那窄小的泥地如果能叫"院子"的话），瞪视着小眉，他还无法从那怔忡的神情和满腹不安中恢复。小眉望着他，诧异地说：

"怎么了？云楼？你的脸色好坏！"

"我——我以为——"云楼说着，突然间，他的恐惧消失了，他的意识恢复了，他不禁大笑了起来，"我以为你是根本不存在的呢！还以为昨晚是梦呢！"

小眉也笑了，看着他，她说：

"傻瓜！"

"那老太婆是谁？"

"请来烧饭洗衣服的。"

"哦!"云楼失笑地应了一声,跟着小眉走进了房间。小眉一边走一边说:

"爸爸一清早就出去了,你到我屋里来坐吧。我家好小好乱,你别笑。"

"如果你看到我住的地方,你就不会说这句话了。"云楼说。

"真的,什么时候带我去你那儿?"

"随便,你高兴,今天下午就去!"

走进小眉的房间,小眉反手关上了房门,立即投身到云楼的怀里,她用手钩住云楼的颈项,热烈如火的眸子烧灼般地盯着他。她整个人都像一团火,那样燃烧着,熊熊地燃烧着,满脸的光亮的热情。望着他,她低低地、热烈地说:

"我一夜都没有睡好,一直想你,一直想你!"

"我也是,小眉。"他说着,她身上的火焰立刻传到了他的身上,弯下腰,他吻住了她。她那柔软的、纤小的身子紧紧地依偎着他。云楼再一次感到她和涵妮的不同,涵妮是水,是一条涓涓不断的溪流。她是火,具有强大的热力的火。她的唇湿而热,她的吻令人心跳、令人昏眩。

"噢,小眉!"他喘息着抬起头来,看着她那对被热情燃亮了的眼睛,"你是个小妖魔,我第一次见到你的时候就知道了,你使我全身的血液都奔腾起来,使我忽而发热忽而发冷,使我变得像个傻瓜一样。噢,小眉,你实在是个小妖魔,一个又让人疼又让人气的小妖魔!"

"我让你气吗?"小眉微笑地问。

"是的。"

"我何时气你呢?"

"你才气我呢!"云楼说,用手指画着她的面颊,"你惹得我整日心神不宁,却又逃避得快,像个逗弄着老鼠的小坏猫!"

他的比喻使小眉哑然失笑。

"你是那只老鼠吗?"她问。

"是的。"他一本正经地回答。

"我才是那只老鼠呢!"小眉说,笑容突然从她的脸上收敛了,凝视着云楼,她的眼底有一丝痛楚与怨恨,"你知道吗?我等了你那么久,每天在帘幔后面偷看你有没有来,又偷看你有没有走,每晚为了你而计划第二天唱什么歌,为了你而期待青云演唱的时间。而你呢?冷淡我,僵我,讽刺我,甚至于欺侮……"

"不许说了!"云楼叫,猛然用嘴唇堵住了她的嘴,然后,他抬头望着她说,"我们是一对傻瓜,是吗?我们浪费了多少时间,噢,小眉!你说的可是真的?你等待过我吗?真的吗?真的吗?"

"你不信?"她瞅着他。

"不敢相信。"

"哦!云楼!"她低唤着,把面颊埋在他宽阔的胸前,"其实,你是明明知道的!"

"那么,为什么每次见面以后,你都要板着脸像一块寒冰?把我的满腹热情都冻得冰冷,为什么?为什么?"他追问着,想把她的脸孔从怀中扳起来,他急于要看到她的表情。

"是你嘛!是你先板起脸来的嘛!"小眉含糊地说着,把头更深地埋进他的怀中,不肯抬起头来,"谁要你总是刺伤我?"

"是谁刺伤谁?不害羞啊!小眉!一开始我可没伤害你,是吗?抬起头来,让我看看你这个强词夺理的小东西脸红了没有?"

"我不!"她逃开了。

"看你往哪儿跑?"

云楼追了过去,一把捉住了她,于是,她咯咯地笑着,重新滚倒在他的怀里。云楼忍不住又吻了她,吻了又吻。然后,他不笑了。郑重地、严肃地,他捧着她的脸,深深地注视着她说:

"以前的那些误会、波折都过去了。小眉,以后我们要珍视我们所获得的。答应我,我们永不吵架,好吗?"

"只要你不伸出你的爪子来!"小眉嘟着嘴说。

"爪子?"

"你是那只小坏猫呀!"

云楼笑了。小眉也笑了。离开云楼的身边,小眉走到梳妆台前面,整理了一下头发,说:

"有什么计划吗?"

"头一件事情,请你出去吃中饭!"

"其实,阿巴桑已经做了中饭,爸爸又不知道跑到哪儿去了,我们何不在家吃了再出去呢?"

"为什么不愿出去吃?"

"可以省一点钱。"

云楼默然了,片刻之后,才勉强地笑了笑说:

"我虽然很穷,请你吃一顿还请得起呢!"

"你可别多心!"小眉从镜子里看着他,"你现在还在读书,又没有家庭的接济,你也说过你并不富有,能省一点总是好的!

是吗?"

云楼笑了笑,没说话。到这时候才有心来打量这间房间,房间很小,大约只有六席大,放了一张床、一张梳妆台,和一个小书桌,除此之外,几乎就没别的家具了。你很难相信这就是每晚站在台上、打扮得珠光宝气、服饰华丽的女孩的房间!小眉在镜子里看出他的表情,转过身子来,她叹口气说:

"干我们这一行,很多女孩都是这样的,赚的钱可能只够做衣服,买化妆品!而我呢,"她压低了声音,"还要负担一个家庭,当然什么都谈不上了。"

云楼望着她。

"什么原因使你决心离开青云呢?"他问。

小眉垂下睫毛,沉默了好一会儿,再扬起睫毛的时候,她眼里有着隐隐的泪光。

"你那张字条。"她低低地说,"那晚,我哭了一整夜,我发现,要让人尊重是那么难那么难的一件事情!在歌厅,我因为太自爱而不受欢迎,在歌厅以外的地方,还要被人轻视……"

"哦,小眉!"他的心又绞痛了起来。

"这个人非但不再听我的歌,反而侮辱我。对于我……别打断我,"小眉说,"我忽然发现,一切都没有价值、没有意义,何况,有那么长一段时间,我的歌都只为了唱给一个人听,如今,这些还有什么意义呢?"

"噢,小眉!"云楼走过去,把她圈进自己的臂弯里,"你也有错,你那晚故意捉弄我,你和那个邢经理弄得我快要发疯……"

"你呢?"小眉盯着他,"那个女孩是谁?"

"翠薇。"云楼沉吟了一下,"将来再告诉你吧!"

"唔,"小眉继续盯着他,"你的故事倒不少!涵妮、翠薇,还有没有别的女孩子?"

"你呢?"云楼反问。

"当然你不可能希望我一个男朋友都没有的。"小眉掀了掀睫毛,轻声地说。

"哦!"云楼本能地痉挛了一下,"是吗?有几个?有很要好的吗?"他的声音颇不自在。

"嗯,"小眉垂下了头,声音更低了,"有一个。"

"哦!"云楼喉咙里仿佛哽了一个鸡蛋,"很——很要好?"

"还——很不错。"

"他做什么的?"

"读书,读大学。"

"漂亮吗?"

"唔——还不错。"

"他爱你吗?"

"唔——相当爱。"

他的手臂变硬了。

"他——一定是个流氓吧!你对他一定看不顺眼吧!是吗?"

"不,正相反,他很正派,我也很欣赏他。"

"哦!"他松开了手,推开她的身子,"那么,你干吗来惹我呢?你为什么不到他身边去?"

"我不是正在他身边吗?"

"噢,小眉!"云楼叫着,"你这个坏东西!坏透了的东西!

看我来收拾你!"他对她冲过去,作势要呵她的痒。

小眉咯咯地笑着,笑弯了腰。一面笑,一面逃,云楼在后面追她,屋子小,地方窄,小眉没地方可跑,打开房门,她冲进了客厅里,云楼也追进了客厅,两人在客厅中绕着,跑着,追着。直到玄关处陡地冒出了一个人来,他坐在墙角的水泥地上,不知道什么时候就在那儿了,手里抱着一个酒瓶,一直不声不响地看着他们追。这时,他从墙角猛地站了起来,摇摇晃晃地,笑嘻嘻地说:

"咦咦,这、这好玩,我、我也、参加一个!参加一个!"

小眉大吃了一惊,顿时,她脸上的笑容完全消失了,她瞪大了眼睛,喊着说:

"爸爸!你又喝醉了!"

"没、没醉,没醉,"唐文谦口齿不清地说,走进了房间,脚步歪歪斜斜的,他几乎一跤栽倒在云楼的身上,云楼慌忙扶住了他。他眯着眼睛,醉眼蒙眬地看着云楼,大着舌头说:"你、你这个小伙子,从、从哪儿来的?哦,好呀!"他大发现似的拍了一下云楼的肩膀,回头对小眉高声地叫着说,"这、这是你的男、男朋友,是吗?"

"爸爸!"小眉忍耐地喊一声,"你又喝得这样醉,你还是回房里去睡睡吧!"

"怎么,女儿!"唐文谦瞪大了眼睛,"你有了——男、男朋友,就、就、要赶老爸爸走?"

"爸爸!你……"小眉说不下去,看到唐文谦身子摇摇晃晃的,只得走过去把他扶到沙发椅子上坐下。一面把那个酒瓶从父亲怀里抢下来,一看,酒瓶早就空了,她就忍不住地喊了起来:"你又喝了这么多!爸爸呀,你这样怎么办呢?别说把身体弄坏了又要看医生,我们欠盛芳的酒饭钱算都算不清了!"

唐文谦似乎挨了一棍,顿时颓丧了下来,垂着头,他像个打败了仗的斗鸡,充满了自怜与自怨自艾,喃喃地,伤感地,他说:

"哦哦,小眉,你爸爸、不、不好,拖累你、跟着受、受罪,可怜的,没、没娘的孩子!你爸爸没出息,成不了、名,只有、吃、吃女儿的,让你、抛、抛头露面地去、去歌厅唱、唱、唱流行曲儿,我、可怜的学声、声乐的女儿……"

"爸爸!"小眉的眼泪在眼眶里打转,唐文谦的几句话,又弄得她泫然欲泣了,"我已经离开青云了!"

"离、离开青云?"唐文谦吃了一惊,睁着那布满红丝的眼睛,犹疑地看着小眉,接着,他的眼光转到云楼身上,立即恍然大悟地说,"哦哦,你们、你们要、要结婚,是、是吗?"看着云楼,他乜斜着眼说:"你、你弄走了我、我女儿,可也、也要养活我这、老、老丈人吗?我……"

"爸爸!"小眉叫着,又难堪,又气愤,又羞愧,"你别说了!谁要结婚呢?"

"不、不结婚?"唐文谦嚷了起来,"小、小眉,你可别、别糊涂了!你到底是好人家的女儿……这、这小子要是占、占了你的便宜,我揍、揍他……"

"爸爸!"小眉更无地自容了,"你在说些什么呀?你醉了!你去睡吧!"

"我不、不、不醉!不醉!"唐文谦仍然嚷着,可是,他的身子已经歪倒在那沙发上了。

"到房里睡去！别在这儿睡！"小眉喊着，却推不动唐文谦的身子，他已经合着眼，睡意蒙眬，嘴里还在那儿模模糊糊地说个不停。云楼走了过来，看着他，说：

"你拿条棉被来给他盖一盖好了，这样子是无法移动他了！"

小眉看了云楼一眼，她的眼光是抱歉的、可怜兮兮的、无可奈何的。走进父亲的卧房，她拿了一条棉被出来，给唐文谦盖上。然后，她抬起头来，看着云楼说：

"我去告诉阿巴桑，我们不在家吃午饭了，还是出去吃吧！"

云楼点了点头。于是，一会儿之后，他们已经走到大街上了。好半天，两人都没有说话，只是静静地向西门町的方向走去。云楼的沉默使小眉更加不安了，悄悄地看了他一眼，他的脸色是严肃的、深思的、看不透的。小眉又觉得受伤了，他在轻视她吗？因为她有这样一个父亲、这样一个家庭！深吸了口气，她解释似的说：

"爸爸不喝酒的时候是很好的，他今天实在是醉了，你不要对他的话……"

"小眉！"云楼站住了，打断了她。他的眼睛严肃而郑重地盯着她，清晰有力地说：

"不要对我解释什么，我看得很清楚，因此，我更佩服你，更爱你了！我从没料到，你这瘦瘦小小的肩上会有这样重的担子！以后，小眉，这担子应该由我来挑了！"

"哦，云楼！"小眉低喊了一声，语音里充塞着那么多的热情和感动，如果不是在大街上，她就又要投身到他怀里去了，"你是好人，云楼。"她说，觉得没有言语可以表示自己的感情，"不过，我不会让你来挑我家的担子，我不要用你的钱。"

"为什么？"他们继续往前走，他责备地说，"还要跟我分彼此吗？"

"不，不是，"小眉急急地说，"因为你也很穷，你还要读书。"

"我念的学校是公费。"

"可是，你的钱还是不够用，我知道。"

"我可以再找一个兼职！"

"不，云楼，你已经够忙了，与其你去找工作，不如我去找工作！"

"你去找什么工作呢？我绝不愿意你再回到歌厅里去！"

"我找邢经理，或者他能帮我在他公司中安排一个位置！"

"不，别去找他！"

"怎么？"

"我吃醋。"

"云楼！"小眉啼笑皆非，"你明知道他对我像父亲一般的！"

"可是，他不是你父亲，男女间的关系微妙到极点，他现在对你虽然只是关怀，焉知道朝夕相处不会演变成爱情呢？我不许你去他的公司！"

"你——真专制！"小眉笑着说，"人家还帮了你忙呢！你这不知感恩的人！"

"我是感恩的，所以更要保护我的爱情！"

"强词夺理！"小眉说，"那么，你的意见呢？"

云楼深思了一下，忽然，像灵光一闪，一个念头闪电似的飞

入他的脑海中,他兴奋地喊:

"有了!"

"怎么?"

"我要带你去见一个人,他一定能为你想出办法来!"

"谁?"

"涵妮的父亲!"

小眉愣住了,好半天都不知道说什么好,她的思绪有些纷乱、有些茫然、有些困惑。涵妮、涵妮,自从和云楼认识以来,这名字就纠缠在她和云楼之间,难道她永远无法摆脱这个名字吗?

"怎样?"云楼追问,"你会使他吓一大跳!"

"我真的那么像涵妮?"她不信任地问。

"神情、态度、举止、个性都不像,但是,你的脸和她几乎是一模一样的!"

"这成了电视里的奇幻人间了!"小眉说。

"真的,是奇幻人间!"他看着她,"怎样?去吗?"

"如果你要我去。"她柔顺地说。

"我希望你去!"

"好吧!"她叹息了一声,"我去!"

"好女孩!"云楼赞美地说,"吃完午饭,你先到我住的地方去坐坐,到四五点钟,我们再去杨家,杨伯伯恐怕要五点以后才在家。"

小眉默然不语。

"怎么了,小眉?不高兴?"云楼问。

"不，不是的，只是，我有一种很奇怪的感觉。"

"什么感觉呢？"

"我说不出来，好像……好像……"她抬头看了看天，"我不知道人的世界里，怎么会有一些不可解释的神秘，而我，竟卷在这种神秘里面，这使我有点心寒，有点害怕。"

"不要胡思乱想。"

小眉停住了，她审视着云楼。

"你爱上我，并不完全因为我长得像涵妮吗？"她担忧地问。

"小眉！"他低喊，"构成一个爱情的因素并不仅仅是相貌呀！"

"我——嫉妒她！"小眉低语。

"别傻吧！小眉。"

小眉看了云楼一眼，嫣然地笑了。抛开了这个问题，她大声地说：

"我们快找一个地方吃饭！我饿了！"

第二十七章

午后，小眉跟着云楼来到云楼的住宅。

一走进云楼那间小屋，小眉就被一种异样的感觉抓住了，一开始，她不知道这种感觉的来源在什么地方，接着，她就发现了，是那些画像！是那些琳琅满目的画像。她站在屋子中间，愕然四顾，那些画像都静静地望着她，另一个小眉的脸谱！她不由自主地打了个寒战，觉得有股奇异的寒流从她的背脊里钻了进去。那些画画得那么好、那么传神、那么栩栩如生，竟使她觉得那每张脸都是活的，都会从画纸上走下来一般。她面前靠窗子的地方，还有个画架，画架上钉着画纸，上面有张水彩人像，依然是同一个人，涵妮！她慢慢地走过去，望着那水彩画像出神，她被这屋子里的气氛震慑住了。

"像不像？"云楼问，一面给她倒了杯开水。

小眉怔了怔。

"像不像什么？"她心神不宁地说。

"你呀!"

"是、是的,"小眉结舌地说,"她确实很像我,尤其这张水彩,连神态都——都像。"

"她?"云楼一愣,"你在说什么,小眉?这画的是你呀!我昨夜回来之后才画的,我无法睡觉,就画了这张画,你以为我画的是涵妮吗?"

"哦!"小眉哦了一声,再凝视那张水彩,又掉头打量了一下墙上所挂的,"别人会以为这是同一个模特儿!"她说,更加不安了,她有迷失的感觉,觉得自己被涵妮所吞噬了,觉得涵妮的影子充塞在这屋子的每一个角落里,连自己都仿佛变成了涵妮!她走到书桌前面,无力地在书桌前面的藤椅里坐了下来,这才又看到玻璃板下压着的画像和词:

> 泪咽更无声,只向从前悔薄情,凭仗丹青重省识,盈盈,一片伤心画不成。
>
> 别语忒分明,午夜鹣鹣梦早醒,卿自早醒侬自梦,更更,泣尽风檐夜雨铃。

她深抽了一口气,用手支住头,她呆呆地望着玻璃板下那张画像,越看越像自己,越看越是自己,她的头有些晕,她的心境迷茫而微带恐惧。云楼走了过来,用手扶住她的肩膀,他说:

"你怎么了?脸色好苍白!"

"没有,只是有点头晕。"她勉强地说,抬起头来看着云楼,她忽然下定了决心,坐正身子,她挺了挺肩膀,抓住云楼的手说,"你告诉我你和涵妮到底是怎么一回事,详详细细地告诉我,我从没有弄清楚过。"

云楼的眼睛暗了一下。

"你真要听?"他问。

"是的。"她坚决地回答。

"好吧,我说给你听。"云楼点了点头,拉了一张椅子,他坐在小眉的身边,他们面对着面,她的手被他合在他的大手掌之中。

于是,他开始叙述那个故事,详详细细地叙述,从初到杨家、午夜听琴说起,一直说到父母逼令回港、涵妮竟香消玉殒为止,他足足说了两小时,每个细节,每个片段,都没有漏过。小眉仔细地听着,随着云楼的叙述,她仿佛看到了涵妮,那个酷肖自己的女孩!她动容了,她为这个故事而动容了,她忘了自己,忘了那份醋意,她融进了云楼和涵妮这份凄苦无奈的恋情之中。当云楼说完,她已经含着满眼的泪,和满心灵的激动与柔情。望着云楼,她怜恤地、关怀地、惋惜地说:

"哦,云楼,我为你们难过,我——想哭呢!"她真的想哭,一种她自己也不了解的感动震撼了她,她突然那么热爱起涵妮来了,她何止容貌和小眉相似,那种一往情痴,不也和她一样?涵妮、涵妮,到底她和她之间,有什么隐秘的关联吗?

"故事还没有完,"云楼继续说下去,"涵妮死后,我发现我自己不能画了,我画什么都画不好,画涵妮都画不像,你看玻璃板下那张,连神韵都不是涵妮的,我画不好了,我失去了灵感。"

小眉不自禁地又看了看玻璃板下那张画像,怪不得他说"一片伤心画不成"呢！忽然，她惊跳了一下。

"这张画像像我！"她喃喃地说。

"是吗？"云楼问，俯身看了看那画像，再看看小眉，他愣住了。一时间，他们两人静静相窥，都被一种神秘的、难解的力量控制了。冥冥中真有神灵吗？有第二个世界吗？有操纵这人世间一切事物的大力量吗？有第六感吗？他们惊愕了，困惑了，迷失了。只是望着彼此。

好一会儿，小眉才恢复过来，说：

"说下去吧！"

云楼凝视着她，半晌，喘了口气。

"好，我说下去。涵妮死后一年，我在街上碰到了你，你还记得那晚的事吧？"

"是的，"小眉说，"我以为你不是疯狂，就是个瞎捧歌女的轻薄子，可是，我又觉得对你有份莫名其妙的好感，觉得不忍也不能拒绝你。所以我约你去青云。"

"对我呢，那晚的一切像梦，我以为我看到的是涵妮，我简直要发疯了！我冲到杨家去大吵大闹，直到杨伯伯杨伯母都对我指天誓日地发誓为止。然后，那晚我住在杨家，夜里，我竟梦到了涵妮，她对我唱了一支奇怪的歌。"

"什么歌？"小眉着迷地问。

"我不会唱，只记得一部分的歌词，有这样的句子。"于是，他念：

苦忆当初，耳鬓厮磨，

别时容易聚无多!

怜你寂寞,怕你折磨,

奇缘再续勿蹉跎!

相思似捣,望隔山河,

悲怆往事去如梭,

今生已矣,愿君珍重,

忍泪吞声为君歌。

小眉敛眉凝思,然后问:

"你能哼哼调子吗?"

"我试试看。"云楼哼了两句,小眉点着头说:

"我知道了!这是一支老歌,原名叫"In the Gloaming",中文名字是《忆别离》,但是,歌词更改了一些!"

"你也会唱?"

"是的,还有那支《我怎能离开你》!这些都是老歌。"

"你看!"云楼眩惑地望着她,"你们都会唱相同的歌!这岂不奇怪!"

"不过,很多人都会唱这几支歌的,只是——"她想着"怜你寂寞,怕你折磨,奇缘再续勿蹉跎"的句子,有些说不下去了,"你再继续说吧!"

"醒来我很迷糊,"云楼接着说,"老是反复地想着这几句话,然后,我和你就陷进那段忽冷忽热的情况里,到前天晚上,我从中央酒店回来,几乎已经下定决心不再去找你了,结果,夜里我又梦到了涵妮,她仍然在唱这支歌,唱着唱着,却变成了你,在唱那支《我是一片流云》,于是,我忍不住,终于昨晚又去了青云。"

故事完了。小眉看着云楼,小眉被涵妮的影子占满了,再抬头看涵妮的那些画像,一张一张的,那些满脸充满了恬静的温柔、满眼含着痴迷的深情、满身带着飘逸的轻灵的那个少女,她着迷了。被这个女孩迷住了。把眼光从墙上收回来,她一瞬也不瞬地望着云楼。

"我怕——我没有她那么好。"

"小眉!"他把她的手拿到了唇边,轻轻地吻了那双柔软的小手,"你和她的个性完全不同,她柔弱,你坚强,她畏怯,你勇敢,她像火焰尖端上那点蓝色的光焰,你却是火焰的本身。整个说起来,你像一个实在的物体,她像一个虚幻的影子,你懂我的意思了吗?"

小眉轻轻地点了一下头。

"再告诉你一件事,昨夜我回家后,突然渴望画画,我画了那张水彩人像,把记忆中的你画出来,这是我一年来画得最成功的一张画——我的灵感回来了,甚至没有用模特儿。"

小眉唇边涌上一个微笑。

云楼凝视着她,突然握起她的手来,紧压在他的唇上,用力地用嘴唇揉擦着她的手,他低喊着:

"哦,小眉,你重新创造了我!你知道吗?你给了我新的意志、新的灵感、新的生命!"他拉她过来,拥住了她,他的嘴唇探索着她的,带着如饥似渴的需索与热情,"哦,小眉!我全身每根纤维都在需要你!"

"哦，云楼，"小眉挣扎地说，"你不怕涵妮在悄悄地看我们吗？"

"她会看到，她会欢笑。"云楼模糊地说。

是吗？小眉从云楼的头后面看过去，望着墙上的画像，忽然，她觉得那些画像真的在笑，欣慰而赞美地笑，她吃惊了，慌忙闭上了眼睛，一心一意地献上自己的唇和整个的心。

下午四点多钟，云楼和小眉来到了杨家的门口。

按门铃之前，云楼打量着小眉说：

"看吧！他们也会和我第一次看到你一样，吓得跳起来！"

小眉笑笑，没说话，她有点儿隐隐的不安，她不知道来这儿是明智还是不明智，也不知道这扇门里迎接自己的是什么。云楼按了门铃，仍然在打量着小眉，她今天没有化浓妆，只搽了点口红，长发垂肩，丰姿嫣然。穿了件鹅黄色的一件头的洋装，她乍一看来，和涵妮真是一模一样。世界上竟会有这样难解的偶合！

门开了，秀兰的脸孔露了出来，看到云楼，她高兴地说：

"孟少爷！先生在公司还没回来呢，快——"她一眼看到了小眉，像中了魔，她张大了嘴，愕然地盯着她，一句话也说不出来了。云楼怕她发出惊喊或怪叫，慌忙说：

"秀兰，这是唐小姐，你看她长得真像涵妮小姐吧！"

"唐、唐小姐？"秀兰张口结舌地说，接着就猛烈地摇了摇头，嘴里喃喃地嚷着说，"不，不，不，不对！不对！"接着，她像见了魔鬼，喊了一声，掉转头，就沿着房子旁边的小路，跑到后面厨房里去了。

"她吓昏了！"云楼说，"小眉，我们进去吧！"

小眉十分不安，她的脸色有些苍白。

"我真的这么像涵妮吗？"她不信任地问。

"我说过，几乎一模一样。"云楼说。

走进了杨家的客厅，那一屋子静幽幽的绿就又对云楼包围过来了。偌大一间客厅，好冷清好安静，没有一个人影，雅筠显然在楼上。云楼四面张望着，看着那沙发、那钢琴、那窗帘、那室内一切的布置，再看看小眉，他依稀仿佛觉得，那往日的时光又回来了。小眉仍然没有消除她的不安，那一屋子的静有股慑人的力量，她走到云楼的身边，轻轻地说：

"这屋子布置得好雅致！"

"是杨伯母设计的。"云楼说，指指那架钢琴，"涵妮就经常坐在那儿弹《梦幻曲》。"

"《梦幻曲》？"小眉歪了歪头，"我也会弹，如果我有架钢琴就好了！"

"为什么不试试？"云楼走过去，打开了琴盖，"这琴好久没有人弹过了，来吧，小眉。"

小眉走到钢琴前面，犹疑地看看云楼。

"这样不会不妥当吗？"

"有什么不妥当呢？弹吧！小眉，我急于想听！"

门口有一阵抓爬的声音，夹杂着呜呜的低鸣，云楼回过头去，一眼看到洁儿正趴在纱门上面，伸长着头，拼命摇尾巴，急于想进来。云楼高兴地喊着：

"洁儿！"

开了纱门，洁儿一冲就冲了进来，扑在云楼身上，又抓又舔

又低鸣,小眉惊喜交集地低喊:

"好漂亮的狗,那么白,那么可爱!"

几乎所有的女性,对小动物都有天生的好感。小眉伸出手去,抚弄着洁儿的耳朵,洁儿畏缩了一下,也就舔了舔小眉的手,算是回礼。小眉兴奋了,像涵妮第一次看到洁儿一样,她高兴地喊着:

"它舔我呢!它舔我呢!"

云楼望着洁儿和小眉,一阵心神恍惚。拍了拍琴盖,他说:

"你不弹弹吗?"

小眉坐了下来,立即,她开始弹了,一连串的音符从她手指下流泻了出来,《梦幻曲》!涵妮生前曾为云楼一遍又一遍地弹过的曲子,小眉对钢琴并不很娴熟,她弹得有些生疏,但是,听到这同一首曲子再流动在这间室内,由一个和涵妮长得一模一样的女孩弹来,云楼觉得自己的心跳得狂猛而迅速,觉得一切像个梦境。连洁儿也似乎震动了,它不安地竖起了耳朵,又闻了闻周遭的空气,然后,它竟熟练地伏下了身子,躺在小眉的脚下了,一如它在一年前所做的一样。

琴声流动着、扩散着,云楼痴痴地看着。忽然间,楼梯上传来一声惊呼。云楼迅速地回过头去,一眼看到雅筠正扶着楼梯,慢慢地走下来,眼睛紧盯着小眉的背影。云楼跨上了一步,正要解释。小眉听到了人声,停止弹琴,她回过身子来了。于是,雅筠的脸色一下子变得惨白,用手迅速地捂住了嘴,她哑着嗓子喊了一声:

"涵妮!"

接着,她用手扶着头,身子就摇摇欲坠。小眉大叫了一声:

"快!云楼!她要昏倒了!"

云楼抢前一步,一把扶住了雅筠,把她扶到了沙发上面。雅筠躺在那儿,呻吟着说:

"给我一点水,给我一点水!"

云楼迅速地跑去倒了一杯水来,扶着雅筠喝,一面急急地解释:

"我很抱歉没有先通知你,杨伯母。这不是涵妮,是唐小眉,我跟你提过的,我曾在街上碰到的那个女孩子!"

"不,不,"雅筠无力地摇着头,她一向是坚强的,是有绝大的克制力的,但是,今天这件突来的事故把她完全击倒了。她本来正在睡觉,琴声惊醒了她,她以为自己又是想涵妮想出来的幻觉,她披衣下床,走出房间,琴声更加清晰实在。她下楼,一眼看到室内的景象,云楼坐在那儿,一个长发垂肩的女孩正弹着琴,洁儿睡在她的脚下。她已经受惊了,心跳了,喘息了,而涵妮却从钢琴前面回过身子来……

"不,不,"她继续呻吟着,用手遮住了眼睛,"我在做梦。我睡糊涂了。"

"不,杨伯母,"云楼大声说,"您没有做梦,这是一个长得和涵妮一模一样的女孩,是我带她来的,带她来见你的,杨伯母!你仔细看看她,就知道她和涵妮的神态举止还是有出入的,你看呀!她姓唐,叫唐小眉。"

雅筠的神志恢复了一些,云楼的话逐渐地在她脑海里发生作用,她终于慢慢地放下了遮着眼睛的手,勇敢地挺起背脊来了。

小眉正站在她的面前，由于自己的来访竟引起了这么大的惊恐和震动，而深感不安。看到雅筠的目光转向了自己，她勉强地笑了笑，弯弯腰轻声地叫：

"杨伯母。"

雅筠闭了一下眼睛，杨伯母！这多么滑稽，这明明是涵妮呀！她再张开眼睛，仔细地看看面前这个女孩子，同样的眉毛，同样的眼睛，同样的鼻子和嘴！只是，涵妮比她消瘦，比她苍白，比她多一份柔弱与稚气。不过，世界上怎会有这样相像的人？怎会？怎会？她不信任地抬起头来，看着云楼说：

"云楼，你从哪儿找到她的？"

"我在街上碰到，后来还到你们这儿来吵，你和杨伯伯都咬定我是眼花了，你忘了吗？"云楼说。

"哦，是了。"雅筠想了起来，再看着小眉，她情不自禁地眼眶发热，如果涵妮也像她这样健康……她摇摇头，叹了口气，对小眉伸出手去，"过来，孩子，让我看看你！"

小眉不由自主地走向前来，坐在沙发前的一张搁脚凳上，把手给了雅筠。她自幼失母，雅筠又天生具有那种让人感到亲切和温暖的气质，何况，她曾有个酷肖小眉的女儿！小眉对她就本能地产生出一份近乎依恋的好感。她自己也无法解释，只是，看雅筠那含泪的眼睛，和那又惊、又喜、又怀疑、又凄恻的神情，她那颗热烈的心就被感动了，被深深地感动了。

雅筠紧握住小眉的手，她那带泪的眸子，不住地在小眉脸上逡巡着。然后，她问：

"你姓——？"

"唐。"

"唐！"雅筠震动了一下，脸色变得十分奇怪，她的眼睛深邃而迷蒙，眉峰微蹙，似乎陷进了记忆的底层。她的嘴唇嚅动着，喃喃地重复着那个姓氏。

"唐？唐？是了！是唐！"她惊异地看着小眉，"你父亲叫什么名字？"

"唐文谦。"

"唐文谦？"雅筠惊跳了起来，再看着小眉，她的嘴唇毫无血色，"天哪，多少奇怪的事情！原来你是……你是……你竟然是……"

"我是什么？"小眉不解地问，看着雅筠。

"再告诉我一句，"雅筠奇异地看着小眉说，"你的生日是哪一天？"

"阴历四月十七。"

"四月十七！"这次，惊呼的是云楼，他的脸色也变了，"涵妮也是四月十七！"

"一九四五年四月十七日。"雅筠低低地说，"是不是？你出生在四川重庆，你的母亲——死于难产，是不是？"

"哦！"小眉喊着，"你怎么知道？杨伯母？"

"杨伯母！"云楼也同样吃惊，他紧紧地盯着雅筠，"这是怎么回事？小眉和涵妮，竟是同年同月同日出生的！这到底是怎么回事？"

雅筠深深地吐出一口气来，她的脸色仍然是奇异而苍白的。

"岂止是同年同月同日？"她幽幽地说，"而且是同时同分、同一个母亲生的,她们原是一对孪生姐妹呀!"

"什么?"云楼大叫,"难道——难道——小眉也是您的女儿?"

"不,不,不,"雅筠猛烈地摇着头,眼睛模糊地看着虚幻的空间,"世界上一切的事多么不可思议呀!天意是多么难以预测!二十年来的秘密就这样揭穿了!"

"杨伯母!"云楼喊着,"你说吧!说吧,小眉和涵妮到底是怎样的关系?我早就觉得世界上没有这样的偶合!孪生姐妹!杨伯母!"

雅筠虚眯着眼睛,又仔细地看着小眉,慢慢地,她微笑了,笑得好凄凉好落寞。

"好吧!我讲给你们听,涵妮已经死了,这秘密早也就没有保持的必要了。"她摩挲着小眉的手,就像当初摩挲着涵妮的,她带泪的眸子里含满了某种属于慈母的挚情,仍然一瞬也不瞬地停在小眉脸上。"在我讲给你们听以前,先告诉我,唐小姐,你父亲好吗?"

"是的。"小眉犹疑地回答。

"跟你住一起吗?"

"是的。"

"哦,"雅筠徘徊在她记忆的深处,"他——还喝酒吗?"

"噢!您也知道他喝酒吗?"小眉惊叹,"他整天都在醉乡里,很少有清醒的时候。"

"唉,是吗?"雅筠叹口气,怜惜地看着小眉,"那么他如何养活你呢?"

"刚到台湾的时候,他还工作,他在一个中学教音乐,教了好几年,而且,那时他手上还有一点钱,一到台湾就以低价买了幢房子。后来他喝酒,教书教不成,就把房子卖了,租了广州街现在的房子住,房子的价钱卖得很好,这样,总算好勉强好勉强地支持我到中学毕业,毕业以后,我就……"她看云楼一眼,低低地说,"出去做事了。"

"在哪儿做事?"雅筠追问着。

"我……"小眉有些羞惭。

"她在一家歌厅唱歌。"云楼代她回答。

"哦!"雅筠深长地叹息了一声,"多么不同的命运!"

"伯母,"云楼急了,"您还没有说出来,到底这是怎么一回事!"

"是的,我要说,"雅筠有些神思恍惚,她还没有从激动中完全恢复过来,而且,要揭穿一件二十年来的秘密对她是件很困难的事。她又沉默了很久,终于,她振作起来了,挺直了背脊,她喝了一口水,下定了决心地说:"好吧,这事并没有什么神秘性,我就从头说起吧!云楼,你记得我告诉过你,我当初是受过你祖母的诅咒的……"

云楼不解地望着雅筠,不知道该如何接口。

"是的,这诅咒立即应验了,"雅筠说了下去,并没有等云楼回答,"我和你杨伯伯结婚后,两人都希望能有孩子,我们热爱孩子,可是,我一连小产了两次。而你父亲生下了你,我们仍然没有孩子。到一九四五年,我第三次怀孕了,你们可以想象我有多么欢喜,我们用尽了全力来保护这个胎儿,居然顺利地到了足月,那是一九四五年四月十七日,我在重庆某家产科医院生产……"

"你生下了涵妮和小眉!"云楼插口。

"不,不是的!"雅筠拼命地摇头,"我生下了一个女孩,阵痛了四十八小时之久,那女孩漂亮极了,可是,我是受过诅咒的,我没有做母亲的那种幸运,那孩子生下来就死了。而且,医生判定我终生不能再生孩子了!"雅筠顿了顿,云楼和小眉都定定地望着她,"这使我几乎发疯发狂,几乎自杀,你杨伯伯终日寸步不离地守在我身边,怕我寻死。而这时,一件意外的事情竟把我救了。"

她停住了,眼睛痴痴地看着小眉,唇角又浮起她那个凄婉的微笑。

"怎么呢?"云楼追问。

"原来,同一日,四月十七日,"雅筠接下去说,"有一个产妇也在那家医院生产,那年轻的丈夫是个穷苦而落拓的、音乐学院的学生,那产妇送来的时候已经奄奄一息,昏迷不醒了,医生为了挽救胎儿,剖腹取胎,取出一对双胞胎,一对粉妆玉琢的小婴儿,那就是涵妮和——小眉。"

"哦!"小眉到这时才吐出一口气来。

"那产妇在生产后只活了两小时。两个婴儿都很瘦小,尤其其中一个,生下来还不足五斤,像个小老鼠。医生检查过那婴儿后,认为她发育不全,根本养不大。另一个婴儿比较大,也比较健康,两个孩子的长相都一模一样。那年轻的父亲呢,在产妇死后就发疯一般地狂吼狂叫,他诅咒婴儿,也不管婴儿,终日喝得烂醉如泥,呼天抢地地哭他那死去的妻子。"

"哦!"小眉又哦了一声,眼睛里已蓄满了泪。

"那正是抗战的末期,奶粉很贵,那两个孩子没有母亲,只好吃奶粉。但是,那父亲拿不出钱来买奶粉,情况很尴尬。于是,一天,一个护士抱了那较小的婴儿来找我,我那时的奶已经来了,却没有孩子可喂,她问我肯不肯喂一喂那个失母的、可怜的孩子!"

室内好安静,云楼和小眉都听得出神了。

"我答应了,护士把那孩子交给了我,一个又瘦又小的小东西,可是,当那孩子躺在我的怀中,吸吮着我的乳汁,用她那乌溜溜的小眼睛对我望着的时候,所有母性的喜悦都重新来到我的心里了,我说不出我的高兴和狂喜,我热爱上了那孩子,甚至超过了一个母亲对亲生子女的爱,我再也舍不得让人把她从我怀中抱走。于是,我们找来了那个年轻的音乐家,恳求他把这孩子让给我们。"

"噢,我懂了。"云楼低低地说。

"那时,那父亲已经心碎了,而且他的境况很坏,他是流亡学生,学业既未完成,工作又无着落,再加上失去了妻子,一来就是两个婴儿,让他手足失措。何况,医生已经断定那个小的婴儿是无法带大的,即使要带,也需要大量的补品和医药。所以,那父亲在喝醉的时候就狂歌当哭,不醉的时候就对着婴儿流泪,说她们投错了胎,来错了时间。当我们的提议提出来的时候,那父亲起先很不愿意,但是,后来发现我们确实是真心爱着那孩子,家庭环境和经济情况又不坏,他终于叹息着同意了。那就是我的孩子——涵妮。"

"哦！"小眉再一次惊叹，"我从不知道我有个孪生姐妹！爸爸一个字也没提过！"

"涵妮也不知道，我们像抚养亲生女儿一样抚养涵妮，同时，我们也一直和——"雅筠注视着小眉，"你的父亲保持联系，关心着你的一切，我们用各种借口，给你的父亲许多经济的支援，希望他能振作起来，但是，他始终沉溺于酒。抗战胜利了，接着又是内战，我们离开了四川，从此，也就和你父亲断了音讯。不过，临走，我们还给你父亲留下了一大笔钱。然后，辗转地，我们到了台湾，以为你一定留在大陆了，再也没有料到……"她不相信地摇着头，"今天会又见着了你！"

"噢，伯母！"云楼喊着，"我实在没有料到是这样的！我只是觉得小眉和涵妮像得奇怪，却从没猜想过她们是同父同母的双生姐妹！怪不得她们两个都爱音乐，怪不得她们都会唱！哦，现在，一切的谜都解开了！"

小眉深深地陷进这故事里，一时竟无法整理自己的思想，好一会儿，她才眩惑地说：

"我竟有一个双生姐妹！假若涵妮还活着，我们能够见面……噢！那有多好！哦，云楼，"她看着云楼，"我们两姐妹生长在不同的环境和家庭里，却都偏偏碰到了你，这岂不奇怪吗？"

"这是天意。"云楼喃喃地说，脸上焕发着光彩。

雅筠看看云楼，又看看小眉，她立即知道这一对年轻人之间发生了什么。是的，天意真奇怪！你完全不能料到它有怎样的安排！她忽然心头掠过了一阵莫名其妙的欣喜，站起身来，她兴奋地说：

"你们得留在这儿吃晚饭,我去告诉秀兰!噢,"她用手抚摸了一下胸口,深吸了口气,眼中闪着光,"云楼,我觉得,过去的时光又回来了。"

云楼默然不语,他的眼睛深情一片地停在小眉的身上。

第二十八章

人间有无数无数的秘密,每一桩秘密揭穿的时候,往往跟着就是一个悲剧的开始。但是,对云楼和小眉以及整个杨宅而言,涵妮的身世之谜一旦揭晓,随之而来的却是喜悦。对小眉来说,一经发现涵妮是自己的双生姐妹,她立即对涵妮产生了一种属于同根并蒂的姐妹之情,消除了以往那份微妙的醋意和嫉妒,反而关怀她,怜惜她,嗟叹她。对云楼来说,失去了涵妮,得到了小眉,而她们竟是两朵同根之花,他更无法描述自己那份失而复得的欣喜。对杨氏夫妇来说,涵妮既去,不可复回,却偏偏在这时出现了小眉,同样的长相,同样的秀气,却是健康的、茁壮的、充满了生命力的。他们也有那种奇妙的失而复得的感觉,不自禁地怜爱着小眉,仿佛是涵妮死而复生了。

在这样的情况之下,接踵而来的日子里就有无尽的欢乐和欣喜。杨子明开始热心地给小眉找工作,可是,小眉既不会打字,也不会会计,对商业方面的事务更完全是外行,她唯一的特长是歌唱，杨子明的公司里却无法用歌唱的人才。所以，小眉的工作迟迟没有着落。经过一番研讨，杨子明曾对小眉郑重地提议：

"小眉，你的姐妹是我的女儿，那么，你也跟我的女儿一样，如果你不见外，让我负担你的家庭，并且拿出一笔钱来，你干脆去学声乐，怎么样？"

这提议被小眉很严肃地否决了，这倔强的孩子很坚决地说：

"我当初决心做歌女，就为了要自力更生。如果我接受了你们经济上的帮忙，我会不安，我会不快乐，即使我学声乐，我也会学得很勉强。杨伯伯、杨伯母，你们以前已经帮过我们家很多忙了，连爸爸带到台湾来买房子的钱，恐怕都是你们的，这笔钱竟支持到我高中毕业，等于说我的教育都是由你们帮助完成的，现在我满二十岁了，应该可以独立了，我不能再用你们的钱。"

"你这孩子，"雅筠叹息地说，"怎么这样子认死理呢！"

但是，杨子明欣赏小眉这种个性，他不再坚持自己的意见，只是暗暗地注意和留心有没有小眉适宜的机会。雅筠呢？她对小眉有份比母爱更强烈的感情，她巴不得小眉天天在她的眼前，巴不得小眉搬到杨家来，住在涵妮的房间里。可是，她知道小眉不会同意，小眉与涵妮，在个性上是不相同的，涵妮很柔顺，小眉的性格里却充满了棱角和尖刺。不过，小眉倒真心地爱上了雅筠，她自幼失母，很容易就融化在雅筠那种真挚的、热烈的、母性的感情里。她经常到杨家来，练钢琴，也练唱，雅筠就坐在旁边做着针线，唇边带着个满足的笑容。连秀兰都会呆呆地站在一边看，诧异着涵妮的复活。

可是，生活的压力仍然存在，小眉离开歌厅以后，减少了一大笔收入，唐文谦又终日离不开酒，日用并非一个小数字，云楼虽然坚持着拿出一些钱给小眉，但他的收入毕竟有限，维持他一个人都不见得够，这样，就弄得很拮据了。雅筠和杨子明了解这一切的情形，也了解这两个孩子那浑身的硬骨头，他们没有表示什么。只是，有一天，杨子明夫妇到了小眉的家里，正式拜会了唐文谦。唐文谦早已从小眉嘴中知道了涵妮的故事，他也曾惋惜过，但是，他从未奢望过这孩子能长大成人，何况涵妮出生三日，就给了杨氏夫妇，他自然对涵妮没什么印象，所以，叹息一阵之后，他也就算了，照样出去酗酒买醉。当杨子明夫妇来的时候，他正巧烂醉如泥，随小眉怎样叫唤，他躺在那儿动也不动。小眉也没办法，只好随他去。雅筠参观了一下小眉的卧室，眼看着这个破破烂烂的小家，那个终日不知人事的父亲，她又心疼又难受，却没有说什么。可是，杨氏夫妇告辞之后，小眉却在枕头底下发现了一大沓钞票和一张短笺：

小眉：

　　金钱何价？感情又何价？我留下的不是金钱，是我对你的疼爱，如果你退回来，你是存心要打击一个母亲的爱心，相信你不至于如此无情。

杨伯母

握着这笔钱和短笺，小眉哭了，她扑在云楼的肩上，哭得好伤心。云楼拍抚着她，深沉地说：

"收下吧！小眉，你如何能拒绝一个母亲的爱呢？"

从此，小眉和雅筠间，倒真的滋生出一份母女般的挚情。小眉在雅筠面前，没有任何秘密，她告诉她一切的事情，告诉她她对云楼的爱，告诉她她对未来的抱负和理想，告诉她那些只有女儿可以对母亲说的事。

至于云楼和小眉呢，这一段日子里充塞着的是无穷无尽的爱和无穷无尽的甜蜜。再也没有阴影，再也没有顾虑，他们只是相爱。生活里的点点滴滴都是由爱情堆积起来的，他们的笑里有爱，他们的泪里有爱，他们的一下颦眉、一下沉思、一下注视里都有爱。他们为爱而活着，为爱而生存，为爱而计划未来。小眉常常到云楼的小屋里，为他洗衣服，为他收拾房间，为他做饭。他们很穷，不能常吃小馆子，所以常常买一点肉，买一点菜和米，两个人忙着弄东西吃，一餐饭做上一两个小时，弄得满屋子烟，满脸黑灰，满地的菜叶……小眉做饭并不外行，无奈云楼总不肯歇着，于是越帮越忙。但是，这样做出来的饭，却是那样地香、那样地甜、那样地美味无穷。

他们也常到郊外去，花间、小径、池畔、水边……他们把爱情抖落在任何一个地方，也把欢笑抖落在任何一个地方。那正是初夏的季节，阳光终日灿烂地照耀着，他们觉得连阳光里都流动着他们的爱。他们脚步所经之处，常常一朵小野花、一株小羊齿植物、一颗小石子，他们都会收集起来，作为爱情的纪念品。云楼常说：

"等我们儿女成群的时候，我一定要把这些小东西拿给他们看，让他们知道他们的父母是如何如何地相爱！"

小眉微笑着垂下头去，谈到儿女，再怎么洒脱的女孩子也禁

不起那份羞涩。于是,云楼会自顾自地说:

"小眉,你说,我们将来要多少个儿女?"

小眉继续微笑不语。

"我最爱孩子,"云楼兴高采烈地说,"我们要一打,好不好?"

"胡说八道!"小眉终于开了口,"又不是养小猪,还论打算呢!"

"你不知道,小眉,"云楼笑嘻嘻地说,"双胞胎是遗传的,所以十二个孩子你只要生六胎就行了。"

"越说越不像话了!"

云楼笑得好开心,笑停了,他忽然正色地看着小眉,郑重地说:

"真的,小眉,我希望你能生一对双胞胎的女孩子,长得像你和涵妮,我要给她们取名字叫再眉和再涵。"握着小眉的手,他深深地凝视着她的眼睛,低低地、沉沉地、热烈地问,"你可愿意嫁给我吗?你可愿意给我生儿育女吗?你可愿意和我厮守一生一世吗?"

小眉用痴痴的眸子回望着他,从唇间轻轻地吐出几个字来:

"还问什么呢?"

于是,她掉转头,开始唱一支歌,一支美丽的歌,一支充满了柔情与蜜意的歌,一支让云楼心跳、让云楼如痴如醉的歌:

　　我怎能离开你,
　　我怎能将你弃,
　　你常在我心头,

信我莫疑。

　　愿今生长相守，

　　在一处永绸缪，

　　除了你还有谁，

　　和我为偶。

　　……

　　这是怎样的爱情！那样浓浓的、深深的、热热的、沉沉迷迷的！连他们周遭的人都会不由自主地感染上他们的喜悦，分沾上他们的热情。不只杨氏夫妇，还有翠薇。这洒脱的女孩和小眉在个性上有不少相似之点，稍一接近，她们就成了闺中密友。私下里，翠薇曾含着感动的泪，对小眉坦白地说：

　　"说实话，我第一次见云楼，就觉得他和一般男孩子不同，不知道怎样的女孩子才能配上他。后来他和涵妮恋爱了，我才觉得这配合是那样地恰当，那样地自然，我祝福他们。可是，涵妮不幸早逝，姨妈一再要我去安抚云楼，不瞒你说，我对云楼也有……"她咽住了，眼中闪着泪光，唇边却带着笑，叹口气，她热烈地握住小眉的手，"上天有它的意旨和安排，是吗？这是最好最好的结局，是吗？不过，不管怎样，小眉！你们结婚的时候我要做伴娘，好吗？好吗？"

　　小眉羞涩地垂下头去，心底却堆积着多少难言的喜悦及柔情啊！

　　夏季来临了，天气渐渐地热了。云楼一方面准备着期终考试，一方面热衷于一幅巨幅油画，云楼自己给这幅画题名叫《叠影》。画的前方是小眉的像,后方却在一片隐约朦胧的色彩里,飘浮着涵妮的影子。云楼画得很用功、很细心、很狂热。小眉给他足足做了一个月的模特儿。当这幅画完成的时候,已经是暑假了。刚好法国有个艺术沙龙在征集世界各地的艺术品,入选的奖金很高,云楼抱着姑且一试的心情,就把这张《叠影》寄去了。碰巧,雅筠也看到了报纸上这个征集作品的消息,没有得到云楼的同意,她就自作主张地把涵妮抱着洁儿的那张油画也寄去了,题名为《微笑》。云楼知道之后,笑着说:

"人家一定以为我穷极了,参加了两幅画像,却都是一张脸谱。"

"没有人会知道,这两幅画像里包含了怎样曲折离奇的故事。"雅筠说。

暑假带给了云楼大量的时间,利用这份时间,他接了更多的广告设计,因为生活的压力始终在逼迫着他们。他并不空闲,他很忙碌,但是忙得很开心。他知道自己必须要有一些积蓄,才能和小眉谈到婚姻,他常把小眉揽在怀里,用面颊贴着她的鬓发,低低地、允诺地说:

"我要给你塑造一个最美丽的未来。告诉你,小眉,我的画,你的歌,都不见得是什么至高无上的艺术,但是一份有爱、有光、有热的生活,才是真正的艺术!"

"何况,这份生活里还有画,又有歌!"小眉笑着说,笑得好甜、好美、好幸福。

这样的爱情里还能有阴影吗?还会有阴影吗?还允许有阴影吗?可是,夏季的天空是常变的,万里晴空也会陡地飞来几片乌云，带来一阵暴雨。这天，云楼正和小眉在小屋里工作，云楼在设计着一张广告图样，小眉在一边整理着房间，哼着歌，轻快地移动着她那娇小的身躯，她穿着一件白色的洋装，在室内闪来闪去像只白蝴蝶。云楼一面工作，一面不时地抬起眼睛来偷偷地看她，于是，她会停下来，警告地把手指按在唇上说：

"工作的时候工作，不许分心！"

"不行，"云楼说，"我已经分心了，我想吻你！"

"不可以！"她又笑又要板脸。

"那我不做了！"云楼推开设计。

"那你会交不了卷！"

"交不了卷就交不了卷！谁叫你不给我灵感！"

"你赖皮！"

于是，他把她拖进了怀里，他的吻缠缠绵绵地盖在她的唇上和面颊上。门口突然传来汽车的刹车声，接着又是车门的开合声，他们并不在意，在云楼这间小屋里，是难得有客人来拜访的。可是，一阵急促的敲门声使他们惊动了。云楼和小眉交换了诧异的一瞥，站起身来，打开了房门。

门外站着的竟是杨子明。他大踏步地跨进门来，反手关上了房门。他满脸凝重的神气，直盯着云楼说：

"你父亲到台湾来了！"

"什么？"云楼真真正正地吓了一大跳。

"看看这个！"杨子明递给他一张纸，"云霓打来要我转给你的电报！刚刚收到的。"

云楼打开那张电报，上面是这样写的：

父乘今午国泰班机赴台,为兄在台狎昵歌女之事,兄速做准备为要。

霓

云楼一把握皱了这张电文,脸色顿时变得惨白,挺直了背脊,他的眼睛喷着反叛的火焰,咬紧了牙说:

"他又来了!他已经不认我这个儿子了,他凭什么又要来破坏我?"

小眉没有看到电报的内容,并不知道电文中涉及了自己,看到云楼的脸色变得那样坏,她只认为云楼仍然为涵妮的事和他父亲记恨,就走上前去,用手扶住云楼的手臂,劝解地说:

"算了,云楼,没有人能和自己父母怄一辈子气的,怎么说,他也是你父亲,过去的都已经过去了,别再放在心里吧!"

"你知道什么!"云楼大声说,摔开了小眉的手,心里又急又气又痛苦。

"怎么了?"小眉勉强地笑着,"跟我也生气了?"

"不,不是,小眉,"云楼急急地说,额上冒出了汗珠,他的眼神痛苦地停在小眉的脸上,"不是跟你生气,我是急了。"

"怎样呢,云楼?"杨子明说,"你去不去飞机场接他?现在两点十分,飞机两点三十五分就到了!"

"我不去!"云楼很快地说。

"云楼!"小眉忍不住又插嘴了,"你就去一下吧!他到台湾来,百分之八十还是为了你,如果他真不想要你这个儿子,他也不来了。你现在去接他，父子间的一切不快就算过去了，这不是一个解除误会的大好机会吗？"

"你不知道，小眉！"云楼苦恼地咬了一下牙，"你太善良了，你根本不了解我父亲！"

"再不了解，我也知道他是个父亲，"小眉微笑着，"他的出发点还是为了爱儿子！"

"小眉！"云楼有苦说不出，"母猫为了爱小猫，有时会把小猫咬碎了吃掉呢！这种爱你也歌颂，你也赞美吗？"

"你父亲又不是母猫！"小眉噘着嘴说。

"好了，别拌嘴了，"杨子明看着云楼，"我们没有多余的时间讨论，我看这样吧，小眉先回家去。云楼，你到我家去等，我去接你父亲来谈。"

"我不见他！"云楼愤愤地喊，"这一年我没有用他的钱……"

"云楼！"杨子明打断了他，"小眉说得对，父亲总是父亲，你不能因为一年没有用他的钱，就不算他的儿子了……"

"他害死了涵妮！"云楼无法控制地叫了起来，"现在他又要……"

"云楼！"杨子明喝住了他，暗示地看了小眉一眼，"你这样说是不对的，涵妮不是你父亲害死的，如果没有你父亲叫你回去的事，她一样会死，她是死于先天性的心脏病。你现在就按我安排的去做吧，你放心，"他深深地，含蓄地看着他，"一切有我和你杨伯母，你父亲不会跟你为难的！"

"云楼，"小眉也在一边说，"你就听杨伯伯的话吧！"

云楼软化了，垂下头去，他沉思了片刻，终于咬了咬嘴唇，抬头对小眉说：

"好吧，我就到杨伯伯家去。小眉，你先回家，我晚上再去看你。"

"你忙你的，别顾着我。"小眉说，"晚上还是陪你爸爸多谈谈，明天再来找我。好了，我先走！"她对云楼笑着挥挥手，又扬着眉毛加了一句："好好的，云楼，可不许和你爸爸吵架啊！再见！云楼。再见！杨伯伯！"

云楼看着小眉笑嘻嘻地跑出去，依然带着满脸的天真和挚情，浑然不知即将来临的风暴，不禁满怀胀满了难言的苦涩，直等到小眉的影子都看不见了，他仍然站在那儿发愣，还是杨子明喊了一声：

"快走吧！云楼！我先送你到家再去飞机场！"

云楼坐进了车子里，看着前面遥远的天空，他看到的不是灿烂的阳光，而是一片厚重的、堆积着汹涌而来的阴霾。

第二十九章

在杨家的客厅里,云楼坐立不安地走来走去,满脸罩着浓重的抑郁和忧愤。对父亲,一年前的积恨未消,而新的打击显然又要随着父亲一起到来。为什么呢?为什么身为父母,却常常要断送儿女的幸福,漠视儿女的感情和自尊!是谁赋予了父亲掠夺子女快乐的权利?是谁?是谁?是谁?一年多以前,当他正被甜蜜与幸福重重包围的时候,这个父亲竟残酷地将他的一切都撕得粉碎,践踏得鲜血淋漓。现在,好不容易,他重新找回了那份幸福,父亲就又出现了,就又要来践踏,来蹂躏,来撕裂,来破坏……为什么?为什么?

"他真是我爱情上的克星!"他突然大声地、冲口而出地喊,喊得那么响,他自己都吓了一跳。坐在一边的雅筠抬头看了看他,她正在打一件毛衣,一件小眉的毛衣,夏天打毛衣是她的习惯,她喜欢"未雨绸缪"。她显得很安详,很冷静,只是,她手指的动作却比往常快速。

"我看你坐下来吧,云楼,"她的语气里有着安慰和鼓励,"你走来走去把屋子里的空气都搅热了。"

"他一定派了人监视我!"云楼自顾自地说,仍然在室内走来走去,"否则他怎么知道小眉的事!"

"那倒很可能,他总之是你父亲呀,他无法真对你置之不顾的。"

"我巴不得他对我置之不顾呢!"云楼喊着说。

"云楼!"雅筠责备地说,"怎么这样说话呢!"

"你不知道,杨伯母,"云楼急促地嚷着,"你不知道他那个脾气……"

"我不知道?"雅筠笑笑,"我才知道呢!"

云楼想起了雅筠和父亲的那段往事,他不再说了,但他仍然像只困兽一样在室内兜着圈子,鼻子里沉重地呼着气,两只手一会儿放在身子前面,一会儿放在身子后面。雅筠悄悄地注视着他,敏感地嗅到了空气中的火药味。她认识孟振寰,熟知孟振寰,她也认识孟云楼,熟知孟云楼,她可以预料这父子两人一旦冲突起来会出现怎样的局面。但是,她是向着云楼的,她觉得自己像只想保护幼雏的母鸡,已经张开了翅膀,竖起了背脊上的羽毛,准备作战了。把毛衣放在膝上,她深深地吸了口气。

"云楼,你放心,"她说,"这一次,他不能再剥夺你的幸福了。"

"你怎么知道?"云楼问。

"我知道。"她看着窗外的天空,"我知道,"她的声音低低的、沉沉的,却具有信心和力量,"我知道世界上的许多事都该顺其自然,不能横加阻遏,我知道上天有好生之德,君子有成人之美。"

"对我父亲而言，这些道理可能全体不适用！"云楼愤愤地说，"他一直认为他是主宰，他是神，他是全能……"

门口一阵喇叭声，打断了云楼愤怒的语句，雅筠的毛线针停在半空，她侧耳倾听，说：

"他们来了。"

是的，他们来了，杨子明走在前面，手里提着孟振寰的旅行袋，首先走进了客厅。孟振寰紧跟在后面，他那硕大的身躯遮住了门口的阳光，室内似乎突然阴暗了。雅筠不由自主地站起身来，她的目光和孟振寰接触了，许多年没有见过面，雅筠惊奇地发现孟振寰那份冷漠、倨傲、自信的神态一如当年，只是，他胖了，老了，鬓边有了白发，看来却更威严和权威了，那张脸孔和锐利的眸子颇让人生畏。

"振寰！"她迎上前去，微笑地对他伸出手来，"好多年没见了。"

孟振寰的目光停在她的脸上，他看到的是个高贵、儒雅的妇人，那份清丽、那份秀气、那份韵致都不减当初，岁月没有在她身上留下什么残酷的痕迹，反而给她增添了几分雍容华贵的气质，显然她这些年来，跟着杨子明过得并不太坏。这使他觉得有种微妙的不满和近乎嫉妒的情绪。因此，他漠视了那只伸过来的、友谊的手，只是淡淡地点了一下头说：

"你还是很漂亮，雅筠。这两年云楼常在你家打扰你，让你费心了。"

雅筠尴尬地缩回了那只不受欢迎的手，唇边的微笑变得十分勉强了，向室内深处退了两步，她的言语也锐利了起来：

"哪里，你明知道云楼这一年并不住在这儿，而住在这里的时候，似乎让你不高兴呢！"

"我看彼此彼此吧！"孟振寰皱了皱眉，"全是这孩子不懂事，才造成这么多莫名其妙的事件！"他的目光对云楼直射了过去，是两道森冷的寒光。抛开了雅筠，他厉声地喊："云楼！"

云楼自从孟振寰走进门的一刻起，就闷闷地站在窗子前面，斜倚着窗子，不动也不说话。父亲在他的眼里像个巨石，是顽强的、庞大的、带着压迫力的。而且，这巨石眼看就要把他的幸福、前途、爱情、和所有的那种温馨的生活一起砸碎了，他靠在那儿，正屏息以待风暴的降临。这时，随着孟振寰的怒吼和目光，他身子震动了一下，不自禁地叫了一声：

"爸爸！"

"爸爸？你还知道叫我一声爸爸，嗯？"孟振寰严厉地盯着他，"你这个目无尊长、胡作非为的混账！"

"喂喂，振寰，"杨子明急急地拦在孟振寰的面前，"要管儿子，也慢慢来好吧？别刚进门坐都没坐就发脾气！来来，坐一下，坐一下，你要喝点什么？冷的还是热的？天热，要不要喝点冰西瓜汁？"

"他从不喝冷饮的。"雅筠说，一面高声叫秀兰泡茶，掉转头，她看着孟振寰，"香片，行吗？"

"随便。"孟振寰坐进了沙发里，拭去了额上的汗珠，杨子明坐在他的对面，递上了一支烟，燃起了烟，他喷了一口，这才打量了一下房间，室内那份阴凉和冷气对他显然很有缓和作用，他的火气似乎平息了一些。喝了茶，他竟叹了口气："子明，你不知道云楼这孩子让我操了多少心。"抬起头，他又怒目扫了云楼一眼，"别人家也有儿子，可没像我们家这个这样可恶的！"

"别动肝火，振寰，"雅筠插进来说，"或者你们父子间有误会，大家解释清楚了就没事了。云楼，你别尽站在那儿，过来坐下和你父亲谈谈呀！"

"什么误会！"孟振寰气冲冲地说，"这孩子从小就跟我别扭，我要他干这个，他就要干那个，我要他学科学，他去学什么鬼艺术，我看中了美萱那孩子做儿媳妇，他偏偏搅上了涵妮，涵妮也罢了，怎么现在又闹出个下三烂的歌女来了……"

"爸爸！"云楼大声喊着，背脊挺得笔直笔直，离开了视窗，他一直走向孟振寰前面，他的脸色苍白，眼睛里冒的火不减于他的父亲，咬着牙，他一个字一个字地说，"别侮辱小眉，她能唱，她用她的能力换取她的生活，这没有什么可耻的地方！她清雅纯真，她洁身自好，她比许多大家闺秀还高贵呢！"

"好呀！"孟振寰叫着，"我还没说什么呢，你就先吼叫起来了，你的眼中到底有没有父亲？"

"好好谈吧，振寰，"雅筠不由自主地又插了进来，"云楼，你怎么了？有话好好说，别吼别叫呀！"

"我怎么跟他好好说呢？"云楼看着雅筠，"他根本否决了小眉的人格和一切，我再怎么说呢？"

"振寰，"雅筠被云楼那痛苦的眼神撼动了，她急于想缓和那份紧张的空气，"或者你见见小眉再说吧，今天就别谈了，晚上我们请你去第一酒店吃饭接风，一切等明天再谈好吗？"

"我干吗要见那个女孩子？"孟振寰质问似的望着雅筠，"难道你也参与了这件事情？云楼自从到台湾之后，好像受你的影响不小呢！"

"哦，振寰。"雅筠有些激动了，"二十几年了，你的脾气还是不改！对事物的成见和固执也完全一样。不是我帮云楼说话，只是，你最起码该见见小眉，那女孩并不像你想象的是个风尘女郎，她是值得人爱的！你该信任你的儿子，他有极高的欣赏眼光和判断力！"

"好，我懂了！"孟振寰气得脸孔发白，紧盯着雅筠说，"我当初把儿子托付给你们真是找到了好地方，你们教会了他忤逆父母，教会了他出入歌台舞榭，教会了他花天酒地和堕落沉沦……"

"振寰！"杨子明按捺不住了，站起身来，他语气沉重地说，"你别含血喷人！我对得起你！问问你儿子，我们是怎样待他的？你自己造成了多少悲剧，关于涵妮那一段，我们已经略而不谈了，你今天怎么能说这种话呢？我和你已经算二三十年的朋友了……"

"真是好朋友！"孟振寰冷笑了一声。

"好了，别说了！"雅筠也站起身来了，她的脸色十分难看，"看样子，振寰，你这次来并不是来管教儿子的，倒是来跟我们吵架的了？"

"我并不是来跟你们吵架的，"孟振寰稍微缓和了一点，"只是，我把云楼托付给了你们，你们就应该像是他的父母一样，要代我管教他。怎么允许他泡歌厅，捧歌女！我现在自己到台湾来解决这件事,你们非但不帮我教训他,反而袒护他,这是做朋友的道理吗?"

"我们袒护他,是因为他没错!"雅筑激动地说,"如果你冷静一点,肯用你的心灵和感情去体谅一下年轻的孩子们,你也会发现他们是值得同情、值得谅解的……"

"他泡歌厅是值得同情的吗?"孟振寰大声说,"他在台湾是读书,还是堕落?"

"我并没有荒废学业!"云楼辩解地说,"我在学校的成绩一直不错,你不信可以去学校查分数,而且,我最近也没有去歌厅了,小眉早就离开歌厅了!"

"好了,好了,"孟振寰从鼻子里喷出一大口烟来,用一副息事宁人的态度说,"关于你的荒唐,我就不追究了。你倒说说,现在跟这个歌女的事情,你预备怎么办?"

云楼的背脊挺得更直了,他脸上有种不顾一切的果断和坚决。直视着孟振寰,他清清楚楚地说:

"我娶她。"

"什么?"孟振寰以为自己听错了,他坐正了身子,竖起了耳朵,盯着云楼问,"你说什么?"

"我说——"云楼迎视着他的目光,毫不退缩地说,"我要娶她,我要和她结婚。"

"你——"孟振寰的眼光阴鸷而凶猛,鼻孔里气息咻咻,好半天,才冒出一句大吼,"你疯了!你这个混账!你想气死我!娶她?娶一个歌女?你居然敢说出口来!"

"我还敢做出来呢!"云楼顶撞地说,被父亲那种轻视的语气所激怒了,"难道歌女就不是人吗?你这种观念还是一百年前士大夫的观念!"

"你这是在对我说话?"孟振寰几乎直问到云楼的脸上来,"你荒谬得一塌糊涂,简直不可思议!我绝不允许这件事情,绝不允许!你马上跟我回香港去!"

"爸爸,"云楼冷静地说,"我早已过了法定年龄,我可以决定我自己的事情,做我自己的主了!"

"好呀!"孟振寰气得浑身发抖,"你大了,你长成了,你独立了!我管不着你了!好,我告诉你,假如你不和这个歌女断绝来往,我就不认你这个儿子!从此,你休想进我家的门,休想用我一毛钱……"

"爸爸,这一年多以来,我并没有用你的钱!"云楼抬高了头说。

"哈哈!"孟振寰冷笑了,笑得尖刻而嘲讽,"你没有用我的钱,你自立了,你会赚钱了,你在广告公司做事,是吗?你问问你杨伯伯吧!到广告公司是他给你写的介绍信,是不是?"

"振寰!"杨子明焦灼而不安地喊,"你——何苦呢?"

云楼的脊背发冷了,他的额上冒出了汗珠,脸色苍白得像一张纸,他明白了,他立即明白了,怪不得自己一搬出了杨家就找到了工作,怪不得广告公司不要他上班又对他处处将就,怪不得他设计的作品虽多,用出来的却少而又少!原来……原来……他倒抽了一口冷气,瞪视着父亲,喉咙沙哑地说:

"是……是你安排的?"

"哈哈!"孟振寰笑得好得意,"你现在算是明白了,你以为找工作是那么容易的事！你要在我面前说大话！你知不知道这家广告公司跟我的关系？羊毛出在羊身上，你赚的钱从哪儿来的，你知道吗？你知道吗？"

云楼咬住了嘴唇，一时间，他有晕眩的感觉，父亲的脸在他的眼前扩大，父亲的声音在他的耳边激荡地、反复地回响，他突然觉得浑身发冷，无地自容。站在那儿，他一句话也说不出来。他听到雅筠的声音，在激愤地喊：

"振寰！你太残酷！你太残酷！"

云楼猛地掉转了头，直视着雅筠和杨子明，他的眼里冲进了泪，颤抖地嚷着说：

"杨伯伯、杨伯母，你们参加了这件事情！你们也欺骗我，隐瞒我……"

"云楼！"杨子明喊着，"你不要激动，事情并不是你想的这样，广告公司当初用你确实是看你父亲的面子，但是近来你的工作已经足以值得你所赚的，你设计的图样很得客户的欣赏，广告公司也很器重你……"

"不！我都知道了！"云楼绝望地叫着，"好，爸爸！从今天起我就不再去广告公司，我也不用你的钱，你看我会不会饿死！"

"你的意思是——"孟振寰蹙起了眉头，浓眉下的眼睛锐利地盯着他，"你一定不放弃那个女人？"

"不放弃！"云楼坚定地说。

"你要娶她？"

"要娶她！"

孟振寰紧紧地盯着云楼，好一会儿，他才恼怒地点了一下

头,说:

"好,算你有个性!不过,你就担保那个歌女会愿意嫁给你吗?"

"是的!"

"当她知道你不会从我这儿拿到一毛钱的时候,她还会愿意嫁给你吗?"

"哼!爸爸!"云楼冷笑了,"你以为她是拜金主义?你低估了小眉了!她从来就知道我一贫如洗!"

"恐怕她并不知道吧!"孟振寰的嘴角牵动了一下,目光是森冷的,"这种歌场舞榭中的女孩子,我知道得才清楚呢!"

"那么,你看着吧!爸爸!"云楼充满信心地说。

"是的,我就看着!"孟振寰气冲冲地站起身来了,"我就看着你和她的下场!我等着瞧!"他走向了门口。

"喂,振寰,你去哪儿?"杨子明叫。

"去旅社!"孟振寰提起了他的旅行袋。

"怎么,"杨子明拉住了他,"你到台湾来,难道还有住旅社的道理?我们家多的是房间,你留下来,和云楼再多谈谈。关于云楼和小眉的故事,你还一点都不清楚呢,等你都弄清楚了,说不定你会对这事另有看法!"

"我不想弄清楚,我也不要住在这儿!"孟振寰继续向门口走去,"这孩子既然不可理喻,我还和他有什么可谈?"

"无论如何,你得住在这儿!"杨子明说。

"别勉强我,子明!"孟振寰紧皱着眉,"我住旅馆方便得多!"

"好了,"雅筠走了过来,"子明,你就开车送振寰去统一吧!"

杨子明不再说话了，沉默地送孟振寰走出大门，孟振寰始终怒气冲冲地紧板着脸，不带一丝笑容，到了门口，他回头对云楼再狠狠地瞪了一眼，大声地说：

"我就看你的！看你的爱情能维持几天！"

云楼挺立在那儿，满脸的愤怒与倔强，看着父亲走出去，他不动也不说话，挺立得像一块石头。雅筠追到了大门口，看到孟振寰坐进了车子，她才突然伏在车窗上，用充满了感情的、温柔的、深刻的语气说：

"振寰！你有个好儿子，别因为任性和固执而失去了他！你一生失去的东西已经够多了，别再失去这个儿子，真的，振寰，别再失去他！"

孟振寰一时有些发愣，雅筠这几句话竟奇迹似的撼动了他，可能因为和雅筠往日那段情感，也可能因为雅筠这几句话触着了他的隐痛，他那顽强的心竟被绞痛了。当车子发动之后，他一直都愣愣地坐着，像个被魔杖点成了化石的人物。

这儿，雅筠退到屋子里来，她一眼看到云楼正沉坐在沙发里，痛苦地把脸埋在手心中，手指深深地陷进那凌乱的浓发里。她走了过去，站在沙发后面，把双手按在他的肩膀上，低低地说：

"生命的路程好崎岖哪，云楼，你要鼓起勇气走下去呀！"

"我并不缺乏勇气，"云楼的声音沉重地从手指中透了出来，"我永远不会缺乏勇气！我难过的是，人与人之间，怎么如此难以沟通呢？"

怎么如此难以沟通呢？雅筠也有同样的问题，多少父母子女之间横亘着巨石，为什么不能把它除去呢？为什么呢？

第三十章

对小眉来说,这个晚上真是难熬的。唐文谦突然病了,又发冷又发热,满头冷汗,浑身抽搐,在床上翻滚着狂吼狂叫狂歌狂笑,又呕吐,又胡言乱语。小眉知道这是怎么回事,以前也曾经发生过,医生说是酒精中毒的现象,并说总有一天,他要把命送在酒上。现在,小眉只好再请医生来,给他打了针,他仍然无法安静,医生表示最好送医院彻底治疗。可是,小眉手边的余款有限,她根本不敢想送医院的事。只是和阿巴桑两人守在床边,轮流地用冷毛巾压在他的额上,喂他喝一些浓咖啡,他又喝又吐,又闹着还要酒,小眉在床边手足失措,忙得满头大汗,正在这个慌乱的时候,门铃响了。小眉长长地吐出一口气来。

"是云楼!"她对阿巴桑说,把手里的冷毛巾交在阿巴桑手里,匆匆地跑向门口。人在急难之中,总是最期盼自己的爱人,在小眉心中,仿佛无论什么困难,只要云楼出现,就都可以解决了。她一面开着门,一面喊着说:"幸亏你还是来了,云楼,我急死了……"

忽然间，她住了口，愕然地瞪视着站在门口的人，那不是云楼，那是个身材高大的中年绅士，一个完全陌生的人，用一对冷静的、锐利的眼睛瞪着她。

"哦，"她结舌地说，"请问，你、你找谁？"

"唐小姐，唐小眉，是住在这儿吗？"那绅士望着她问，脸上毫无表情。

"是……是的，我就是。"小眉诧异地说，"您有什么事吗？"

"我是云楼的父亲。"

"哦！"小眉大大地吃了一惊，立即有些手足失措起来，怎么云楼没有跟他一起来呢？而自己又正在这么狼狈的时候！家里那份凌乱的局面怎么好请他进来坐？他此来又是什么用意呢？特地要看看未来的儿媳吗？她满腹的惊疑，满心的张皇，不禁就呆呆地站在那儿愣住了。

"怎么，"孟振寰蹙了一下眉头，暗中打量着小眉，未施脂粉的脸庞不失清秀，大大的眸子也颇有几分灵气，但是，并不见得有什么夺人的美，为什么云楼竟对她如此着迷？"你不愿意我进去坐坐吗？"他问，这女孩的待人接物也似乎并不高明啊！

"哦哦，"小眉恍然地回过神来，慌忙把门大大地打开，有些紧张地说，"请、请进。"

孟振寰才走进客厅，就听到室内传来的一声近乎兽类的号叫，他惊愕地回转头，小眉正满脸尴尬和焦灼地站在那儿，一筹莫展地绞扭着双手，颤颤抖抖地说：

"对不起，孟伯伯，您请坐，那是我爸爸，他病了，病得很厉害。"

"病了？"孟振寰诧异地挑起眉毛，"什么病？"

"他——他喝了太多酒，"小眉坦率地说，看了看父亲的卧室，"您先坐坐，我去看一看。"

孟振寰立刻知道是怎么一回事了，发酒疯，他看着小眉慌慌张张地跑进去。再打量了一下这破破烂烂的房子，简陋的家具，和凌乱的陈设。心中的不满越来越大，何况，隔室的号叫一声声地传来，更加深了他的嫌恶。原来，这女孩不仅自己是个歌女，父亲还是个酒鬼，云楼倒真会挑选！他暗中咬紧了牙，无论如何，这婚姻一定要阻止！

好半天，那隔室的号叫渐渐地轻了、微了、消失了，小眉才匆匆地走出来，带着满脸的抱歉。

"真对不起，让您等了半天。"她勉强地笑着，"总算他睡着了。"

"唔，"孟振寰坐在那儿，冷冷地看了看小眉，掏出一支烟，他深深地吸了一口。小眉忙碌地给他倒了杯茶，又好不容易找出一个烟灰缸来，放在他手边的茶几上。她多么急于想给他个良好的印象，但是，这不苟言笑的人看来多么冷漠啊！"好了，唐小姐，你坐下来吧，别忙着招呼我，我有话想和你谈谈。"

小眉有些忐忑不安，在孟振寰对面坐了下来，她以一副被动的神态看着孟振寰，等待着他开口。孟振寰又深抽了两口烟，对室内环顾了一下，才慢吞吞地说：

"你的环境似乎不太好。"

"是的，"小眉坦白地承认，"爸爸失业了很久，生活就有些艰难了。不过,好在我已经大了……"

"可以赚钱了?"孟振寰接口问,唇边有抹难以觉察的笑意,微带点嘲讽的味道。

"唔,"小眉含糊地应了一声,不太明白孟振寰说这句话的用意,她那明慧的眸子研究地停在孟振寰的脸上,到这时候,她才敏感地觉得孟振寰的来意似乎不善。而且……而且……云楼为什么不一起来?"云楼怎么没来?"她忍不住地问。

"他没来,"孟振寰答非所问,然后,突然间,他挺直了背脊,开门见山地说,"好了,唐小姐,给你多少钱可以让你和云楼断绝来往?"

小眉像挨了一棍,身子不由自主地痉挛了一下,接着,她就高高地昂起头来,直视着孟振寰,她的脸色白得像一块大理石,对比之下,那对眼珠就又黑又亮,而且是灼灼逼人的。

"哦,"她喃喃地说,"这是你的来意?"

"是的,"孟振寰点了点头,迎视着她的目光,"你看,你显然很需要钱用。"

"哈,"小眉陡然地笑了,"你预备给我多少钱?"

"你开口吧!你要多少钱?"

"一百亿美金。"

"开玩笑!"孟振寰勃然大怒,"你是什么意思?"

"开玩笑?"小眉站起身来,笑容从她的唇边隐去,她的身子笔直地站着,挺着背脊,像一只被激怒了的小母狮,"我没跟您开玩笑,是您在跟我开玩笑!您凭什么认为我会出卖我的爱情?您又凭哪一点能要求我出卖我的爱情?"

"凭我是云楼的父亲!"孟振寰也激怒了,他万万料不到这个外表柔弱的小女孩竟会有如此犀利的口舌,而且胆敢用这种态度来顶撞他。

"父亲就能剥夺儿子的幸福吗?"小眉继续质问,"而且,您并不是我的父亲,您要用钱去收买,何不先收买您的儿子呢?"

"你明知道我那个儿子的牛脾气!"孟振寰在愤怒之余,又有份无可奈何,他发现这个女孩绝不是容易对付的了,"如果我能说服他,也不来找你了。"

"您会发现我比您的儿子更难说服!"小眉昂着头说,两道眉毛抬得高高的,"我不会放弃云楼,我觉得,我有权取得我自己的幸福,而幸福是无价的,您买不起,孟先生!"

孟振寰被击倒了,一时间,他竟想不出该如何来对答,只能气冲冲地瞪大了眼睛,怒视着小眉。好一会儿,他的怒气平息了一些,他才重新开了口。

"你有权取得你的幸福,但是,唐小姐,你没有权毁掉云楼的幸福!"

"毁掉云楼的幸福!"小眉嚷着,"为什么我会毁掉云楼的幸福?"

"因为你和云楼的身份不相当!"

小眉蹙起了眉头。

"您这句话是什么意思?"

"你不懂吗?"孟振寰直视着她,"我们孟家的儿媳妇一定要有良好的身世,我不能允许他娶一个歌女!而且,他的前途还远大得很,他需要有个能干的、能帮助他事业前途的妻子。如果他跟你结婚，会有批评，会有非议，你会拖累得他抬不起头来！"

小眉的脸色更白了，眼睛更黑了，她的身子簌簌地震颤了起来。"你以为歌女是什么见不得人的怪物？"她问，嘴唇颤抖着，以至于声音也跟着颤抖，"是的，我是个歌女，我用我的歌声去赚钱，这有什么见不得人的地方？你以为凡是歌女舞女就都不正经吗？就都不纯洁吗？殊不知我们里面有多少女孩子都洁身自好，都清白纯真，比你们这些穿着西装、扮成道貌岸然的上流绅士更纯洁，更干净！而且，这社会上有歌女，有舞女，还不都是因为你们这些上流绅士的需求而产生的？你觉得我可耻吗？我可不认为我自己有什么可耻的地方！你看不起我，我可看得起我自己！站在你面前，我不认为自己比你矮一截！你不要我这样的儿媳妇，我也不稀罕你这位公公！但是，你要我离开云楼，我是说什么也不干！"

孟振寰被小眉这一番话惊呆了，这是怎样一个女孩！那高昂着的头，那冒着火的眼睛，那浑身的倨傲和倔强！那些话虽然是在极度的激动和愤怒下吐出来的，却每一句都有每一句的力量，竟使人难以反驳。孟振寰有些明白云楼为她着迷的原因了。这女孩是一团火，她敢爱，她敢恨，她也勇于作战，而不轻言退缩。孟振寰觉得自己对她已毫无办法了。

"你竟不为云楼的前途着想吗？"他在为自己的目的做最后的一番努力，"不管这社会对待你是不是公平的，这社会却不用正常的眼光来看你们这种女孩子，你懂吗？你会拖累云楼的前途，你懂吗？因为云楼必须在这个社会上混！"

"我告诉你，"小眉用一副无比坚决的神态说，"我不会拖累云楼,我会帮助他,我会鼓励他!相反,如果我离开了他,他才真的会面临毁灭!"她顿了顿,她的目光深深地望着孟振寰,"你了解你的儿子吗?如果你不了解,我却十分了解。一年多以前,你已经几乎毁掉了他,难道你还要让旧事重演?不要口口声声地用云楼的前途来压我、来逼迫我,《茶花女》的时代早已过去了,你别来对我扮演《茶花女》里的父亲。我告诉你了,我不会离开云楼,说什么也不会离开他!说社会会因为我而轻视云楼,这只是你的看法,凭什么社会要轻视我呢?我没偷过,没抢过,没犯过法,没做过任何不可告人的事情,凭什么我该被轻视?即使社会真的轻视我,只要云楼不轻视我,我还在乎什么呢?"

"可是云楼会在乎的!当他在社会上混不下去的时候,他会在乎的!"孟振寰大声地说。

"您用错了一个字,"小眉也大声地说,声调高亢而激动,"您用了一个'混'字,要知道,真正的前途不是靠'混'出来的,是靠努力与恒心!我和云楼都还年轻,我们肯吃苦耐劳,肯努力,我们有两双坚强的手,我们不必在社会上'混',前途握在我们自己的手里!"

"你在强词夺理!"孟振寰恼怒地吼着,却由于无法反驳她的话而更加愤怒,"你明知道人是不能离开社会而独居的!"

"人不能离开的东西多着呢,不能离开水,不能离开阳光,不能离开空气……这些对人比'社会'更重要,而对我和云楼来言,爱情就是我们的水、阳光和空气!您了解了吗?"

"反正,你的意思是,你绝不肯和云楼断绝来往,是不是?"

孟振寰站起身来，再钉了一句。

"是的！"

"你要知道，如果他娶了你，我势必要和他断绝父子关系，那他会是个一文不名的穷光蛋……"

"您又错了！"小眉打断了孟振寰的话，下巴抬得高高的，她的脸上有着骄傲，有着自信，有着爱情的光彩，"他永远不会是个穷光蛋，他富有，他比您更富有，更富有得多！他有才华，有能力，有热情，有智慧和信心！他具有这么多的美德，怎么可能是穷光蛋呢？他富有，他太富有了，即使他身边没有一毛钱，即使跟着他只能喝米汤，我都跟着他，跟定了他！因为在他身边，我的精神永不会饥渴，我的心灵永不会空虚！生活苦一点，又有什么关系呢？他成功了，我和他共用光荣，他失败了，我和他分担痛苦。你别想拆开我们！永远别想拆开我们！我不是涵妮，我有一颗坚强的心，我不会轻易地倒下去！你也别想收买我，如果我重视金钱，我早就可以找到比你还有钱的物件！我愿意嫁给云楼，是因为我爱他，我欣赏他，我崇拜他！这份感情可能是你不了解的，可能是你终身没有得到过的，因此你不能明白它强烈的程度和具有的力量！你说他会没有钱，我岂怕他没有钱呢？他上天，我跟他上天，他入地，我跟他入地，他讨饭，我帮他拿棍子打狗！"

她这番话是像倒水一样倒出来的，她的声调高而急促，她那起先苍白的脸颊现在因激动而发红了，她的眼睛又清亮又有神，又闪动着光彩，使她整个脸庞都现出一种非凡的美丽。这把孟振寰给折倒了，给惊呆了，给吓怔了。而更让他吃惊的，是在她这

番话刚说完之后,玄关处就突然冒出一个人来,用比小眉更激动、更狂热的声调大喊了一声:

"啊!小眉!"

那是云楼,谁也没有注意到他按门铃的声音,谁也没有注意到阿巴桑去给他开门,也没有人知道他是什么时候进来的。但是,他显然在玄关处已经悄悄地站了很久了,这时,他冲了出来,一直冲到小眉的身边,他的手臂大大地张着,他的脸孔也发着红,他的眼睛也发着光,他的声音颤抖而带着哽咽:

"啊,小眉,你可愿意嫁给我吗?嫁给一个刚刚失业的、一无所有的穷学生?"

"噢!云楼!"小眉惊喜交集,"你什么时候来的?你在说些什么呀?"

"我在正式求婚呢!"云楼嚷着,"不过,在答应以前,先考虑一下,因为我刚刚失去了广告公司的工作,我现在是真正的贫无立锥之地了!你说吧!你可愿意嫁给我吗?"

"是的,是的,是的!"小眉一迭声地喊着,"我嫁你,明天,今天,或者,马上!"

于是,这一对年轻人拥抱在一起了,完全不顾那站在一边发愣的老人。老人?是的,孟振寰突然觉得自己老了、无力了。而在无力的感觉以外,他还有份奇异的、几乎感动的情绪。望着那对拥着的年轻人,他忽然在这对年轻的孩子身上看到了一份光、一份热、一份新的希望……他呆愣愣地站着,鼻子里酸酸楚楚的,闪动着眼帘,他的眼睛竟莫名其妙地潮湿了。

尾声

故事可以结束了。

但是，让我们把时间跳过两年，到一个小家庭里去看一看吧！这是一幢小小的公寓房子，位于三层楼上，四房两厅，房子虽不大，布置得却雅洁可喜。客厅的墙上，裱着米色带金线的壁布，一进客厅，你就可以看到对面墙上悬挂的一张巨幅油画，画中是两个女郎：一个飘浮在一片隐约的色彩中，像一朵彩色的云；另一个女郎却是清晰的、幽静的，脸上带着朦朦胧胧的微笑。如果你常常看报纸，一定不会对这幅画感到陌生，因为这幅题名为《叠影》的画，曾在一年前大出风头，被法国举办的一个艺术展览列为最佳作品之一，那年轻的画家还获得了一笔为数可观的奖金，报纸上曾大登特登过。与这幅《叠影》同时入选的，还有一幅《微笑》，现在，这幅《微笑》就悬挂在另一边的墙上。在《微笑》的下面，是一架钢琴，这架钢琴，我们也不会对它陌生的，因为涵妮曾多次坐在前面弹各种各样的曲子。钢琴的下面，躺着一只白色的京巴，我们对这只狗更不会陌生了，在《微笑》那张画里还有着它呢！现在，这钢琴前面也坐着人，你可能猜不着那是谁。那是个年约五十的老人，整洁地、清爽地、专心地，弹着一支他自己刚完成的曲子，那人的名字叫唐文谦。

除了钢琴以外，这客厅里有一套三件套的墨绿色的沙发，落地的玻璃窗垂着浅绿色的纱帘，你会发现屋子的主人对绿色调的布置有份强烈的偏爱，这房间荫荫地给你一份好清凉好清凉的感觉，尤其这正是台湾最炎热的季节。整个房间都是绿的，只是在钢琴上面，却有一瓶新鲜的玫瑰花，红色与黄色的花朵娇艳而玲珑，冲淡了绿色调的那份"冷"的感觉，而把房间里点缀得生气勃勃。

这是个夏天的下午，窗外的阳光好明亮、好灿烂、好绚丽。唐文谦坐在钢琴前面乐而忘疲地弹着，反复地弹，一再地弹。然后，一个年轻的女孩子从里面出来了，穿着件绿色滚黄边的洋装，头发上束着黄色的发带，她看来清丽而明朗。走到钢琴旁边来，她笑着说：

"爸，你还不累吗？"

"你听这曲子怎么样？小眉。"唐文谦问，"第二段的音会不会太高了一些？"

"我觉得很好。"小眉亲切地看着她的父亲，喜悦明显地流露在她的脸上。谢谢天！那难挨的时光都过去了，她还记得当她和云楼坚持把唐文谦送到医院去戒酒时所遭受的困难，和唐文谦在医院里狂吼狂叫的那份恐怖。但是，现在，唐文谦居然戒掉了酒，而且作起曲来了。他作的曲子虽然并不见得很受欢迎，但也有好几支被配上了歌词,在各电台唱起来了。最近,还有一家电影公司要请他去做电影配乐的工作呢!对一生潦倒的唐文谦来说,这是怎样一段崭新的开始!难怪他工作得那么狂热、那么沉迷呢!

"云楼今天什么时候回来?"唐文谦停止了弹琴,伸了个懒腰装成满不在乎的样子问。

"他说要早一点,大概三点多钟就回来……"小眉顿了顿,突然狐疑地看着唐文谦说,"爸,你知道今天大家在搞什么鬼吗?"

"唔——搞什么鬼?"唐文谦含糊地支吾着。

"你瞧,一大早翠薇就跑来,把云霓拉到一边,嘀嘀咕咕不知道说了些什么,云霓连课也不上就跟着翠薇跑出去了,杨伯伯和杨伯母又接二连三地打电话来问云楼今天回家的时间,你也钉着问,到底大家在搞什么?"

"我、我也不知道呀!"唐文谦说,回避地把脸转向一边,脸上却带着个隐匿的微笑。

"唔,你们准有事瞒着我……"小眉研究地看着唐文谦。

"什么事瞒着你?"大门口传来一个笑嘻嘻的声音,云楼正打开门,大踏步地跨进来,手里捧着一大堆的纸卷。他现在不再是个穷学生了,他已经成了忙人,不但是设计界的宠儿,而且每幅油画都被高价抢购,何况,他还在一家中学教美术,忙得个不亦乐乎。但是,他反而胖了,脸色也红润了,显得更年轻、更洒脱了。"你们在谈什么?"他问。

"没什么,"小眉笑着,"翠薇一早就把云霓拉出去了,我奇怪她们在干什么!"

"准是玩去了。"云楼笑了笑,"她们两个倒亲热得厉害!"

"翠薇的个性好,和谁都合得来,"小眉看了云楼一眼,"奇怪你会没有和她恋爱,我要是男人,准爱上她!"

"幸好你不是男人!"云楼往卧室走去,"小涵呢?睡了吗?"

"你别去亲她,"小眉追在后面喊,"她最怕你的胡子!瞧瞧,你又亲她了,你会弄痛她!"

"好,我不亲女儿,就得亲亲妈妈!"

"别……云楼……唔……瞧你……"

在客厅里听着的唐文谦不由自主地微笑了起来。多么亲爱的一对小夫妻呀,都做了爸爸妈妈了,仍然亲爱得像才结婚三天似的。人世间的姻缘多么奇妙!

一阵急促的门铃声,小眉抱着孩子从里面跑出来了,那个孩子才只有五个月大,是个粉妆玉琢般的小东西,云楼十分遗憾这不是一对双胞胎。他们给她取名字叫"思涵",为了纪念涵妮。但是,云楼并不放弃生双胞胎的机会,他对小眉开玩笑地说:

"你得争气一些,非生对双生女儿不可,否则只好一个一个地生下去,生到有了双胞胎为止!"

"胡说八道!"小眉笑着骂。

走到门边,小眉打开了大门,云楼也跑出来了,一边问着:

"谁来了?是云霓吗?"

云霓在一年前就到台湾来读书了,一直和哥哥嫂嫂住在一起。是的,门外是云霓,但是,不止云霓一个人,却是一大批人,有杨子明、雅筠、翠薇,还有——那站在最前面的一对老年夫妇,带着满脸亲切慈祥与兴奋的笑容的老年夫妇——孟振寰和他的妻子。

小眉呆住了,云楼也呆住了,只有知情的唐文谦含笑地站在后面。接着,云楼就大叫了一声:

"爸爸!妈!你们什么时候来的?怎么不告诉我,我都没去飞机场接!"

"我们早上就到了,特地要给你们小夫妻一个惊喜!"孟振寰笑着说,"快点吧,你妈想见儿媳妇和孙女想得要发疯了!"

小眉醒悟了过来,抢上前去,她高高地举起了怀里的小婴儿,送到那已经满眼泪水的老妇人手中,嘴里长长地喊了一声:

"妈!"

于是,大家一哄而入了。云楼这才发现,翠薇和云霓正捧着一个大大的、三层的、白色的结婚蛋糕,上面插着两根红色的蜡烛。云楼愕然地说:

"这——这又是做什么?"

"你这糊涂蛋!"孟振寰笑着骂,"今天是你和小眉结婚两周年的纪念日呀!否则我们为什么单单选今天飞台湾呀!"

"哦!"云楼拉长了声音应了一声,回头去看小眉,小眉正站在涵妮的画像底下,满眼蓄满了泪,唇边却带着个激动的笑。云楼走了过去,伸出了他的双手,把小眉的手紧紧地握在他的手掌之中。

翠薇和云霓鼓起掌来了,接着,大家都鼓起掌来了,连那五个月大的小婴儿也不甘寂寞地鼓起她的小手来了。

在这种情况下,我们可以退出这幢房子了,让欢乐和幸福留在那儿,让甜蜜与温馨留在那儿。谁说人间缺乏爱与温情呢?这世界是由爱所堆积起来的！

如果你还舍不得离开，晚上，你可以再到那视窗去倾听一下，你可以听到一阵钢琴的叮咚，和小眉那甜蜜的、热情的歌声：

> 我怎能离开你，
> 我怎能将你弃，
> 你常在我心头，
> 信我莫疑。
> 愿两情长相守，
> 在一处永绸缪，
> 除了你还有谁，
> 和我为偶。
> ……

——全书完——

一九六八年三月九日黄昏于台北

（京权）图字：01-2024-1758

图书在版编目（CIP）数据

彩云飞 / 琼瑶著. -- 北京：作家出版社，2024.10
（琼瑶作品大合集）
ISBN 978-7-5212-2850-2

Ⅰ.①彩… Ⅱ.①琼… Ⅲ.①长篇小说 – 中国 – 当代
Ⅳ.①I247.5

中国国家版本馆 CIP 数据核字（2024）第 089031 号

版权所有 © 琼瑶

本书版权经由可人娱乐国际有限公司授权作家出版社出版简体中文版
非经书面同意，不得以任何形式任意重制、转载。

彩云飞

作　　者：	琼　瑶
责任编辑：	韩　星　李　雯
装帧设计：	棱角视觉　纸方程·于文妍
出版发行：	作家出版社有限公司
社　　址：	北京农展馆南里 10 号　　邮　编：100125
电话传真：	86-10-65067186（发行中心）
	86-10-65004079（总编室）
E-mail：	zuojia@zuojia.net.cn
http://	www.zuojiachubanshe.com
印　　刷：	三河市紫恒印装有限公司
成品尺寸：	142×210
字　　数：	246 千
印　　张：	11
版　　次：	2024 年 10 月第 1 版
印　　次：	2024 年 10 月第 1 次印刷
ISBN	978-7-5212-2850-2
定　　价：	49.00 元

作家版图书，版权所有，侵权必究。
作家版图书，印装错误可随时退换。

品琼瑶经典
忆匆匆那年

琼瑶作品大合集

- 1963 《窗外》
- 1964 《幸运草》
- 1964 《六个梦》
- 1964 《烟雨蒙蒙》
- 1964 《菟丝花》
- 1964 《几度夕阳红》
- 1965 《潮声》
- 1965 《船》
- 1966 《紫贝壳》
- 1966 《寒烟翠》
- 1967 《月满西楼》
- 1967 《翦翦风》
- 1969 《彩云飞》
- 1969 《庭院深深》
- 1970 《星河》
- 1971 《水灵》
- 1971 《白狐》
- 1972 《海鸥飞处》
- 1973 《心有千千结》
- 1974 《一帘幽梦》
- 1974 《浪花》
- 1974 《碧云天》
- 1975 《女朋友》
- 1975 《在水一方》
- 1976 《秋歌》
- 1976 《人在天涯》
- 1976 《我是一片云》
- 1977 《月朦胧鸟朦胧》
- 1977 《雁儿在林梢》
- 1978 《一颗红豆》
- 1979 《彩霞满天》
- 1979 《金盏花》
- 1980 《梦的衣裳》
- 1980 《聚散两依依》
- 1981 《却上心头》
- 1981 《问斜阳》
- 1981 《燃烧吧！火鸟》
- 1982 《昨夜之灯》
- 1982 《匆匆，太匆匆》
- 1984 《失火的天堂》
- 1985 《冰儿》
- 1989 《我的故事》
- 1990 《雪珂》
- 1991 《望夫崖》
- 1992 《青青河边草》
- 1993 《梅花烙》
- 1993 《鬼丈夫》
- 1993 《水云间》
- 1994 《新月格格》
- 1994 《烟锁重楼》
- 1997 《还珠格格第一部1阴错阳差》
- 1997 《还珠格格第一部2水深火热》
- 1997 《还珠格格第一部3真相大白》
- 1997 《苍天有泪1无语问苍天》
- 1997 《苍天有泪2爱恨千千万》
- 1997 《苍天有泪3人间有天堂》
- 1999 《还珠格格第二部1风云再起》
- 1999 《还珠格格第二部2生死相许》
- 1999 《还珠格格第二部3悲喜重重》
- 1999 《还珠格格第二部4浪迹天涯》
- 1999 《还珠格格第二部5红尘作伴》
- 2003 《还珠格格第三部天上人间1》
- 2003 《还珠格格第三部天上人间2》
- 2003 《还珠格格第三部天上人间3》
- 2017 《雪花飘落之前——我生命中最后的一课》
- 2019 《握三下，我爱你——翩然起舞的岁月》
- 2020 《梅花英雄梦之乱世痴情》
- 2020 《梅花英雄梦之英雄有泪》
- 2020 《梅花英雄梦之可歌可泣》
- 2020 《梅花英雄梦之飞雪之盟》
- 2020 《梅花英雄梦之生死传奇》